U0020279

小說

九歌106年小說選

伊格言　主編

得獎感言

郭強生

我的外公生前住在臺北紹興南街，那是一棟公家日式宿舍。

從我有印象始，那就是一座陳舊失修的木造平房。但是外公從大陸來到臺灣後就一直住在那裡，直到他九十六歲過世。那就是他的家了。長大後才明白，能夠感覺安家落戶，對清末出生半輩子都在戰火中的他來說，是多麼可貴的一件事。哪怕住的是這樣一間日本人留下的屋子。

小時候我對那棟日式宿舍總是充滿好奇，究竟是什麼樣的人之前住在這裡？一扇扇如迷宮機關的拉門上，會不會有前住戶暗地刻下了什麼密碼？為什麼他們的家會變成我的外公家呢？巷子裡其他作營生小買賣的，多是操著不甚流利的國語，他們是一直住在這裡還是後來搬來的呢？

對於那個小街坊多年來我始終念念不忘。越是年長則越意識到，那兒不僅是我某種意義上的故鄉，更是充滿歷史曖昧的角落。曾經，有太多類似的臺灣老巷弄裡，擠進落戶的不單是戰後的不同族群，更塞滿了歷史動盪下小人物各種被迫的選擇。

歷史不會同情那些曾做出錯誤選擇的人，但是小說可以。歷史擺脫不了意識型態，但是小說必須，並最終讓不同的聲音對話成為可能。

謹將〈罪人〉這篇小說，獻給也同樣如此相信的你們。

目錄

《九歌106年小說選》編序

隧道盡頭的黑暗，或光亮

——伊格言

厭世當道，先苦後甜，容我且趕流行厭世一波。此次忝為年度小說選編者，有二事令我困擾；其一，是偶可得見的「無所事事」的小說；其二，則是本次年度小說選的體例問題。

先論「無所事事的小說」。我後知後覺，於此次擔任編者之前，不知此類「無所事事的（短篇）小說」如此流行，蔚然成風。既能為報章雜誌所用，理應有一定火候——不負眾望，確然如此；儘管情節無所事事，但此類小說通常有些別的長處。一整年看下來，絕大多數有著極具水準的文字。然而令我困惑的是，其中亦有為數不少者，「沒有主題」。

這需要解釋。暫以短篇小說眾神之一，艾莉絲．孟若（Alice Munro）短篇傑作為例——首先，才分驚人如孟若者，其短篇作品，也並不真那麼常「無所事事」；再者，幾乎所有孟若佳構中，即便表面波瀾不驚，若無其事，至少至少，敘事內部亦必然有一主題。何者？再提似乎陳腔濫調，但「鄭重而輕微的騷動，認真而未有名目之鬥爭」之說法，依然有效。我以為，如若這小說真無所事事，作者首先必須考慮的是，何必寫它？海面儘可波平如鏡，老僧入定，但其內裡，冰山之下，必然還是得有一個主題，一個黑洞，一個奇點，一個裝載了作者個人深刻的關切、執迷、同情甚或憤恨的集中場域。然而部分此類作品卻令我困擾——我讀到許多，僅是以其優秀基本功、綿密而洗練之筆鋒，將一無主題、無隱喻、無內在張力（所有人物之情感皆理所當然，是以流於浮淺，既無所謂「鄭重」，離「未有名目」就更遠），因之而亦無敘述價值的故事重述一遍。

這算是普遍現象嗎？一整年度看下來，我赫然驚覺，或許是。這些小說並不差，但老實說，我以為一小說作者應對自己有更嚴格要求。

其次論體例問題。年度小說選向以紙本報章刊物發表者為主要海選對象，這行之有年，個人以為問題不大（且就我所知，這點似乎也本有彈性；如此一來當然就更沒有問題）。然而正常狀況下，我們時時得遭遇長篇節錄之發表。這同樣令我為難——當然了，此為一甜蜜且榮幸之負擔，個人首次擔任編者，縱使為難亦是新鮮經驗——因為如何細讀並「選判」此類長篇節錄，遂成為標準不一之難題（印象中去年擔任主編的李瑞騰老師似亦曾為此感到困擾）。幾經思量，我決定提出以下二則判準：

一、若該段節錄篇幅過長，達約二萬字或以上，則視為「逼近中篇篇幅」，原則上不予考慮。

二、不計入該長篇之整體藝術高度，而僅考慮節錄刊出之部分，「視為短篇」以評估其藝術成就。

第一則判準是為避免造成過度不公平競爭——篇幅較大，當然享有更多發揮空間，理應稍占優勢；以大欺小（？）之事，能免則免。而第二則判準同樣是為了體例標準之統一——因為若將整體長篇納入考量，一來同樣可能涉及以大欺小；二來，原則上，就我個人而言，心中自有一套關乎長篇小說之藝術標準，亦另有一套關乎短篇小說之藝術標準，二者並不相同；但如何評估一「長篇節錄」之藝術高度，實無可靠標準可言。萬不得已，只能將之「視為短篇」以進行評估。

好了，這是首次擔任年度小說選中遭遇之困難，些許牢騷，感謝大家體諒（笑）；權且紀錄，希望也能對各界先進帶來些許參考價值。

以上厭世完畢，嘻嘻。言歸正傳；依此判準，很榮幸有機會將這十五篇小說推薦給讀者。以下稍作短論。

黃以曦〈植入意念〉令人驚豔。乍看之下，此題名似是對克里斯多福．諾蘭（Christopher Nolan）電影《全面啟動》（*Inception*）之致敬；然而於小說行進時，讀者們將逐漸發現，就其實，此竟為一對因果律之質疑。「因果律」者何也？那是人類一切思維、一切辯證、一切邏輯推演之基礎。所謂推理，所謂燒腦，所謂哲思，所謂隱喻，所有人類思考範疇，無不與此有關。〈植入意念〉始自一精巧詭計，緩步推進，終至於對「因果」此事之全面顛覆，或謂欺瞞。而對因果律的全面顛覆，正是對人類思維之全面顛覆。這幾乎已至文明之絕境，藝術之邊界，此去再無道路。小說至此，令人歎為觀止。米蘭．昆德拉曾於《小說的藝術》中形容那些令他尊崇的小說家，謂「是這些小說的發現，與發現之序列構成了歐洲的小說史」；這聲言極其嚴厲，因為言下之意即是，絕大多數小說並未真正「發現」些什麼，是以這些小說並無資格被寫進小說史中。以此標準，〈植入意念〉此篇絕對有資格被錄入史冊；它當仁不讓地標誌了小說智性之最高成就。

阮慶岳〈再見，萬年大樓〉是一則奇異的寓言——中年同志男子無預警接獲舊情人訊息，隻身至西門町萬年大樓赴約，卻錯入一異常之時空。此時空之運作並不遵照我們習以為常之（所謂）日常規則，而是依其自訂之特殊律法。這令人思及七等生名作〈我愛黑眼珠〉——大水臨至，所有原處正常範疇內之人際邏輯盡皆湮滅。敘事者似乎欲藉此引領讀者們思索人世現存規範（包括道德、法律、風俗、慣例、人際關係之箝制等）之必要性。〈再見〉中，同志男子錯入異常時空後，未曾見及舊情人，卻遇見一自過往記憶中現身的神祕女子。該女子以特立獨行著稱，兩人充滿哲思的對話於迷霧中展開。「所有世間的神祕女子，最後也許都只是同樣一人」之宣告，令「神祕女子」此一主意象之內涵拔升至普世性的抽象高度。過去與未來、冷靜與激情在此多合為一。

〈豪宅裝潢中〉則令人充滿了閱讀的愉悅。這當然是黑色喜劇，對白就是《大佛普拉斯》的爆笑水準——一群不得志的電影美術們決定改行做室內設計，購入房屋，巧手裝潢後高價轉賣。這是現行房地產投資巧門之一，公開的祕密，完全合理，百分百可行，幾乎就是「情理之中，意料之外」此一小說教科書規則的完美範例；差別只在於，正常狀況下，執行者是投資客；而小說中此刻做這件事的是無比專業的電影美術。當然了，事情不會如此順利，否則小說也就不用寫了；其間荒謬種種，不可盡數。我必須說，「人物生動」並非是第一流小說的必要條件（想想卡夫卡筆下那些面目模糊的角色，他們恰恰體現了人類文明對於現代性的迷惘；換言之，優秀作者必須依主題之不同採取相異策略為人物塑形，一味追求所謂「生動」其實並非正確觀念）；但張英珉筆下小人物群像之鮮活也確屬教科書等級。我尤其喜歡那段關乎「凶宅與否」的論辯，它充分體現了語言邏輯之彈性與機巧。

胡晴舫〈斷崖——時光的岩層〉描述了兩位原本素不相識的對話者，關鍵在於這兩位對話者殊異的人生履歷與對自身殊異現實的看法。男人敘述在海上鑽油平臺工作的經驗，孤懸海外，隔絕於人群，清簡而孤獨，即便交友網站都顯得無比虛幻，「這件事一開始會沉迷，後來就很膩，很想吐。因為你的指尖愈容易從螢幕上召喚出其他的時空，不同的臉孔，你愈明白，所謂的世界離你有多遠，多麼不真實。她不但不屬於你，而且早已把你忘記」。而女人卻逐漸發現，這男人竟曾是她的舊識。人海茫茫，記憶逸失於迷霧中，奇異的現實如一巨大孔洞將人們的存在感盡數吸去。小說幾無情節開展，但我喜歡這對話者描述當下現實的方式；那犀利的洞察恰恰註解了生命本身的徒勞、疏離與無意義。

李奕樵〈另一個男人的夢境重建工程〉是篇聰明的作品——個人看法，性質或些許類近於《噬夢人》中的「偽維基百科註解系列」。阿宅工程師受託於科學家的美麗遺孀，完成科學家生前心願；工作過程中，兩人情愫暗生。這情節一點也不特出，令人驚異的是作者對科學規則之化用。理論上，「量子芝諾效應」顯然不太可能發生於巨觀世界，但作者以此為軸，奇幻式地將小說轉入了另一次元。個人相當喜歡隨後展開的「社交理論宇宙」，那其實正是個體情感交流的演算法，小說的蒲朗克尺度變異，極其有趣。藉由敘事，作者探索了人類情感的底層規則，也向世界展示了小說此一藝術品類更新穎的可能性。

陳雪〈歧路花園〉是個「質疑作者的劇中人」的故事——小說作者小尹於一花園溫室中巧遇從前曾給予她無數甜美與傷痛記憶的舊情人大叔，兩人對過往的情愛歷史展開爭辯。互相指責之餘，小尹突然頓悟，這僅是夢中場景，她與舊情人並不存在於現實世界中。於此，情節急轉直下，夢中所有人物，所有爭辯、駁火與交相指責全成了小尹內心潛意識之暗示。這是一篇明顯帶有後設意味的小說（或許不算嚴格意義上的後設，但堪稱帶有後設「意味」）；但並未停留於「後設」此一技法之表面；相反地，當情節轉入夢中，解讀之複雜性瞬間拉高——意義與隱喻於「小尹的真實歷史」與「小尹的欲望與虛構」中來回擺盪，曖昧交鋒，遂因此而成就小說之豐饒，值得細品。

黃崇凱〈七又四分之一〉以楊德昌作品與史料為互涉文本；假想未來「楊德昌電影體驗園區」投影實境開放後種種情境。小說無明顯情節起伏；是以全篇細節，均有賴作者描摹情狀、化用資料之功力。這是黃崇凱的拿手好戲——歷史系出身的小說家向來是個化用談資的好手，有趣的文青好朋友。他名副其實「以虛構起楊德昌於地下」，成功撩撥了臺灣一眾資深文青揮之不去的鄉愁。

連明偉〈行過曼德拉之夜〉堪稱練家子之作——我不知這是否為一長篇之斷章；即使不是，它也充分顯示了發展為一長篇之潛力。敘事於加拿大的冰天雪地中展開，觀光旅店中，來自亞非各洲的幾位同事群聚於此，為日常瑣事付出勞務。各色人種有著自己的身世與心事，遂成就一異國底層之浮世繪。小說家有著無愧於其題材之基本工，飲食、清潔、排班、通勤，細節娓娓道來，為小說建構了堅實的寫實基礎。而一切艱難、堅忍與無從排解之哀愁皆因一頭名為「曼德拉」的鹿而獲得救贖，彷彿隧道盡頭的微小亮光。這是一篇溫柔的小品。

林佑軒〈彩色的千分之一〉是篇狂想之作；而為此狂想互相幫襯的則是敘事者的歡快賤嘴。不知名國度中，一如此刻現實，眾多孩子們有著環肥燕瘦，美醜不一的相貌；然而社會以美為貴，以醜為恥，人帥真好、人醜吃草（霸凌、欺侮、輕視）之定律萬世不變。是以新國策竟獲廣泛支持——有關當局將「精選」各班各校最醜的小孩，舉行公開表揚儀式，以其肉身與生命為材料「提煉」為彩色水晶；而其家庭則類似皇民「國語家庭」般獲得經濟支持與永世尊榮，富貴從之。小說設定荒誕不經，理論上也破綻處處，但作者寫來理直氣壯，機車無比。網美時代，網紅當道，或自拍或直播，容貌歧視大約只能變本加厲；人類對此難道不該有更遼遠（或尖銳，或嶄新，甚或殘虐）的視野？值得深思。

川貝母〈兒子的肖像〉是一則恐怖的寓言。母親請求畫家為兒子畫肖像畫。奇特的是，她所委託的是「紀錄片式系列肖像畫」——這是為期十多年的龐大構想，而一切皆僅以母親對兒子的語言描述與最初的幾張照片為依據。情節設定如此，世故的讀者們必然明白事有蹊蹺。蹊蹺並不令人意外，意外的是最後的結局。我喜歡此篇結局，它以自身為例，向讀者昭示了「虛構」一事無遠弗屆的可能性。

對父親的理解或不理解成為賴香吟〈雨豆樹〉的最大懸念。敘事者重回故鄉臺南，漫步成功大學，想起一輩子從事基層教職的、過世的父親。父親沉默寡言，吝於表達，親子間的疏離令女兒對父親的人生歷史陌生無比。回望父親一生，敘事者驚覺父親的人生並非如表面上那般理所當然——許多命運歧路曾於少年父親的生命中展開；然而因為種種不明因素，父親並未選擇那些道路，反而成為一位平凡的基層教師。這種種「不明因素」（或因個人責任、道德觀、歷史環境等），卻於父女的疏離下成為永恆難解的謎。選後之夜，島嶼歷史翻開新頁，謎樣而寡言的父親成為一個深沉的隱喻：我們自何而來？歷史的洪流與命運的偶然中，我們又將往何處去？小說在期盼、遺憾、救贖、寬諒（以黑暗中的黑冠麻鷺為其象徵）與揮之不去的巨大迷惑中結束。此為一篇對自身情感與島嶼歷史之深情凝視，允為佳構。

童偉格〈死亡〉以外婆之死為引，述及家族種種；通篇是我們於《西北雨》與《無傷時代》中早已熟稔無比的，東北角海岸無日無之的雨霧。而雨霧還延連綿，也正如童的拿手好戲：時間剎停，萬物休止，一切都在死亡（具體或象徵性的）中凝固。本篇文字靜美，字句如詩，世界如一巨大謎題（是以以迷宮為喻）；而那最終的所謂「真相」，正是迷宮深處的彌諾陶洛斯。與神話的互涉使此篇小說成為一認識論之寓言；更準確地說，「對死亡的認識論」的寓言。人如何面對、定位或詮釋死亡？生命的消逝抹除了身分、文明、時間與血緣的界限（一如看顧外婆的外傭蘇菲；一如敘事者所期待——蘇菲或亦將重回柬埔寨，成為其他許多人的外婆），也將敘事擲入一天地蒼茫處。

小鮮肉當道，李昂〈睡美男〉正是時候。這是篇好看的小說。年過五十，專欄作家殷殷夫人迷戀上自己的健身教練Pan。然而與其說作者戮力於摹寫Pan的鮮肉魅力，不如說，於此一短篇幅中，作者更意在揭示所謂「老」的細節。何謂「老」？「老」

是什麼？女人固然不經老，男人又何嘗不是？殷殷夫人的丈夫比她大上許多歲，表面上依舊是個人人稱羨的「老帥哥」外交官——然而僅止於「表面上」。作為一人世間最注重所謂「表面工夫」、「體面」、「排場」等相關價值之場域（所謂「外交圈」）之一，沒有什麼比老去的外交官更能體現金玉與敗絮之間的落差了。作者摹寫身體衰敗，色衰愛弛——或準確點說，弛者未必是愛，而或是欲望，是貪生，是對生命莫名的恐懼、貪婪與索求，是那僅容意會，不可言傳的某些什麼——於此，〈睡美男〉筆觸細緻精到，淋漓暢快，有直言不諱之魅力。

章緣〈殺生〉同樣是篇好看的小說。三位上海姑娘，三位女角閨密，標準寫實，說有戲是意料之中，但婆媽情節如何精采兼及精緻，就得看作者經營細節之功力了。小說最吸睛的部分可能是意象經營：幼蟒纏繞女角雪白大腿、蛇吞食老鼠的畫面自然融入小說情節中，不見斧鑿又令人印象深刻。人世凶險，情愛牽纏，互相傷害，誰不殺生？雖則小品，畫面卻令觀者揮之不去。

歸功於作者以虛構情節與複雜歷史對話的功力，郭強生〈罪人〉以一短製，承載了中篇以上、近乎長篇之隱喻密度。二戰時期，身為大稻埕富商陳木榮之子的文藝青年陳慎對臺灣本地藝文風氣感到不滿，一心嚮往「母國中央文壇」，意欲直接前往東京發展——僅是此一人物之背景設定即已神思畢現，巧妙匯聚了數種巨大歷史力量。陳木榮愛子心切，除挹注本地藝文活動外，亦直接安排陳慎「脫臺入日」前進母國東京留學習藝。陳木榮固然處心積慮，作者郭強生何嘗不是？百般設想，為了成就此一以「變成另一個人」為主題之故事。而究竟何種力量會誘發個人「變成另一個人」的欲望？個人又如何面對之？現代性、殖民歷史、冷戰格局與個人卑猥的脆弱於此交會，交織而成一逼近長篇量體之史詩格局；是為我個人心目中的年度小說。

眾所周知，年度小說選篇終是一己之偏見。我難免有我喜歡的，我不喜歡的；於本序文篇首的抱怨中應該也已經表現得相當明顯（笑）。我有我的判斷，但我不會自認有「體會世間所有可能之藝術價值」的本事。以上十五則簡論，與其說是點評，不如說是向這些小說致敬。小說長河浩浩湯湯，最終通往何種風景，我們無從預見；隧道盡頭，自有它的黑暗與光亮。然而此刻，作為一專業作者與讀者，能於茫茫文海中遇見這些作品，是我個人的幸運。希望也能成為讀者們的幸運。

謹為序。

二〇一八年二月一日

歧路花園——陳雪

一九七〇年生。國立中央大學中文系畢業。〈蝴蝶的記號〉由香港導演麥婉欣改編拍攝成電影《蝴蝶》，二〇〇四年以長篇小說《橋上的孩子》獲《中國時報》開卷十大好書獎，二〇〇九年以長篇小說《附魔者》入圍臺灣文學獎長篇小說金典獎，隔年同時入圍臺北國際書展大獎小說類年度之書與第三十四屆金鼎獎，二〇一三年以長篇小說《迷宮中的戀人》入圍臺北國際書展大獎小說類年度之書。部分作品獲得財團法人國家文化藝術基金會寫作計畫補助，並翻譯成英文與日文於海外發表。長篇小說《橋上的孩子》於二〇一一年由日本現代企劃社發行日文版。另著有小說《摩天大樓》、《臺妹時光》、《她睡著時他最愛她》、《無人知曉的我》、《陳春天》等。

天朗氣清，空氣潔淨得眼睛所見景物都顯出透亮色澤，小尹與一行朋友在某個像森林又像花園的空間裡穿行，草的綠、花的繽紛、樹的蓬勃、蟲魚鳥獸的聲響於周身繚繞，仰頭望去，樹與樹之間透出大片天空格外亮藍，白雲像浮貼上去的棉花似的團成各種形狀，一隻飛鳥掠過，像一個長長的逗號。小尹忍不住伸手撫摸前方，好像連空氣也變得有形體能夠觸碰，朋友們卻沒有她這樣大驚小怪，所謂的朋友，是同樣身為小說家的畢路、藝術家判關、哲學家尼旺，到底是為了什麼目的而來到這個林中花園，小尹並不清楚，大夥各有目的、也像是隨興所至地散漫前進，小尹覺得安全，只要跟這幾個朋友在一起，在哪都可以安心。

行經某個拐彎時在花叢間突然見了那個人。他是突然出現眼前的，像是凌空而降，當然，或許他本來就在那兒。

「那個人」三個字，對小尹猶如佛地魔，曾經是不可以提及的存在，但也曾是她隱密思想中最常浮現的關鍵詞。那個人曾經籠罩她的生命如一片永遠盤據上空的雲朵，六年前她終於停止與他糾纏多年、分分合合、難以割捨、無從剪斷的關係，如今小尹有了穩定美好的婚姻，過著平靜和美的生活，所以是多年不見的舊情人狹路相逢嗎，但周遭景物總有說不出的怪異違和，姑且稱那個人為「大叔」，當年戀愛時尚未流行這個詞，現在倒是有「大叔熱」了。

聽說只有瀕死的人才會突然產生記憶回溯的現象，但瞥見那個人的時候，小尹的記憶在瞬間就回溯了一次，前前後後八年的時光快速播放，大量的喜悅悲傷等待如水流沖過她的意識底層，激起層層波紋，她愛了他八年啊，一個女人有多少個八年可以荒廢呢？即使她不斷安慰自己，一段失敗的關係並不意味著荒廢，即使過程裡朋友們總是罵她把整個青春都浪費在那個人身上，距離上次見面也有六年了。「事情不是那樣的」小尹順著記憶的回溯忍不住呢喃著，她張著嘴要說什麼，大叔已經在她眼前了，她唯恐被看見牙齒或舌頭似的趕緊闔上嘴，大叔卻突然拉住她的手，「跟我來」大叔說，彷彿他們並非六年未見，而是每日例行都在這個花園相會似的。

奇花異草處處，花園中心有盛開著荷花的遼闊池塘，沿著池間的小徑望去，可以看見遠遠一座尖頂的溫室，大叔領路，帶著他們前行，「我帶了一群學生在溫室做實驗，培養牛蛙與樹蛙。」大叔說話還是那麼老氣橫秋的語調，同行的老友畢路與小尹最知心，從大叔出現畢路就知道小尹碰見「那個人」了，刻意地走到小尹身旁，技巧地護著她，小尹對大叔倒也沒什麼禁忌了，雖然突然見面心上難免一震，記憶回溯的過程彷彿又經歷了一次快樂悲傷，但她知道曾經對她造成挖心刴骨般的痛苦與影響力的那個人早已逸出在她的生活，如今的大叔成為一個突然偶遇、尋常的老教授，像是老友好久不見，熱絡又客套地彼此寒暄，大叔熱情地為他們介紹環境，那是間設備古舊幾乎荒廢的溫室，一群大學生拿著各種奇怪的道具、到處堆滿培養皿、燒杯、試管、顯微鏡、牆壁上掛著地圖，黑板塗滿了各種符號與數字的粉筆字，溫室四周的玻璃窗望出去是荷花池，這溫室幾乎是漂浮在湖面上的一間小屋，屋內空氣非常悶熱潮溼，並沒有看見什麼樹蛙牛蛙，除卻各個學生雙手操作著器材間發出細微碰撞聲、呈現某種「什麼東西正要產生」的刺激氣息，氣氛倒像是開讀書會之類的活動，學生都熱切地談話，對大叔與畢路小尹一行人相當尊重。

沒見到蛙類與任何實驗成果，畢路說這裡空氣太糟，還是出去吧，大叔領著她們繼續走，花園小徑蜿蜒歧出，卻走上了一道斜坡，坡頂不可思議地出現一片森林，林間密密地開始湧現山嵐、雲霧，空氣帶著透明的溼潤感，小尹感覺身體都變柔潤了，大叔來到她身邊，牽起她的手，沒往森林去，卻是走向了一旁小徑，路的盡頭，是一間寬大的木建築。

「我們去驛站。」大叔的措辭總是說不上哪裡怪，但本就是個怪人，怪語也是難免的，約莫是太久不見，已經遺忘他的孤怪正是當時吸引她的原因之一。

建築大門敞著，只以家具作為區隔的大空間視線毫無阻攔，一樓是寬大的客廳，廚房、工作室、展覽間，踏上會發出怪聲的木製樓梯，小尹發現其他人都沒跟上來，二樓大概都是客房，沿途都沒碰上任何人，好像是大叔隨時想來都可以來的地方，他打開其中一個房間，自然地跨步走進，途中大叔一直拉著她的手，她只好跟隨。

放下背包、脫下外套、大叔開始熟練地解開襯衫鈕釦，小尹突然想到，大叔該不會以為他們要上床吧！多年前也總是這樣，他們分開、見面、再分開、又見面，每一次開始與結束，都是以性交做結。但那不是性交，那時她真正是在做愛，緩慢而不激烈地，花費長時間黏貼著對方的身體，要想盡辦法才能把另一個人像自己的皮膚那樣剝下來。除了做愛沒有其他方式傳達。

那些相愛的時間忽然像固體一樣充塞了整個房間，初相識小尹二十八歲，因為一個寫作交換計畫到美國短居，在活動期間認識了當時在校客座四十五歲的大叔，兩個人狂熱地愛了起來，那時，小尹以為往後人生就這樣了，她要與他愛的人到任何地方，他們構想一種可以遠離家鄉，在外地居遊的生活，「世界好廣大我還想帶你去好多地方」大叔說，他們編織著美夢，當小尹寫作計畫結束，大叔突然宣布要離開美國，去新加坡，半年後他就會到日本去，「那我呢？我是不是要回去把工作辭掉？」小尹問，大叔支吾其詞，她才發現自己根本不在他的計畫裡，這不過是一段假期戀愛，等到假期結束就該停止，可自己卻怎麼也停止不了，「我會回去看你啊！」大叔說，「那不一樣！」她說，「什麼地方不一樣？」他問，小尹知道那些諾言不過是因為做愛後感性的戲言，是一種溫存後的副作用，或者，本來她在他的計畫裡，後來他決定不要了。

「為什麼呢？我是在什麼過程裡弄錯了什麼所以他無法再靠近我了。」她反反覆覆檢視相處兩個半月裡的各種徵兆，卻發現所有過程只有吃喝玩樂，無止盡性愛纏綿，那一直是她人生的寫照，自己就像個性愛機器，所有的愛情圖像裡，只有在床上時她才是被愛的，只有做為一個性感寶貝，suger baby，她才是有價值的，這樣的人誰會將她當成終生伴侶呢？她腦子裡有什麼東西碎掉了，那段時間，或者該說爾後很長的時間裡，她的生活破碎得無法辨認，大叔來了又走，走了又來，每當她想要將他驅離她的生活，他就以更強烈的方式出現在她生命裡，每當她下定決心，不要再與他有任何肉體關係，他們之間就會出現更強的性張力，她記得一次，大叔終於從印度回到臺北，他們關在飯店裡五天四夜，一步也沒有離開房間，她有好多好多的話想要對他說，她想要仔仔細細地問他：「到底出了什麼錯？我們之間還有沒有其他可能？」然而大叔日益沉默，當他們緊密相交時，內心卻可能上演著完全不同的劇情，當汗水、體液、呼喊瀰漫在飯店的房間裡，小尹感覺生命快要被折斷了，她望著他因激情而變形的臉，感覺到愛情的恐怖。

而後他們一年見上幾次面，在臺灣各處的旅館，在亞洲幾個國家，他去開會時她就在飯店裡等待，世界好像塌陷了，這不是他們說過的一起在國外的居遊生活，飯店不是家。她知道他只想跟她約會，不想與她一起生活。

想到這裡小尹清醒了過來，「不行。我得走了。」小尹嚴正地說。怕大叔沒聽清楚似的強調：「這次不行，以後也不行。我已經結婚了。」

她想起自己目前的婚姻生活，平安靜好，正要邁入第四年，她懷孕三個月了，對，是因為這樣才跟好友相聚，前一晚大家歡喜為她慶生，也慶祝孩子的來到（保密了三個月才說啊），面對大叔時想起肚子裡的孩子，懷孕的喜悅被悲傷的陰影覆蓋了，她記起與大叔糾糾纏纏的最後一個夏天，他們半年沒見了，小尹剛結束一個在曼谷的短期寫作計畫，人晒得好黑，活力充沛，一向孱弱的她，甚至學會了游泳，她也準備好要跟一個男人交往，可以擺脫過去苦情的等待生涯，大叔來找她，她感覺有力氣跟他對抗，大叔看見晒得黝黑、變得開朗的她，彷彿重新又愛上了她，他爆發比第一次戀愛時更強烈的熱情再次追求她，她已經知道要拒絕，但你怎能拒絕自己心愛的人事物回到身邊呢？他們像度蜜月一樣去了新加坡、香港，大叔沒有如過去那樣消失不見，他們甚至計畫第二度一起回到美國，那曾經讓她心碎幾乎瘋狂的地方，好像要經過這個儀式把感情修補起來，就在那時她發現自己月經遲了兩周，她考慮了好久才決定告訴他，她永遠忘不了她問他：「可以把孩子生下來嗎？」他平靜地說：「你決定就好。」

美國之行取消，他們之間又恢復了那種隨時就會破滅的危機感，當她發現月經終於來了，她哭得肝腸寸斷，彷彿孩子曾經存在體內卻因他的冷漠而夭亡。

她知道她不能再見他了，她會死的。

天知道那需要多大的決心，或者那該是多麼絕望才能做出的決定，她記得最後一次見面，大叔帶她去吃飯，他送她回家，她並沒有邀他上樓去坐坐，而是獨自走進大樓門廳，將他擋在大門之外。她才上樓他隨即打電話來，說要帶她去澳門，「我最近很忙，以後再說吧！」小尹說出這段話時，心臟幾乎從嘴裡跳出來，她竟能夠拒絕他？大叔像是突然受到打擊不知如何是好，遲遲沒有說話，也不掛掉電話，他們在電話裡僵持、沉默了許久，好幾次小尹都想脫口說出：「好吧，帶我走。」但她忍住了。而後，他的來電她不再接聽，他發簡訊來，她不回，最後他寄來卡片，卡片裡夾著支票，「給你買機票，你隨時可以來。」大叔寫著，她捧著支票哭得稀里嘩啦，以為「你隨時可以來」意味著「我們可以在一起」，眼淚擦乾，隨即她又理解那句話的意思代表的是「你隨時可以來，但你總也必須離開，我們不可能長時間在一起」，她久久凝望著那張彷彿紀錄著他們愛情死亡過程的支票，望得眼睛發痛，她像戒斷一種毒癮般戒斷他，中間還做了一年多的心理治療。這些，他都不曾知道。他們慢慢失去聯繫。慢到就像那段愛情是上輩子的事。

當年丈夫對她求婚時，她傻傻問他：「你真的想要跟我一起生活？你覺得我可以過著一般人那樣的家庭生活？跟我在一起不會煩膩？」丈夫摸摸她的臉，彷彿她問了奇怪的問題：「為什麼會煩膩？為什麼不該一起生活？」剛結婚時，小尹是如何恐懼著丈夫可能在某一天突然就消失不見，他可能隨時會跟她說：「對不起，這不是我要的人生。」

當她發現自己懷孕，如遭雷擊，唯恐這是噩耗再次降臨，她沒敢告訴丈夫，心想著或許該是離婚的時候了。是他發現了驗孕棒，激動狂喜抱著她轉圈，又哭又笑像傻子一樣，她覺得這些反應都像是演電影一樣，那是別人的生活。那時她才驚覺大叔的遺毒未消，她還活在那些恐懼裡。

她花費了多少力氣才真正理解她也可以過著與他人一起、緊密且親密的生活，她花費多少時間，才知道並不是每個人都會離她而去，她有時會被自己的眼淚驚醒，她得花時間一一觸摸才能確定所謂的家庭、先生、肚子裡的孩子，都是真的。要消化大叔在她身上種下的毒，幾乎要了她的命。

她怎可能在這時候突然失心瘋地因為一場偶遇又回到跟大叔那種糾葛的關係裡？

如今大叔朝她走過來，臉上帶著困惑的表情，小尹想起了他正在培養的樹蛙或牛蛙，說不定就像是現在的他。並不是醜，那是一種人類很少出現的表情，像是看不懂其他人，或覺得自己並未得到理解，因隔閡與無能表達呈現的遲鈍。

「都結束了。」小尹說，正確說來已經結束六年了，不短的時間，他們從來沒有分開過這麼久。雖然從來也沒有誰說過要結束。小尹不去找他，他一再打電話小尹沒有接聽，就等於結束。

「那你為什麼還來？」大叔問。

對啊為什麼這是我無法回答的，這也是我正在追問的，這一切荒謬的感覺，錯誤的重逢，都不該發生在我的生活裡，可是我來了，你剛好在這裡，這並不是我的錯誤。

「我們離開吧，他們一定在找我們了。」小尹伸手想拿出手機，手機卻變成掀蓋式的小海豚手提電話，她終於理解一切的感覺怪異是因為「他們正在夢境裡」，知道是夢但還醒不過來，也沒辦法讓其他人了解這是一場夢，所以接下來任何事都是不正常的，甚至沒有意義。只是醒不過來。

大叔扣上釦子，背上背包，打開房門彷彿鏡頭倒退播放，畢路突然出現在門口，他們兩人就像敵人似的互望著對方，僵持不動。

「你不要總是一副受害者的樣子，一直設法要讓我內疚，事實上你從來不知道自己對我造成什麼影響，只是自顧自地感覺到受傷，被遺棄，被傷害。」大叔語氣激動。

「確實是你傷害、遺棄了她，即使我沒有親眼所見我也知道，在那個陌生的國度裡，你把她遺忘在一間屋裡，幾天幾夜不見人影，別說什麼你還沒準備好，什麼你有親密恐懼症，你感覺她是你生命的負擔就立馬逃走，現在還有什麼資格在這裡大發議論。」畢路與他爭辯。

「事實是不是你想像的那樣，這是我與她之間的事，你不可能明白，不要介入。」

「事實是現在你們已經分開了，不要再把過去拿來說嘴，她現在很幸福，你別再靠近她，你會傷害她的。」

「如果已經過去了，為什麼還要來找我？」

「沒有人要來找你，我們不知道你會在這裡。」

「從來都是想出現就出現，想離開就離開，你不知道你的出現與離開都會把我的生命弄得亂七八糟。」

「我們馬上就會離開。你別再說了。你，會，傷，害，她，的。」

「那我們來說說什麼是傷害，什麼是遺棄，什麼是愛，什麼是悲傷？你確定她知道嗎？

你現在幫她發言這種舉動你以為就是愛嗎？」

「都不要爭執了，這裡是夢，夢裡的爭執對現實沒有幫助。」小尹大喊。

「正因為是夢，所以可以深入探究，你知道吧，真實生活裡我一句重話都不曾對你說過，但你卻將我描述成糟糕透頂的人。」大叔喊著。

「那些都是小說。」小尹抗辯。

「你可以寫小說，我可以進入你的夢，這樣公平吧！」

「別忘了我也在夢這裡，不是你一個人說了算。」

「現在我們誰說了都不算，但我們還是賣力說著，因為現實中有尚未解決的問題，需要到夢裡來尋找答案。」

「怎麼可能在夢裡找得到。」

「至少我可以說出我無法說出的話，不是你一個人自言自語。」

「我記得在墨西哥，在舊金山，在香港，在曼谷，你是那麼快樂，你不能否認我曾經帶給你快樂，但你從來不寫那些，你只是一次一次回到那些我離開的時刻，卻不知道我是非走不可。」大叔的語氣裡有小尹不曾聽過的哀愁。

「為什麼非走不可？」小尹問。

「如果是我絕對不會拋棄她一個人走掉。你根本沒能力愛人。」畢路搶話。

「那是你不明白，跟她一起生活有多麼痛苦。」大叔抱著頭像是哀嚎。

「你這樣說太過分了。」畢路衝上前逼近大叔。

「她給的愛是無法具體落實在生活裡的，不是那種，那是會互相毀滅的愛，我跟她在一起頭腦沒辦法正常，每分鐘都在激情裡焚燒自己，你試試看每天都像發高燒那樣生活看看，不可能，什麼事也做不了，感覺自己都快燒光了。」大叔眼神毫不閃避地回應。

「自己沒辦法把持自己，還怪別人。」

「不是，我不是要指責她的不是，我在說明我對她的愛並非一般世俗的愛，我想要與她的不是一般男女之間的柴米油鹽，我們之間所擁有的親密是你無法理解的那種深刻，倘若變成尋常夫妻就太可惜了，你不懂的，我並沒有遺棄她，我只是還在設想要用什麼辦法具體落實這份愛，但是我太老了，我已經沒有能力去談一段長時間、近距離、粉身碎骨的愛，我沒有能力那樣去愛她，並不意味著我就不愛她。你們弄錯了，我站在這裡，或你們出現在這裡，一定有意義，我不知道我們站在誰的夢裡，但可以確定的是，這不是我的夢，我是在夢裡也不會把自己說破的，我曾經為她瘋狂，但我沒辦法為她粉身碎骨。」

「又要推卸責任了嗎？她的小說，她的幻想，她的病，她的夢，一切都是她咎由自取。」

「你不要介入我跟她的事，你以為你看得清楚，但你什麼也沒看見，除了我跟她，誰也沒看見。」

「不要再吵了！對，我曾經快樂，我曾經非常快樂，那就是我發瘋的原因，我知道我不會愛人，我的生命有很多問題，我知道寫出那些你看了會不舒服，但是現在我已經好多了，不要再繼續把那些往事翻出來，就不會有人繼續受傷，我沒辦法正確說明前因後果，事實就是兩個相愛的人無法繼續相愛，一個人說出來，另一個沒說。算是我對不起你，我以後也不會再說了。」

「你可以說，你可以寫，你可以做夢、可以告訴每一個朋友，但是請你理解我，請寫出你理解的我，而不是一次次透過誤解再把我推到更遠的地方，你以為你寫在書裡我不會有感覺，但那些書寫改變了事實，所以我們被帶到這個地方了，你知道嗎？這裡，這些溫室、花園、木屋，以及更多被你建造出來的場景，通通都存在，你跟我還會一次一次去經歷，這是沒辦法的。」

「那時我必須寫出來，否則我沒辦法活下去。」

「你總是這麼說，就像你以為我不愛你，我只是玩弄你，你真的這樣想嗎？但你不知道你才是那個有力量破壞、創造、毀滅的人，正如你把我帶到了這裡，還有一個我根本不認識的人在一旁。他看著我們爭吵，看著我發怒，好像我還在繼續傷害你，他不知道，甚至連我現在說的話也不是我想說的，但是你知道在真實裡，我打死也不會說出一句傷害你的話。我不會開口爭辯，我只是個沉默古怪的老頭。」

「可是我們走進夢裡了，這是我的夢，我知道，我夢裡總是會出現那些巨大的屋子，寬敞的花園，以及最後怎麼都無法撥通的電話。我感覺自己快要清醒了，所以你無須激動，你只要再忍耐一會，這一切在現實裡可能不過一分鐘，而且夢醒後只有我一個人會記得，請你不要再罵我了，我不想看見這樣的你。」

「你什麼都不想看見，除非那是你想要的，所以你從來沒看到真實的我，你也不聽你不想聽的話，所以我的話語都被你更動，但是那些公路，那些草地上打鼓的黑人，那些被吃掉一頓又一頓的食物，漫長沒有盡頭的車程，我想要給你生活，但你看不見，你說我想要的只是性，但當我要給你別的東西，你看得見嗎？你能相信嗎？那些沒被書寫的，那些被置換的，那些被扭曲、被消滅的、那才是我們真正擁有的。而不是這個破爛驛站與那個什麼都生不出來的溫室。」

「但這是我的夢，你說出的怎可能是你想說的。」

「或許我說的是你想要我說的，是你害怕聽到，又期盼聽到的，但至少我在說，透過我的身體我的聲音我的嘴說出口，我可以負責，儘管這個我也不是我。」

「然後呢？這一切有什麼意義？」

「那你為何還要夢到我？」

「我只是希望你曾經愛過我，就像我愛你一樣，我沒有要傷害、搗亂、破壞你的平靜，並沒有，你是我生命裡可以依靠的港灣，我每次去投靠你你都接納我，我並不知道這些見面可能會影響到你，你看起來就像誰都不可能影響你那樣。」

「因為你只看得到你看到的，你看不到我看見的，你看不到你來去之間我這邊的影響，你也不在乎，到現在你還說你只希望我愛過你，但是我愛過你，你要聽的就是這一句吧，這是廢話，你花了那麼多時間痛苦，用了那麼多篇幅、才華來否認我們發生過的，你卻說你只是希望我愛過你，那是你希望的嗎？我到現在也愛著你啊！我從沒有愛過誰像愛你一樣，正如我知道你也是如此，這就是我們的悲劇。這個答案你想要嗎？事實上是你遺棄了我，你要投奔到所謂的正常生活裡，可是你並不知道，你的生命就是這樣運轉的，你遺棄了所有人，卻說自己被放逐。你還要我說愛你嗎。夠了嗎？這些話足夠你回到現實裡感覺好受點嗎？那真實發生過的到底對你有沒有意義？那些花，那些海豹，那些你曾經討厭過喜愛過的公路旅館、連鎖餐廳，美式漢堡，墨西哥捲餅，舊金山大橋，你為什麼不寫寫這些。」

「我希望你繼續愛我，大概是這樣吧，愛過，然後繼續愛著，以證明我確實有人愛，以證明我是有資格被愛的。」

「你都四十歲了，不要再裝幼稚了。你用腳趾就可以感受到誰愛你，誰不愛你，重點是，那些事對你有什麼意義，你還不是用自己的方式走到了這裡，你有能力創造，甚至把我們都裹脅到你的夢裡，誰又能奪走你的夢，改變你想要夢的內容呢，到現在我們誰也沒有辦法清醒過來。」

「那為什麼我還要持續夢到你？」

「你就是不放過我啊！你不想放過任何一個你愛過或愛過你的人，你像那些抓寶可夢的人，把愛人都收集到你的背包，所以你變得那麼沉重，一點也沒有想要把記憶卸下來，沒有要放任何人離開。」

「我沒有，我不是都不跟你聯絡了嗎？」

「可是現在我們在這裡相遇，就是最好的證明。你從來沒走出來過，你還在等待什麼，找尋什麼，我沒有回答你，我始終不開口，因為我不想傷害你。但你活在傷害的版本裡，我怎麼說你都會受到傷害。」

「我們不可能靠著這種爭執釐清愛的傷害，因為傷害是愛的一部分，傷害是愛無能完成的必然損傷，你感覺無辜，他覺得受辱，你們的真實對不上，話語兜不在一起，你們記住的與遺忘的，書寫的與沉默的，都是同一回事，只是他們用不一樣的方式呈現，那是我們不能說破，即使說出來也沒有用的，我們都不是自己的主宰，在這裡，在外面，我們賣力說著想著編寫著的，是被寫好的劇本。」畢路擋在他們之間。

「你走開。不要用你繁複華麗的詞語讓事情變得更嚴重。」大叔狂吼。

小尹感覺到夢正在裂開，而畢路與大叔仍你一言我一語進行高難度的哲學辯論，她聽見貓叫聲，咪嗚，咪嗚，是每天早晨五點半都會喊醒她，讓她起床上廁所以免膀胱發炎，而她會順道餵牠吃一點乾飼料，那隻從來都不讓人抱，不給摸，卻又依賴著她的，有自閉症的貓，即使肚子裡有孩子，小尹卻覺得這隻老貓的靈性足以穿透她複雜幽暗的心，有能力容納她那些破碎瘋狂錯亂的夢，足以在這個看似一切安穩的婚姻與家庭生活裡，在她身為妻子、與即將的母親身分之外，留給她一個「做夢者」的位置，她是在生命最破碎的時候撿到這隻貓，貓陪伴她度過那些離開大叔漫長的過程。

貓咪以被規訓過的生理時鐘準時叫醒她，但她卻醒不過來，畢路與大叔持續爭論著，她聽見大叔難得高聲的談話，從來也不曾出現過的激烈語調，那聲音、那些話語，完全不是她記憶裡的大叔，她聽得眼淚婆娑，這些都她自己的大腦虛構的，是過一會就會被貓叫聲完全打破的夢境，這是她清醒著時絕對不會聽到的對話，大叔不是大叔，畢路不是畢路，小尹也不是自己，這場夢被什麼力量叫喚出來，那些對話卻是她需要聽見的，聲音變得模糊，但大叔還在激烈抗辯著，他越是抗辯，小尹越感到平靜，那與事實相反的夢裡大叔絕不可能說出的話，或許才真正安慰了她心裡某處還沒有痊癒的痛苦，那是家庭、丈夫與孩子都安慰不了的，空缺的傷口，看不見的傷害無從痊癒，必須用虛構的方式得以進入撫摸。貓叫聲越來越清晰，她的眼淚已經不再流了，臉上乾淨一如睡前，她垂懸在夢境邊緣，心想待會可以移動身體，就能夠輕易碰觸到她真實生活裡的愛人，她肚腹裡微微的心跳，她擁有的都沒有失去，然後一切都會醒來，花園、溫室、木屋、牛蛙，什麼都不復存在，她要拚命記下那些只有夢境，可能也只有這一次，稍縱即逝的聲音，那些對話，誤解、爭論，那漸漸遠去的聲調，那其中隱藏著她渴望擁有的，她害怕面對，或甚至是她幻化出來的。誰也不知道夢到底是誰製造的，透露的是預兆？事實？反面？或者只是一團無處可去、沒法消化的記憶體阻塞物需要被歸檔整理。

噓，她不說破，即使到最後也不喊醒那些夢裡人，她要讓聲音漸小漸微直到不可能聽見，她會毫不反抗靜靜讓貓把她徹底喚醒，手指還依依地抓住那些聲音最後的痕跡，那裡誰說著的，即使最不愛最恨的最傷害的最痛苦的，也好過什麼都不說，什麼都沒回答。

——原載《印刻文學生活誌》二〇一七年一月號，第一六一期

植入意念——黃以曦

本名黃香瑤，影評人、作家。臺灣大學社會系畢業，臺灣大學建築與城鄉研究所肄業。二〇〇五年獲柏林影展新力論壇影評人項目。著有《離席：為什麼看電影》、《謎樣背景：自我戲劇的迷宮》。

周末晚上，哪兒也沒想去。賴在沙發，一瓶啤酒，一包洋芋片，看著電視。電視上是某個新興產業的專題訪談，開場後主持人就不太插得上話，那個公司負責人解釋著他們的業務與操作。沒有開場，也無客套，一啟動，全盤打開。

看著，覺得更像某新思維型態的推廣，有著古怪的冷調。原本輕鬆的夜晚，緊張了起來。

「……我們事務所成立並不太久，已有相當口碑。我們公司做的，簡單說，就是解決問題。並非當問題發生後、去把洞補起來那種傳統方式，而是就業主所提出的問題作結構性的分析，接著回退去改變該問題的形構，跳脫原瓶頸，讓問題無從成立。

「這不是科幻小說，我們不是搭乘時光機去扭轉事件，說『往回』，指的是概念上回推一個層級。……這個技術從附屬於大企業，到獨立品牌，到小型個人工作室，已經成為一個產業，近年來相當活絡。

「比起同業，同樣解決問題，我們更重視對問題的分析，甚至可能因此沒那麼照顧到『解決』的初衷。若有時效壓力，我們不一定會是適合你託付的人選；但論及我們專擅的服務，我可以自信說，在本城，還沒有稱得上是對手的。

「會求助於專業者，一開始為了要終結麻煩事，但當委託契約確立、進入對情勢的分析，有些業主會轉而著迷於我們揭開的事態。一種對『知』的本能熱情吧！

「苦惱的事，人們總想過又想，委託者總會自以為手上已有全部材料，但在專業的引導下，除破解原先盲點，更重要的是，來回研磨後，會湧現大量新訊息；原本模糊的，變成全系列辯證項目。像喚醒沉睡的獸，激發更多牽動，本以為不相關的層面也被含括進來。

「原本人們是為了關心自己的事，可後來，對事件的追究，成為可推進的旅程，人們開始被事件的萬花筒景觀所吸引。」

「您的意思是，這是一個新世紀的來臨？」主持人提問。我在電視機前倒吸一口氣，嚇了一跳，完全忘了在場的，還有該負責人與我之外的第三人。

那公司負責人沒一絲表情，接著主持人的話，以完全相同語調說，「不，我沒預測到會切割出全新市場。理論性分析本就有助於解決問題，我也很驚訝後來大家對理論展延的興趣，凌駕了個人遭遇本身。」

「咦……。」主持人說。

「是的，我們觀察到，愈來愈多業主關心過程多過於結果。現在要談的是我們服務中最核心項目：在他人心中植入意念（inception）。」該公司負責人繼續說道。

「『植入意念』是我們這行須動用較高階技術的部分，通常是委託者遇到難以說服的對象，兩造對峙、空轉，無法解開僵局。這時會找上像我們這樣的事務所。

「一般處理事件的業務，我們重新分析情況，找出原被忽略的元素、或將既有元素另外組裝為同樣合理的因果圖式，得出另一、或一個以上，關於該事的結論。『植入意念』業務也由相同道理，即返回人的認知歷程，處理觀念。

「由於目前相關法令對這個產業仍限制為一次性處理，關於回溯、干預概念，加諸事件是合法的，針對人就有爭議。輿論對我們這行並不友善，我想藉這個機會，再說明一下這個『植入意念』技術……。」

「好有未來世界的感覺啊！」主持人好不容易打斷了負責人的話，想讓氣氛輕鬆點。他以活潑的語調大呼，可現場的嚴肅已無可能破解，主持人的話語硬生生斷裂，那乾澀感染了電視機前的我。

負責人像什麼也沒聽見，銜上空隙，接著說，「關於意念的植入可分成幾個階段：首先，遭遇事件。事件啟動故事起點，將對象引入新故事。接著，在新故事中置入怪事，讓對象起疑，促使他上路，尋找解答。最後，確保對象親自找到答案。」

「人們很容易被鐘面時間的圖式給誤導。發生在下午五點、下午七點和下午九點的你的三個故事，不見得為一條線所貫穿，三個故事可分屬於三種以上的不同圖式。若沒將這一點作為基本信念，處在的意識狀態其實是脆弱的，也就是說，這些人屬於容易被植入意念的對象。」

「是否更具體一些說明呢？這是晚間的節目呢，觀眾們的腦袋畢竟累了一天，有點神智不清啦⋯⋯。」主持人再次試著讓氣氛高昂。

該負責人停了數秒，「你說得對，我該就每個階段來討論。」他說。

「植入意念的第一步，是將對象偷渡入新故事。實務上，就是加諸事件，該事件略溢出日常，但仍是熟悉的情境。有點像我們過著重複的生活，但每天仍有或大或小可稱之『事件』的遭遇。必須注意的是，此階段的事件層級不能比日常高出太多。

「什麼是事件層級的高低？例如，每天搭某班火車上班，今早在車上遇到舊情人。在此，『遇到舊情人』的層級是很低的，你是在常態中遇到此一事件的。但假如情況是，忘記設定鬧鐘↓晚起床↓只好搭晚兩班車↓車上遇到舊情人。這裡，事件的層級就會拉高。

「而假如情況是，半夜接到簡訊通知公司要消毒明天全體員工放假↓睡到自然醒↓悠閒出門吃早午餐↓遇到舊情人。如此，事件層級變得很高。

「事件層級愈低，我們的警覺心愈小，該事件愈難獲得意義，暈出的漣漪也愈淡；事件層級提高，干擾愈強烈；高到一個程度，甚至可以打開新常態。通常人們口中事件的大或小，極少指『規模』，而是關於『層級』。本質上迥異的兩者，對人造成的影響有懸殊的差異。

「在這階段，負責植入的團隊要布置一個事件，但這事件，得小到不令對象起疑，又要大到足以打斷他原來生活，進入新故事。只要讓對象未警覺地進入新故事，計畫就成功了一半！

「第二階段，是新故事中的怪事：在前階段，我們讓對象於日常中有所遭逢，但該事件並不驚動他，將他偷渡進新故事。這階段的任務是誘迫對象浮現特定疑問。

「兩階段故事之不同展開在於，在第一階段，主角是滑進指定軌道，他無警覺地進到深處。以為只是遇到了一般情況，他可以掌握。該階段的起點與終點差別在於，隨新故事的展開、對象愈走愈進去，他把唯一的時間和注意力，更深地捲入一個故事、脫落於原來故事。

「換句話說，在新故事的起點，人橫跨在兩故事之間，他仍能選擇這或那個故事。可當進入故事，逐漸深入，將很難退出。最終，他甚至不確定曾有過別的選項；身處的這個故事成為全部的現實。」

該公司負責人看向主持人，像要確認他是否跟上，「現在，你已經無法退出這個新故事了，不過，你還是可以停在原地。那麼，該怎樣才能誘你主動跨過門檻，踏上陌生的土地呢？在舊故事中，人隨熟悉日常流去，但在陌生的新故事裡，得有誘因來驅動下一段旅程。」

「在第二階段，執行團隊要設計一件怪事，讓對象有所困惑、愈來愈在意，終而起身、親自追尋解答。

「相較於第一階段的經營一段無破綻的日子，置入的怪事則必須在瞬間剝除對象的主體性，他們像溺水的人抓住浮木，將心思全託付在這特定事項。

「這是相當關鍵的一刻。必須拿捏得很準確。我們無法把人腦打開、填充意念，只能誘他追問特定問題，欲植入之意念，被設為該問題之解答。當他自以為找到答案，也就是意念成功植入。

「這轉折的重點在於，機制是居中的、機制無法自行變出一個新世界，必須引導人自主踏上新路途，如此才會有來自他自身的驅力，開啟接下去的旅程，而在用我們這一行的話來說，即是重設一個人看待事物的後設（meta）框架，他將全新界定往後的歷經。」

主持人表情愈來愈僵硬，負責人將眼神調回，對上攝影機。

「第三階段，引導對象找到被預設的答案。團隊已讓對象脫落於原先故事、來到新故事，現在，是要讓對象在新故事中獲得懸念，敦促他解決問題。

「在這最後階段，對象跋涉地找到答案。歷經了界定提問、規劃旅程、落定解答，三個被設定好的步驟，他很難不認為他是自主意志完成這個過程的。對他而言，這是他的價值轉換時刻：他的決定、他的行旅、他摸索學會的事，成為了他的真理！

「這之中培養出的主體意識，且會讓他將認真對待每一筆遭遇的內涵，不只是將之看為無含義的背景。」

這時，負責人浮起微妙的表情，在幾分之幾秒裡，似乎斟酌著某描述、又決定放棄，沿用起頭最直覺的說法，「事情到這裡為止。將預設意念植入，任務完成。」他說。

主持人楞了一下，像是他好不容易進入概念繁衍的場域，那卻無預警結束了。但主持人很快做出反應，「太棒了！今天我們太榮幸請到這樣一位先驅產業的主事者來跟我們分享。電視機前的觀眾啊，以後想改變誰的心意，你就知道要上哪找尋協助了。呵呵，好的，今天節目就到這裡，再次謝謝這位……」

似是時間沒抓準、節目被廣告橫生切斷？或是我閃了神？回想那公司負責人的臉容，一點沒有頭緒。只有那個概念體系的景觀，朝剩下的夜，霍霍前進而來。

本文收錄於二〇一七年二月《謎樣場景：自我戲劇的迷宮》（一人）

死亡

童偉格

臺北藝術大學戲劇碩士。著有《童話故事》、《西北雨》等書。合著有《字母會》。

丁名慶／攝

外婆定居在他固定回診的醫院，是去年冬天開始的事。自那時起，每周五去見醫師前，他先去看外婆。安寧之家在院區邊陲，從後巷便門走入，會先經過醫療廢棄物焚化廠，看透焚煙，就能望見外婆病房的窗。整幢安寧之家，像塊草莓蛋糕，走在裡頭，放眼一切皆粉色，像空調也飽含糖霜，一派無傷無痛的氣候。他有時想，會否外婆突然醒來，一時誤會陰間就是這樣的光度。

但當然，外婆是極不可能再醒過來了：早在三年前，她就完全喪失行動與語言能力，無時無刻不像個嬰兒，而後，理論上僅可能是持續退化，直至無知無覺地死去。就像人們不確知嬰兒做的夢，究竟都怎麼回事，在那三年裡，外婆大概也常做著無從表述的夢。夢境大概也有好有壞，而她大概也因此，總有些極想言表的感觸，因此臉上，脖子上總布滿自己抓痕；也常自己翻下床，端躺地面老半天。

到了翻不了身，也抓不動自己時，外婆就定居此地了。他站外婆床邊，彎腰，貼眼看她的臉，像識讀無字碑。也像多年前，他去圖書館，將故鄉舊聞微縮膠卷，全就著光箱睜眼閱畢了，最後，卻只留下一種日曝過度的視覺印象：災難疊沓災難，滅絕吞併滅絕，直到光度別無目的地燦亮。

識讀完外婆，他就嘗試再和蘇菲聊兩句。蘇菲是隨外婆過來的看護，來自柬埔寨。蘇菲話少，不盡然是因中文不流利的緣故。蘇菲年紀四十多，有三個女兒，最大的懷孕了，最小的還在讀書。蘇菲離婚了，因老公好窮，她不要了。蘇菲希望外婆活久一點，因她喜歡這工作，很安靜。他拼湊推敲蘇菲的精實句構，試想她這些年生活：遠離她提過的所有熟人，初始待在一個人跡罕至的鄉間，後來擠進蛋糕體，日日照看一名對她絕無回應的病人。蘇菲說喜歡的安靜，他猜想，是銀河等級的安靜。

有時他不免也妄想，會否，這裡頭存在著什麼關於外婆的意志，因實情是，童年不論，這段探視期，是他這輩子最頻繁見到外婆的一段時日了。或者，若無這段探視期，屬於他的實情該是：即便他來得及，在自己童年時記憶至親，之後，他必然也會在恍惚青年期裡淡忘他們。時間總在前行，一季接續一季。而總像在換季時，從外套破口袋，意外挖出一枚掉進襯裡的硬幣，他總是這樣，領知他們的死訊。但現在，外婆帶領一個冬天抵達了。

一周接一周，他也嘗試向外婆匯報新聞。是這樣的外婆，開春以來仍然酷寒，甚至冷過冬天，有一天，在那山頭之上更高處，每顆雨滴都被凍成冰珠，空投在無人山區。在家屋，從臥房窗戶，有生以來第一回，外婆妳會看見淚痕般冰川，垂掛半空中。

再過一個月（但此事和前事沒有關聯），那艘貨輪就在近海擱淺，破損，滲漏了一艙燃油。以它為準，死亡汩汩湧散。魚死了，蟹死了，連隨處漫生的石花菜，也沿海岸線全死絕了。整個過程堪稱磨折，但其實，若有人痛快些，生火煮熟整片海，大概也就這結果。寂靜春天，雨如冷光，彈過山頭，越過公路，漂洗最近一次覆滅。每顆雨珠，都像散碎自太陽。

直到今天，這個周五，他感覺太陽仍在緩慢碎裂。散席午後，濱海半道，熟識海岬誰都不在了。他蹲踞岸邊，看近處海面，那艘貨輪仍在原位，依舊攔腰折斷，兩頭歪斜。愈久看，愈覺得那像是自他童年起，就屏立在彼的碎牆跡；或者，其實是那些遍海灑散之碎礁岩的長長久久，卻始終怪異的一部分。

對他而言。

以他為準，童年時他總是蹲著，那大概是種中介姿態，預備隨時躍起或坐倒。他下不了決心。他或蹲沙地看蟲蟻，或在海邊數礁岩，或就蹲在外公家水塘邊，日久天長，等待裡頭蝌蚪，在他的鏡像裡生出腳來。或者，當他蹲門口庭埕，看邊上竹圍一路晃動，一路旋飛金龜與粉蝶，他就知道，是外公要下來了。

外公家住溪谷底。垂直溪流，那裡的土地，如階梯般漸次上抬。外公自建的家屋，在其中一階；他認領的畸零地在另一階，比家高出半屋。在那角畸零地上，外公闢了菜畦，瓜棚與水塘。

從竹圍缺口，他看外公跳下來，跳進一切的翳影裡。外公站直，比剛落地時，好像也沒長高多少。外公邁開厚大赤腳，從庭埕一路拓開爛泥印，啪噠啪噠，直直踩進家屋，到幽暗屋內洗手腳。那動感會使人覺得，家屋只是個概念，或僅是外公生活裡，一條更順當的通道。外公走過很久，翳影中還沉浮泥土的氣息。

他一直很想擁有的，就是一雙像外公那樣的腳。有時，他也錯覺自己曾蹲水塘邊，看見躺倒外公的腳底板；像他曾更專注望見重層水影，目睹將更簡慢到來的什麼。像他曾模擬外公歪倒視線，看外公最後所見：竹圍縫隙裡，那間從來只像概念的家屋。那時，他總算明白，正是外公的停靈，才讓家屋一窗一牆兌現成實；那其實，非常像他們那代人建屋的目的。

但外公最後並不看見，因見證總是最奢侈的一件事，對將死之人而言。那命定一刻，外公眼中光熱全奔湧向腦海，釋散餘氣，企圖憑此圈養他，像維護在他頭上旋飛的生態系。外公雙眼首先熄滅了。接著，某種膜衣包覆外公全身，他什麼都觸不實了。外公最後只還能聽見，一點遠遠近近的闃靜。

一些極其低限的聲息，像外公躲進自己最後聽聞的空無裡了。外公是極簡主義大師：即便是在人人普遍貧窮的地頭，他都還能以儉省聞名，從來，連白開水都少喝。大師離世後就在場了，攢下的積蓄，足夠讓外婆繼續生活十年，召蘇菲從遠方來，定居安寧之家。足夠令他們那些同樣不寬裕的子嗣，維持起碼像樣的情誼。而外婆也就剛好，這麼多活了整十年。他們可能是他見過，最有默契的一對夫妻。雖然印象中，他沒見過他們，溝通任何有意義的話題。

記得最早，是從他離鄉讀高中起，外婆就漸漸認不得他了。只是出於習慣，總跟母親問起，問他返鄉了沒。直到後來，當他就站在母親身邊，外婆也還是這麼問。他帶給外婆的只是困惑。在那家屋，他，這個陌生人，藏在外婆身後，隨她看向門外。他的感覺冷一些，卻不必然比熱的清晰，也不盡然就是錯覺。像確實正有什麼，在闃靜裡步行。

在外婆身後，母親告知他，說去給外公撿骨，才發覺墓被盜了。那人摸到棺材腰，鑿洞，探進手，拔了外公戒指。簡單手藝，所得也簡單：極簡大師隨身餘物，一生結餘舍利子，也僅那戒指一枚。接著，就不是手藝問題了：那人沒把洞補實，時日過去，土水全倒灌入棺了。母親描述，起棺時，外公散浸一地，看來挺自然，挺像冬景一部分。看著，她只覺得大家全都拮据得好省心。

這樣直到今日，他停妥機車，看母親重新丈量與外婆距離，再走十數步，站定，預備著。母親要他去前方棚內，找出特定某頂白布綴苧頭套給她。母親得披頭蓋臉，一路匍匐，啼哭向家屋。他棚裡棚外，問遍近遠諸親鄰，就是找不著母親形容的頭套。

再一回身，他望見母親已經一頭亂髮，哭喊著爬過來了。

記得最遲，應是在大學畢業，等候新事到來的夏天，他用打工積蓄買了架相機。最初階數位相機，手掌大小一方黑盒。清早，他背乾糧水壺，從自己寄居數年的房間出發，迂迴繞向遠處。所有街巷他都熟悉，他緩慢取影，延遲某種意義的道別。但一切還是迅捷，當四周風起，他猛然察覺，竟已是黃昏了。他轉頭四望，見所有皆在漂遠。他低頭，第一次確切意識到牠。

而有鑑於好多人，都將此事比喻成「戰爭」，他猜想，那必定就是事態未來發展。他好像該慶幸自己，目前，尚處於某種極度安靜的練習裡。就像「萬安演習」：某時某刻，一條長街突然全都沒人了，他在某處，數算紅綠燈秒數，看牠們浪潮般，沿馬路，從遠至近翻過燈色。整座城市微風習習，注釋著不能形容的靜默。

主要因為，這東西沒有形狀，一聲不響，比較像周遭空氣，或隨身陰影。而他只是開始學習著，從某處觀察牠，繞著牠，搭建一座文明的迷宮裝載牠。迷宮僅是比喻，並不實存。只因他猜想，文明世界，萬事萬物都得有個名字：象形，會意，或其他法則，文明人知道怎麼聲稱，所有他們不盡然理解的。所以他說那是「迷宮」，而牠是他的「彌諾陶洛斯」。

從前，在他的蠻荒年代，當牠無形在場，他知道牠在。就像凌晨，他驟然睡醒，心底無夢，也還來不及聯繫記憶，檢索現世，他知道，牠已經就在了。牠包圍，或蹲踞左近挨擠他。牠有體溫，雖然僅是源自他的吸息。牠比語言快，又比語言確切。所以說，牠像空氣或影子。

現在，既然牠有了名字，有了一顆可以想見的牛頭，與長久不照光的蒼白人身，那麼他猜想，囚禁牠的迷宮，終有一天也將不是比喻了。從這起點，他但望文明長久承平，足夠他有時間，將迷宮擴建成對他而言，世界的擬像。

起點：第一個周五有雨。雨或急或緩，整天不停，下得極有耐心，耐心得無足輕重。他沒想到，會有這麼多人前來就醫。不知是因為雨，或即便是雨。他終於進了診間，大概也就待了一刻鐘，其中五分鐘，是自己默默在填一張量表。大概他已答覆充分了，醫師看看量表，沒再多問，說會開藥給他。剛出廠新藥，讓他試試。

藥分兩種：一種若感到焦慮，隨時可吃；一種固定睡前吃，助眠。護理師湊近，親切囑咐他說，等下領到藥，就可先吃一顆了。他猜想，指的應是第一種，嘗試微笑回應，不幸用力過度。奇妙的是，走出診間，他突然好想立馬掛在走道牆上，沉沉睡上一覺。那凶猛睡意，令他無比感動。

櫃檯領到藥包，他取嶄新藥丸一顆，放手心掂量，看它慢慢變形。他看自己溼糊的手，感覺像領取了門鑰。他細讀那寬大藥包，上面印滿絕無情緒的描述，像看著非常遙遠的回音。他猜想對他而言，這是好的：一個人不必說出關於自己夢魘愛憎，就被應許，可能不動聲色地好轉。

如今日，這個周五。正午，燒完最後一刀紙錢，他幾乎確定，這應是最後一回，他來此葬地了。他亦感覺像有一輩子不曾回訪了，都不知道，葬地已綿延到直貼旁邊中學。事實上，外婆很像是被埋在學校牆根底。午休時分，四樓高校舍，窗洞欄杆上，一動不動，張掛高低制服人形，俯瞰葬地風火。他像看著某種邊界巡邏站。他們各自的情感教育。

禮畢，當他們除喪服，一一彎出葬地時，雨突然轉疾了。他看母親，她正捉摸腳下亂徑，毫不躲避，神情格外專注。在心底，他靜悄取影，猜想母親會否也正不動聲色地念想：雨轉疾了，像自此刻起，外婆才終於安歇，再不關照了。會要多久，要多少往者未歷的時光，冷雨才會浸穿，到外婆全身，一如就她所知的，一切故去之人。

一個人故去了，法院傳來公告，說他留下土地業經微分再微分，其中一小塊，轉為母親所有。母親很費神，才想全那舊地故人與自己，在族譜中相對位置。母親想像那塊故土大小，覺得像盆栽，也許能種一朵花。

說來，母親總是那位負責轉知死訊給他的人。散席午後，濱海半道，是這樣的他說，母親妳，不免亦是位無父無母之人了。聽說，失去父母與喪子，是兩種無可類同的哀慟：前者留下的刻痕，只要生命寬許，只要自己年紀躍過父母靜停歲數，人們終可能克服；但後者，代表餘生裡，只會愈其偏遠的隔閡。

他記存此事，看遍海寂滅，也像看那屬於她的族系，從那舊地翻山而來，各自尋覓活路，或半道消亡。他想像彌諾陶洛斯此刻醒來，發現自己在小學裡，發現時間很慢。無所謂。雲很高，太陽極害羞，將自己散成雲的芒邊。今天，牠想尋覓一條獨行路。在只有牠的小學裡，當放學鐘聲餘響，牠迫不及待，翻牆躍出，滾下那貼沿河谷的山徑，連書包都忘了拿。

那是條崎嶇路，春雨漫漶時浮沉，夏日炎炎時翻漲。在更多節候疊沓的無名日子裡，它前引目光，穿透無有定向的靜寂，知會彌諾陶洛斯，以無可藏隱的祕聞。因寶藏始終就在那。牠看溪谷裡幢幢怪石，像世上最後一頭雷龍，剛在左近垂頸飲水，遠去足音，那般孤單且龐然。一列橋柱，紛亂散倒河面，像那群翻山族裔，已然飛河橫渡，於是義無反顧，任令來路坍塌。更多遺址遍路寄存：家屋，門牆，或浸漬燼痕的爐心。就像果真，曾有段極端酷寒的冰河期，彼時，洋面遠撤向世上最末的餘溫；在陸上，走了最遠的那批人，來到此地，放下行囊，立屋，舉火，日夜瑟縮禱告，祈望大海再返，顧念他們，不要吝於從心底，吐還予他們一點暖意。

像那願力終於見效，有一天，海洋如數萬年前那般回返，一波波潮流轟山破土，挾帶無數蜉蝣，游魚與飛鳥。曾經最善遷徙的那批人，被海包圍成島民，舉家上行，和擱淺山巔的深海游魚，各自漫長改造自己，適應重力，適應氣溫，適應晶瑩澹然的山雨。

然而，彌諾陶洛斯明白，所有彷彿漫漫浸染的承平，永遠，僅是動盪間的短息：很快，追獵他們的人就抵達了。那些從陸地深處，亦被他人一路擊趕的族群，在溫暖海濱，實驗出世上最初的航海術，他們跨海而來，立誓要在異鄉，攻占一個立足之地。向東，是世上最恆久的深海，敗退者無選擇，只能跳島而去。他們灑散群島，各自暫得所終；最背運且勞碌的，在漫長旅程中，受行星轉跡驅使，慣性偏航，直到偏過一切大陸，回抵亙古的非洲，那據說是一切人的起點。但牠知道，這樣的事，在這世上毫不新鮮：世上所有起點，也就是所有終點；就像所有終點，也就是起點。

獨自走在一條遺棄寶藏的山徑，這事牠早就知悉了。奇妙的只是，當彌諾陶洛斯滿口袋寶石，一身野草慢慢晃悠回家，牠看見自己書包，已經被帶回了。時間過去這樣多，而牠還是個小學生，被祝福，免於闕漏的恐懼。彌諾陶洛斯回家睡覺，等會還會醒來，發現自己還在小學裡。

這個迷宮，他收在口袋裡，感覺它正汩汩滲水。今日亦是周五，他打電話給母親，說他抵達了，謊稱是另一個地方。他知道自己遲到了。無所謂。他走進安寧之家，一如去冬以來的探視。

跟外婆匯報完新聞，他轉頭跟蘇菲說，剛剛，他看見蘇菲妳自站輓聯與輓聯間，像他只在書裡讀過的那些倖存柬埔寨人。很澹然很家常，如鸛鳥佇立樹影，火光，或更多橫倒暗影中。也讓一切棲止在光年尺度裡，形同未曾移動過。

他有一則關於蘇菲的預言：過幾日，天將放晴，自那家屋，她將搭計程車直赴機場。這位母親將飛行，落地，在故土等候著，要成為全柬埔寨人裡，最新的那位外婆。

他希望自己擁有更創世等級的話語，如在這病房裡，蘇菲說過的一切短句。如蘇菲曾透過母親轉知予他：最後最後，在天將亮時，就在他眼前此處，外婆不停流淚，像有知有覺，直到生命不再識讀她。那之於他，像她從未見歷的冰川，在她眼底消融；也像她和她的來向，皆在這過於安靜的去處裡消融了。如他此刻所見：眼前，一個認識的人也沒有了。

他走出外婆病房，想像焚煙在窗外散逸，還將更長久地散逸。良久良久，他掛在安寧之家走道上，等候空調風乾粉紅色的自己，像等候去冬過境，或等候從那第一個周五，直到這周五之雨的過境。他知道其實無妨：在那另一棟樓，那處診間內外，見到他的人，並不介意他渾身溼透；尤其醫師，舉目所及，他最無暇在意這種事。

但他以為，身為一朵想像之花的後裔，一頭揚長求生的怪物，這是眼前，他最該專注對待的一件事。

——原名〈病識六則〉，原載《印刻文學生活誌》二〇一七年三月號，第一六三期

本文收錄於二〇一八年一月《字母會》（衛城）

罪人——郭強生

臺大外文系畢業，美國紐約大學NYU戲劇博士，目前為國立東華大學英美語文學系教授。

曾以《非關男女》獲時報文學獎戲劇首獎，長篇小說《惑鄉之人》獲金鼎獎，《夜行之子》、《斷代》入圍臺北國際書展大獎。散文集《何不認真來悲傷》獲開卷好書獎、金鼎獎、臺灣文學金典獎肯定。《我將前往的遠方》獲選金石堂年度十大影響力好書。除小說、戲劇、散文之外，評論作品亦豐。

一

左鄰右舍都說不上來，到底他們最後一次見到玉枝是何時的事。是在建商在這一帶開始四處購地，準備興建公寓大樓那之前？還是之後呢？

彼時家家戶戶都在忙著搬遷，就算打過照面，也不會有人刻意與她寒暄。多少年了，大家都早已習慣與她之間保持著距離。她就像是一個永遠在服喪中的女人，大家從不知該如何向她表達弔慰，到頭來寧可讓那份欲言又止哽在喉間，彷彿那便是接受與理解她存在最容易的一種方式。

沒有人真正想去揭開什麼。

從那個時代走過的人都知道，有些事情最好不要多問。

民國四十年後才出生的小輩，並不懂得大人們總有諸多警告的那種疑神疑鬼從何而生。在他們後來的記憶中，將那些不明白也看不見的威脅，找到生活裡可以具體投射的對象，是少年時不斷上演著一場想像力的遊戲。一片暗密的竹林，一道架有鐵絲網的高牆，都提供了合理的場景，讓他們相信生活中那些莫名的恐懼，那些大人們口中「不要多問」的歹事，並非全然空穴來風。

兒時最陰晦莫測的，莫過於位在巷底，那座占地數百坪的荒園老屋。

那曾是他們當年生活地圖的邊界之境，一道跨越不過的障礙，也是「過去」二字全部的形狀與氣味的化身。住在裡面的玉枝，以他們當年的理解，無疑就是那些警告之所以存在的理由。

一提到這個名字，小鬼們都愛嗚嗚發出怪鳴，同時也忍不住吐舌發笑。瘦如竹竿的中年女人，兩隻眼睛陷在深坑般的眼窩裡，毫無表情的一張臉活像骷髏，再冷的天氣也只有一件薄呢外套裹身。

他們看到的也許不是一個人，而更像是某種行走著的罪，一行潦草的宣判。在孩子們的眼裡，那就是不顧警告的人最終會有的下場。

只有老一輩的人還猶記少女時期五官深邃的玉枝，都曾背後猜測，她應該有著番人血統。聽說是逃家出走的查某干，或許，連她自己都搞不清自己的出生來歷。

曾有人宣稱在那個大風雨夜裡，看見她披散著髮站在巷子底，哇哇哭喊著沒人聽得懂的瘋話。不過因為隔日大家打開報紙，發現同樣是在那個風雨夜裡國家元首「崩殂」（ㄅㄥ ㄘㄨˊ）的消息——市井小民在那之前聽都沒聽過的一個詞——所以對目擊者被那形影嚇得魂不附體的流言，根本也就無人有追究的興趣。

如果那人所言屬實，玉枝的頭髮應該在當時就已經整個花白了，在閃電照耀下那一頭披垂的無色長毛，光用想的也會讓人背脊發寒。

接下來偉人紀念堂的籌劃，加速了大刀闊斧對周邊舊區的整地與改建。整條巷子的老屋，就在那一波中拆除了。

從十五、六歲來到陳家，一待就是一輩子，但是最後卻沒人記得她在陳家老屋中困守到何時。當鄰近家家戶戶都領取了安家費開始搬出，那景象是否曾讓她想起在戰敗後，當年那些與陳家為鄰的日本官員，匆忙著打包回國的景況呢？

日本人走後，陳家的好景也同時開始蒙上闇影，一樁事情接連著一樁發生。先是陳桑過世，然後是二二八，次年女兒與母親也離開了臺灣。最後，那宅子就只剩下她留守，陪侍著曾經留日的陳家獨子。

日據時代以經營布莊發跡的陳家，竟然就在大家視而不見的目光中無聲地消失了。位於臺北千歲町的那座日式府邸，之後多少年來只剩大門深鎖。

如果大家連玉枝究竟何時搬走的都沒在意了，更不用說，那個陳家少爺在去日本後就瘋了這檔事，後來知情的人更是少之又少。

二

皇民化積極推動中的臺北，商圈之間仍存在著門戶之見。西門市場多賣供日本人消費之用的舶來品，永樂與南門這頭才是本島人最主要的商業活動範圍。陳木榮除了在大稻埕擁有店面，更在千歲市場開幕啟用前，搶到了周邊一塊寶地開設了分行。白手起家的他，以一個本島布商最後竟能在多是日本官邸所在的千歲町購置了豪宅，足可見他在商界的鵲起與長袖善舞。

那幾年的生意真是風光，各方來求助陳桑贊助幫忙的不少。雖然書讀得不多，但陳木榮是個喜歡附庸風雅之人，對一些臺灣新劇的演出，文藝刊物的印行都出過力，也不時看見他出入音樂演奏會與一些具文藝氣息的咖啡座。在外人的眼中，他與文藝界的來往未必無所圖，除考慮到時代風向的轉變之外，更主要的恐怕是為了栽培一心想成為作家的寶貝獨子。

陳慎出生於這麼優渥的環境，又得父親的寵愛與望子成龍的期盼，性格驕縱自是難免。跟他一起上過公學校的同學們都記得，他總愛穿著一件黑色長斗篷，當其他與他一樣有背景優勢的臺灣同學都仍孜孜不倦，把醫科當成在殖民地唯一的前途發展，他卻每天手上抱著德國文學的日譯本，開口閉口靈魂自由激情與現代主義。

自視甚高則是帝大同學對他的印象。陳桑為了兒子，與文學界的前輩做足了關係不說，也曾讓他在一些自己出資協辦的文學刊物上發表過幾首日文的現代詩創作，但尚待提攜跨入文學界的陳慎，一開始竟然就發下豪語，要進軍「母國中央文壇」，對本島藝文刊物表現出不值得一顧的傲慢。甚至在一次文藝聚會的場合，二十歲的他大言不慚，站起來批評了這種殖民地文學的可悲：

「對於母國現在盛行的新感覺派小說，諸君們有任何理解嗎？那種真正挖掘內心的文學才是真正的文學！諸君只要一日不放下殖民地人民的心態，就無法真正理解文學藝術更高的價值！想要藉由幾篇小說或幾首詩來建立自己被殖民的存在感，就等於是承認自己還在低層的現實打轉！難道各位不了解，世界上有多少大作家，他們從來服膺的只有藝術。不是社會，不是政治！他們的精神是屬於人類的！他們的作品是超越地域的！母國現在也出現了這幾位幾乎要與歐洲文學並駕其驅的大作家們，讀讀他們的作品吧！做為身在臺灣的新日本人，我們也應該朝他們看齊！」

這番誑語自然很快傳到了陳木榮的耳裡。

穿梭於政商各界的陳桑雖然不屬於守舊派的人物，但是他的與時俱進，充其量也只是權宜的靈活手腕，對於兒子的這一番話已觸怒本地勢力的嚴重性，他立刻就有了警覺。

他們這一代表面上對配合皇民化政策不遺餘力，但私下聊起下一代已漸漸自認是日本人，對於這樣的潮流並非沒有怨憎或遺憾。但陳木榮畢竟是個深懂見機行事的生意人，明白才剛開打的日本與支那戰爭，對臺灣往後的情勢必會造成巨大的影響，福禍實難預料。那些把兒女送往中國留學的富商友人，在陳木榮看來，押錯寶的風險甚高。既然寶貝兒子在臺灣已惹了禍，不如快快將他送去日本，讓他真正見識一下他心目中的母國現代文明，也許有朝一日，陳慎二字果真在中央文壇闖出名號也不一定哪……

陳慎一去四、五年，許多人都等著看好戲，連一篇作品都沒登上日本刊物的他，是否還有臉回到臺灣。

以陳桑的財力，養著這個紈絝子在東京繼續遊手好閒並不是問題，所以當眾人聽說陳慎回國的消息時都異常驚訝。

三

二〇一二年初秋，一個中年日本男人走進了區公所，說是想要尋找當年叫做千歲町這個地方的某個住址。

高樓林立的這一區，如今早已沒有任何日據時代建築的遺跡了。辦事人員苦惱地問對方要尋找這個地址的緣由，是灣生回鄉還是早年父母曾派駐臺灣？結果都不是。

對方用日語解釋，他的父親應該曾經居住在此。

但是據他所知，他的父親一直是個小鎮雜貨商，從沒有提過自己曾經到過臺灣。直到父親一年前去世，他才發現有許多幀舊照片都在同一地點拍攝，其中一張背後有著鋼筆墨水字跡記下的這個地址，令他非常好奇。

他取出那幾張照片給眾人傳閱，畫面中二十來歲的青年，蓄著那個年代流行的中分長髮，戴著圓形的金絲框眼鏡，或著毛呢西裝，或著日本浴衣，臉上帶著一絲戲謔性的睥睨神情。

沒錯，背景都是同一座日式木造建築，看那梁柱的工法，應該是個大戶人家。按照那青年不羈自在的態度與服飾的夏冬之分，顯然他在此處曾度過不短的時日。

翻遍當年日據時代的戶籍資料，並沒找到這位已過世的橫光信男在千歲町曾有登記。區公所求救於已退休的老辦事員張三郎，他雖認不得那住址，倒是在看到照片時脫口就說出，喝！這房子我知道！

陳家獨子曾是精神病患這樁八百年前的舊事會被重新翻了出來，就是這麼一件歪打正著的意外。

日本人提供的那個地址，從日據千歲町二丁目到光復後門牌改為羅斯福路，該處登記有案的戶籍資料竟然保存得極為完整。甚至還記載了一九四四年秋，名喚陳慎的男人曾被列管隔離，曾由此處轉進位於現今五分埔的「養神院」（總督府府立精神病院）。一九四六年戰後，又從精神病院搬回了位在千歲町的家中。最後歿於民國六十五年，享年五十七。

最後在世期間始終足不出戶的陳慎，過世時還曾引起過鄰里間的一番騷動，當時還在念初中的張三郎對這事仍有模糊的印象……

至於林玉枝，當張三郎看到她的戶籍是在兩年前才註銷時，不免暗自心中一驚。整區舊房改建後，沒有人關心過她離開陳宅後去了哪裡。沒想到，她竟然最後活了這麼大歲數！

四

日本人走了，新的住戶一一搬進了千歲町。他們對唯一沒有被新政府收去的那片宅園自然感到好奇。有人從已改名為南門市場的附近老店家那裡，聽說了一些零星的訊息。陳桑在二戰末已發現自己罹患了腫瘤，再加上家業無人可繼承，布莊的生意在他過世後只得收起，也是莫可奈何的事。

一連串變故並未在此畫上句點。

在大學裡擔任講師的女婿，某日被幾個穿黑西裝的人從學校帶走後就下落不明。陳桑生前曾因資助文藝活動而結為朋友的一些作家與教授，也在那一陣子逃的逃關的關，最後連女兒都被請去審訊了一天一夜。

戰後的陳家，幾乎是過著遺世獨立的日子。陳木榮生前行事作風強悍，勢利現實之名早在同行間傳播。對於窮酸親友們他總是提防著上門借錢或來分他一杯羹，最後皆與他們斷絕往來。隨著陳桑過世，女婿被捕，最不缺的便是旁觀者的冷嘲熱啐，陳家母女在臺灣的最後兩年過得蕭條冷落，連最後避走他鄉也是偷偷摸摸，趁著夜裡登船，連個送行的人都沒有。

能夠打聽到的傳聞到此為止，這就是故事的終點。無論是說者或是聽者，他們都意識到那陰森森的無形監視。

風聲鶴唳的時代已展開，讓躁亂血腥終止的唯一途逕只有低頭噤聲。

已由新統治者接收的官邸已門禁森然，陳家大門則是另一個不得觸探的邊界。兩扇大門之間，尋求安身立命的小老百姓們，這一端望去是痛苦，那一端望去是失落，只有這兩端之間所空出的範圍，才是屬於他們的安全地帶。這是倖存者與生俱來對生存領域的認知，不需任何明文告示就能立刻意會的一張地圖。

張三郎與他的同代人就在這樣的一個世界中成長，不知道自己失去了什麼，一路倒也平順，之後成家立業，一個個開始告別這個逐漸衰疲的老社區。

他自己也早在三十年前遷居大直，雖然遇到偶然機會自動請調回到此區，但是如今回想起來，他對老家滄海桑田的變化似乎從來沒有過特殊的遺憾或追念，頂多關心的是這一帶房價的起伏，與現在大直的房價相比差距幾何，計算一下當年賣屋換房到底是虧是賺。

直到這個叫橫光的日本人的出現，他才意識到自己是在一個如何冷漠的環境中度過了童年。從未有過懷舊感傷的他，想必是在成長過程中，早就無形接收到了大人們的念頭，總在盤算著如何能早點與過往切割。

也許不只是他，張三郎心想，或只有住過往日千歲町的人。也許他們整個世代都是如此，連如今的下一代也都是如此。

五

日本人又造訪了區公所幾回，依然得不到任何他盼望中的解答。張三郎為減輕昔日同事的負擔，自願為橫光擔任導覽前往當年的舊址走一遭，也算對日本人專程來臺聊勝於無的補償。

這裡，就是照片上看到的那棟房子，原來的位置……張三郎只能用破碎的日語，加上比手畫腳，對日本人大致描繪著他兒時印象中的陳家老宅。我，住在那邊，再過去，以前是稻田……邊說邊做出張口扒飯的動作：米，你知道，吃的米……

五十年前，張三郎的父親與附近的鄰居多是公教人員，一排排水泥二層樓房都屬於不同機關的公家宿舍。同陳家一樣占地廣闊的幾棟日式花園建築，也曾做為幾位政要的官邸，現在不是成了文創咖啡園區就是文物紀念館。小時候就聽大人說過，陳家是少數附近的私有財產，幾次改建徵地都動不到他們。但是真正的陳家人只剩一個兒子還住在裡面。

那，那個玉枝姨，跟那個男人是什麼關係？張三郎記得自己曾多次向母親如此詢問，但得到的回答總是「小孩子不要多嘴，不關你的事！」對於他們無法回答的問題，沒有比這更好的搪塞說法了吧？

裡面，住了什麼人？日本人手裡握著那幾張泛黃的相片，仰著臉打量著眼前的一座七樓電梯公寓。張三郎楞了一下，才聽懂他問的是照片中千歲町的那棟建築。

一個男的，跟一個女的……說完自己也覺得像是一句廢話。但是在下一秒，他的腦子裡像是有一道掃描雷射般的紅光閃過，讓記憶的門鎖無預警地感應開啟了。

一直以為自己從沒有見過住在園子裡的那個男人，事實上他不僅見過，甚至還與他說過話。

這個多年來不知道被壓藏在何處的記憶斷片，此刻由於日本人手中的照片，突然讓某個黃昏的畫面如同殘缺的一角失而復得。

也許那時候他才剛上小學，或者還要更早。與小朋友們在巷裡玩著騎馬打仗還是一二三木頭人的遊戲。媽媽們催促回家吃飯的聲音響起，然後突然人都散了。在沉淪的暮光中陳家的大門打開了一道縫。理著平頭的男子看不出究竟多少歲，站在門縫中朝他招手。他的膚色暗黃，但沒有皺紋。細長的眼睛黯淡無光，與臉上的笑意完全違和，反而給人一種非常悲傷而蒼老的感覺。男子對他說了幾個字，他搖搖頭，聽不懂……

畫面中接著出現的是一個氣急敗壞的女人，從屋裡奔出趕到門邊，對那男子大聲喝斥了幾句。男子張開原先握緊的拳頭，露出掌心中的糖果朝他面前送來。他害怕地看看男人，又望了望女人，直到聽到一個溫柔的聲音，拿去。

他會不會是唯一聽到過那聲音的人？還是說，那只是他半世紀後舊地重訪所產生的幻覺？

他努力集中精神，想把那男子的長相與輪廓看得更清楚。然而畫面忽明忽滅，無法分辨，到底是那個黃昏裡原本就光影稀微，還是意識裡有什麼東西在阻擋著他的記憶修復。

六

回臺第二年，陳慎住進了當時的府立精神病院，之前他在日本受到嚴重打擊而精神失常的外界傳說，也終於得到了證實。據少數在陳慎回國後見到過本人的友人轉述，幾年不見，那個驕傲自負的青年變得瘦枯憔悴，與其說是自東京返國，不如說更像是從地獄被釋放回到人間。

是因為失戀？還是因為創作之途上的挫敗？是染上了毒癮？還是……天之驕子受創的原因，眾說紛紜。嘴巴刻薄一點的，更直接下了嘲諷的結論：不管是失戀還是眼高手低，他到底只是日本人眼中的二等公民，這場夢終於可以醒了吧？

事實上，陳慎並不如外界加油添醋所描繪的那般瘋癲失常。他只是鎮日窩在房間，不時喃喃自語，偶爾夜裡會從睡夢中驚醒，如受到火刑炙烤般發出痛苦的嘶喊，除此以外，倒也沒有攻擊性的行為或更怪異的舉止。在家靜養的期間，固定有醫師來到家中做一些檢查，帶來一些藥劑與補品，他的體重也開始慢慢回復中。

沒有人比每日負責照顧陳慎生活起居的玉枝更了解他的病情。

如果就讓少爺繼續留在家裡不好嗎？為什麼要把他送進那個可怕的地方？一開始聽說老爺打算做這樣的安排時，玉枝著實感到納悶。

在鄉下的時候玉枝看過類似的中邪，不過通常都發生在女人身上，有的結婚後就不藥而癒，有的生完孩子就會慢慢正常。少爺的情況也許不同，但在她看來，還不至於需要被隔離的程度。而且聽說病人都會戴上腳鐐手銬，關在裝了鐵窗的小房間裡。有的病院隔離的不光是精神病患，還有一些傳染病的患者。病院裡還曾經發生過瘋人縱火事件。雖然害怕但也沒有選擇的玉枝，一邊整理著少爺的行囊一邊心裡哆嗦，誰要她是一個無處可去的人呢？

然而，進了病院後他們並沒有被安排與其他病人住在同樣的病舍。

一定是老爺的身分地位不同，玉枝心想，才讓少爺得到特殊的待遇，住在可以自由活動的小洋樓，而她自己也分配到內部員工宿舍裡的一個小房間。雖然如釋重負，不過也更加深了玉枝的狐疑。一開始在遵照醫生的規定時，玉枝還得忍住自己不要發笑。她以為終於見識到了，這就是所謂的隔離治療。

就如同在家裡時一樣照顧少爺就好，醫生說，除了一件事。若是少爺問起這是什麼地方，切記要回答，這是東京郊外的一棟旅館，明白嗎？

明白明白，大家一起騙少爺這裡是東京，所以老爺太太也不能來病院探望，對嗎？只能每周由她回家稟報少爺近況，然後帶回家書，由醫生將信中內容唸給少爺聽。每封信的開頭總是，慎兒，家中一切安好，勿念。你在日本一切要多注意……也不知道少爺究竟有沒有在聽，他只是坐在窗邊的椅子上，身體微微搖晃，偶爾會突然冒出幾句日語，像是「卡將，身體無恙嗎？」或是「多桑，日本是一個偉大的國家呢！」……

父親生病的事沒有人在他面前提起，他也無從知曉美軍飛機炸毀了昔日美侖美奐的「鐵道飯店」。沒有人告訴他，外面的世界跟他所記得的已經不同了，日本在戰場上節節失利，俄國已經加入了同盟國，戰爭結束已經指日可待。也沒有人告訴玉枝，究竟要在這地方陪少爺待到幾時。

七

電話的那頭響了數十聲，張三郎年近七十的姊姊才終於接起。婚後就與夫婿落戶臺中，平日與弟弟並不常聯絡，所以當她聽到張三郎打電話來，竟是為了這麼久遠以前的一件小事，認為一定是他退休後的生活太無聊。我哪記得那麼多？根本就很少看見他出門嘛！她說。

正想要轉移話題，向弟弟推薦最近服用的一款養生補品，結果立刻又被張三郎打斷繼續追問：那你總該記得，那個男人死的時候，好像還鬧出過什麼事？那時我才剛上國中的樣子，你應該都高中了，總會比我有印象。

你突然問起這些事幹麼？懶得動腦的姊姊冷淡地反問。

張三郎臨時把到嘴邊的話嚥下，不打算把日本人千里來尋父的原委道出，恐怕姊姊覺得他是不是有什麼偏執妄想，只好胡亂推說，退休的老同事們想要發起一個千歲町口述歷史的計畫。

這樣喔——電話那頭的人嘆了一口氣。說實在的，時間太久了，我也記的不是那麼清楚了。好像有這麼回事，警察都有來過。對對對，想起來了，那個男人被懷疑是活活餓死的。警察有把那個奇怪的女人帶走，過兩天又被放了回來，應該是證據不足還是什麼其他原因？不知道啦！

就這樣嗎？

不然要怎樣？那是什麼年代你搞清楚ㄟ，警察上門很恐怖的，誰敢多管閒事？

過去幾天的相處過程中，張三郎帶著日本人在近郊觀光走動，一方面希望能暫時舒緩他此趟來臺的徒勞，另一方面張三郎也在企圖博取對方更多的信任。

心頭的疑點，張三郎只能對妻透露。雖然對他這段童年舊事之前並無知悉，妻在聽完之後也不覺深嘆了一口氣。

你也沒有真憑實據，死者為大，還是不要太多事吧！妻說。

可是我覺得，橫光桑會老遠跑這一趟，心裡一定有太多糾結。也許，我是唯一能幫助他的人。

八

約莫到了春夏之交，玉枝明顯感覺到主人們對她的態度比起往日有了變化，說話的口氣異常親切不說，太太還會帶她去布莊量製新裝，連小姐也會塞給她一些脂粉香水之類的小禮物。

某日，太太甚至把她叫進臥房，拉她在床邊坐下，將一個金鐲子套進她的手腕。玉枝，我們從沒把你當外人，多虧了你，少爺現在比起剛回國的時候已好多了——體己話沒說兩句，太太突然就沉下了臉：所以妳也要知輕重，自家人的事情絕不可對外人說。等事情過去，我們自當對妳有更好的安排。聽見了？明白了？

直到二十年後，那個突然風雨大作的夜晚。

滿天的雷電暴雨彷彿都是從玉枝心口噴出的血與恨，這麼多年來被陳家欺騙的無助與屈辱，在風雨的催化下，終於爆發成為發了狂的絕望。

九

子女都已成家，平日家中就是夫妻二人，邀橫光先生來家晚餐那天，張三郎特地把日文精通的外甥女莎莎也叫來作陪。飯桌上他與妻都顯得拘謹，談笑聲都是莎莎與橫光之間的互動。小女生對此餐的目的並不知情，張三郎認為這樣最好，待會兒才能客觀正確地翻譯出橫光說出的每一個字。等妻端出了咖啡與水果，大家移到客廳重新入座後，張三郎終於清嗓說出了他已準備多日的開場白。

「橫光先生，我們臺灣人喜歡說緣分。你從日本來，我沒有幫上太多忙，真的不好意思。雖然橫光先生後天就要回去了，但是我還是會繼續努力，如果有什麼發現，我會跟您聯絡。」

日本人起身九十度一個大鞠躬。

「但是，橫光先生，我希望你不要覺得我太無禮。因為這幾天與您相處下來，我知道您可能沒有把您所知道的全部都告訴我。我非常願意協助，如果您可以信任我，再多一點的線索會很有幫助的——比如說——我就直接問了，您的父親有沒來過臺灣，這件事為何對您這麼重要？」

日本人聽完莎莎翻譯的轉達，開始陷入了帶著哀思的長長沉默。然後——

「我寧願相信，他從沒有來過臺灣！」

果然。

張三郎屏住呼吸，甚至無法與妻交換一個眼神，深怕任何一個小動作都會改變橫光吐露實情的決定。

「從小，多桑都不太跟我們提到他的過去。在那樣的小鎮，那個年代，男人們多半沉默寡言，也是很平常的事。對多桑的過去一直知道得有限，我一直以為，是因為他們那一代經歷過二戰，一定有一些他們不想面對的往事……然後，這些相片出現了。年輕的多桑在這些照片裡看起來是完全不同性格的一個人。我開始去查閱他的舊日戶籍，發現他原本就是孤兒。奇怪的是，竟然在太平洋戰爭時他曾經被派駐在菲律賓，然後因為重傷被轉送到臺灣就醫——這太荒謬了！我非常確信父親全身沒有一處傷疤，他的身體到老時都還是非常光潔！——而他最後回國前的資料，竟然是登記在這裡的一間精神病院——」

彷彿灰霧般的寂靜再度降臨。好一會兒後，張三郎才用微見抖顫的嗓音重新開口：「您說的是，『養神院』嗎？」

他用筆在餐巾紙上寫下這三個字，由莎莎拿到了日本人的面前。

「他說是這個名字沒錯。」

坐在身邊始終沒有出聲的妻子，突然伸手緊緊扣住先生的五指。

十

其實他何嘗不想就此遺忘。

看似無意朝門後的一個偷窺，那些不可告人的堆積立刻如沙塵風暴般捲起。

他明白了為何人生中總有許多不得不遺忘的故事。他想，他只要記住終於拾回了那個黃昏的記憶，在那座神祕宅園的大門後，曾出現過一個女子溫柔的聲音與一個男子善意的笑容，也許就夠了。

那個叫玉枝的女人，不可能不知道這整件事的來龍去脈。也許在時光之流的某個出口，一輩子守口如瓶的她還在等待著。但是不該由他來伸出救贖的手。總會有下一個人，下一個巧合，將她帶出死後仍上不了岸的漂流。他相信，絕非世上已沒有知情的人存在。每個人知情的部分，都只是拼圖中的一小片。就算記得，他們也不會知道自己參與過的那一小部分，竟然在猶如骨牌相連的共同命運中推倒了下一張骨牌，讓許多人的人生在無知的狀態下全都走了樣。

傾倒的骨牌就到他為止。

甚至不需要讓橫光桑知道，這整件事的「巧合」究竟是什麼。

若是由他來提供真相的線索，那種成為共犯的不潔感便在他心裡油然而生。更有可能的是，在上個世紀所有曾居住在此的人，從頭到尾其實都扮演了共犯的角色。真相的拼圖，只有完全無罪的人才有資格去完成。

總是會被發現的。不可能永遠沒人知道。

他只希望，日後不要再被記憶的敲門聲提醒，他最後所選擇的沉默。

十一

在他人生最後的那段時光，經常會要下人播放由本島女歌手愛愛灌錄的唱片。留聲機中傳送出的青春歌聲在屋裡鎮日迴蕩，彷彿他想要藉此沖淡漸漸籠罩各個角落的那股死亡氣味。在那樂聲中，有時他會恍惚又看到在美軍轟炸中燒毀前的「古倫美亞唱片公司」，位於榮町「明治製菓」樓上的咖啡店，還有咖啡店裡親切可人的「女給」，以及四十出頭總是西裝革履、意氣風發的自己……也不過十年的時間，怎麼這一切就如沙灘上堆起的小城堡，一個浪潮就被打得四散五裂了？

在他內心深處的認知裡不是不知道，這一切，本來就是沙灘上的城堡——除非，能讓自己站在浪頭上。

為了這個目標，他從不曾因旁人的眼光而浪費力氣思前想後。與親友恩斷義絕，與同業爾虞我詐，向權勢行賄巴結，這些都沒有讓他感覺過懊悔或不值。直到知道死期將近的這一刻，他仍為當年這些必要手段所為他換得的成果感到自豪。

除了讓小慎二十歲就離家赴日這一樁。

絕大多數殖民地的父母，如果能力許可，誰不想送兒子去日本習醫或取得工程師學位？在病榻上想到此事仍不免痛心。如果當初能夠堅持自己的看法，所有的悲劇都當可以避免。自己雖不是讀書人，不懂那些優美的字句與崇高的理想，但是身為經營者，他自認懂得管理之道，不能讓底下的人有太多的要求與想法是上層階級的不二法則。早有的先見之明，卻被兒子一場怒氣狂飆吹亂了方寸。他永遠記得兒子漲紅著臉，把一本擱在他桌上的黃曆撕得粉碎的那個畫面：

「你們這些人！你們這些人就是讓臺灣進步的絆腳石！永遠在懷疑，永遠活在過去，難道你們這些老傢伙看不見，日本人對此地的文藝活動已經有了完全不同的態度了嗎？日本人明治維新接受了全盤的西化，成為能與德國並肩作戰的強國，你們為什麼就不能接受全盤的皇民化？抱著這些支那的老骨董，究竟這些東西能帶你們到哪裡去？能帶我們年輕這一輩到哪裡去？我們都相信再過十年，臺灣『新日本人』就要成為完全的日本人了。這就是我的名字，這就是我的人生！」

做父親的對兒子的憤怒與激昂不是毫無同理之心，但是，為什麼要在這個時候？為什麼不再等等看，風向究竟會怎麼轉變？他怎麼能在我面前指責我是他的絆腳石？新？難道只有他聽說過這個字？「滿洲國」、「皇民運動」、「大東亞共榮圈」……這些名詞，哪一個在出現的時候不是新穎又具號召力的？哪一次我陳木榮不是從這些新風向中掌握到了商機？——

戰爭到了末期，日本軍的敗相已露，透過經常來往租界地的商人朋友，這樣的消息耳語想要遏制也難。出診來到家中為小慎看病的日本醫生，想必比他更早明白這場戰爭的結局。陳桑，包在我身上。人選都已經幫你挑好了，沒家沒眷的一個傷兵，跟小慎少爺年紀相仿。對方願意為小慎鋌而走險，當然還是看在錢的分上。但是——

他懷疑腫瘤細胞已經侵入了他的腦部，怎麼他已記不得，在接受醫生那個大膽提議的當下，自己有沒有過掙扎或猶豫？——是因為自己對小慎已徹底絕望了？或是覺得無法再面對這個恥辱？還是他太了解自己的兒子，就算復元以後，那也再不會是原來的小慎？——至少現在的小慎不必忍受學習支那語的痛苦，終於可以做真正的日本人了——這樣的安排，終究算是抵銷了之前曾讓他感到懊悔的錯誤，還是——

放下筆，揉掉了不知是第幾封無法寄出的家書草稿。

耳邊響起的，不再是婉轉俏皮的歌聲，而是兒時田間搭起的戲臺上傳來的絲絃與鑼鼓喧譁。也許迎接他的隊伍已經來到門前了。答案的揭曉，他知道，自己已經看不到了。

——原載《印刻文學生活誌》二〇一七年五月號，第一六五期

殺生——章緣

臺大中文系學士、紐約大學表演文化碩士。旅美多年，現居上海。曾獲聯合文學小說新人獎首獎、中央日報小小說首獎、聯合報文學獎等，已出版七部短篇合集、兩部長篇及隨筆。作品入選海內外文集，包括《聯合文學二十年短篇小說選》、《爾雅年度小說選三十年精編》，大陸《小說月報》、《北京文學中篇小說月報》、《小說選刊》、《新華文摘》、《長江文藝好小說》、《作品》、《英譯中國當代短篇小說精選》等文學選刊，以及世界英文短篇研討會作品選刊（二〇一〇、二〇一二、二〇一六年）。

它是零，是虛無，如果它有重量，那也是微乎其微，如陽光下飄浮的塵粒，或只是一聲渺渺的歎息。

那是一條花色斑爛的球蟒，黑色鱗紋，蛇身密布不規則形狀的白金和灰褐色塊斑，纏在姝雪白的手臂上，吞吐著紅色的舌信。

「來，靠近一點，球球很乖的。」

姝竟然是個弄蛇女。薔依言靠近，很興奮。蛇頭對準她，舌信朝空中吐，在掂她的斤兩。看她並不退縮，也沒有攻擊之意，便依舊安穩地纏著主人的手臂，彷彿那是一截可以安棲的樹枝。

「沒什麼好怕的，你看牠，靈不？」

姝輕輕抓住蛇尾，把牠從手臂上解開，放到大腿上。她穿一件粉紅短褲，罩著長長的黑恤衫，胸口一個張牙舞爪的豹頭，豹眼是兩顆假水晶。蛇溫順地在她雪色大腿上開展，伸長頭頸，往她兩腿之間遊去，姝咯咯笑起來。

姝又把蛇往自己肩上擺，任牠在脖子上繞圈。蛇的三角頭就在姝的腮邊，黃綠色的眼映著主人的紅唇白牙，詭異、神祕、危險。姝能完全控制這條蛇嗎？球現在還小，過兩年長成了，難道沒有死纏住頸脖讓人窒息的力量？

姝一個人住。爸媽離婚，各自婚嫁，這間位於矜貴城中區的公寓，是為她備下的嫁妝。姝幾度想搬離城中區，把房子出租，手頭可以寬裕點，她有花錢的天分。女孩子要美，要有錢，要有人愛，這是她的三句名言。

姝學的是化妝，本來是戲劇化妝，傷口、畸形、年輕扮老、年老扮嫩等各種角色妝，畢業後發現演戲的人絕對沒有結婚的人多。絕大多數的女孩都要結婚吧，結婚都要化新娘妝吧？不用上海姑娘的算盤，也知道哪條才是正途。她是一家知名婚紗公司的特約化妝師，一個星期總有那麼幾天奔波於市區和郊區，華廈水岸花園洋房和高級酒店，把一個個平凡的女孩打扮得白膚大眼像洋娃娃。她自己也不遑多讓，妝容妍麗，白的白紅的紅，細勻的粉底，臉皮就像沒有毛細孔般瓷，再加上一雙大眼睫毛長翹、眼線尾角上勾，唇色嫣紅欲滴，茶色的長髮大波浪捲，一米七的身高，活脫脫是櫥窗裡的模特兒。

閨密瑤瑤結婚時請了姝當化妝師，薔是伴娘，兩人一見如故。

姝一逕兒地發笑，不知是球球讓她興奮，還是看到薔的傻樣覺得好玩。她熟練抓起球球，擱薔掌心，蛇盤成一個球，滑溜冰涼，比意想的要沉，薔打了個哆嗦。

手托球蟒的照片發上微信朋友圈，阿K看了很不高興。

「懷孕的女人，不可以看蛇的，不可以接觸這些邪惡的東西。」

「誰說蛇就邪惡了，你是教徒？」

「去你的教徒。」阿K的爺爺是重慶人，信奉天主教，當年破四舊時被迫棄教，爸爸是知青下鄉，在安徽一處窮鄉僻壤娶了阿K的娘。阿K說自己不信教，但他不吃豬血鴨血，每次薔在重慶麻辣火鍋裡下豬血鴨血，他就皺眉頭。

聖經裡說，樹上的蛇讓夏娃偷吃蘋果，蘋果是禁果，是知識之果，夏娃吃了，讓亞當也吃了，兩個人突然就懂得了裸體的羞恥。無知就不生羞恥。

「你看我有什麼不一樣嗎？」

阿K聞言一翻身，騎到她身上，「脫光了看才知道。」

「下去！」她推著身上興奮起來的男人。

「再不做，肚子大起來就不好做了。」阿K氣喘噓噓，吸吮她的乳頭像餓急的嬰孩。

「不會的。」她說，但身體被吸軟了，聲音微弱，阿K像蛇一樣鑽進來。

它們是人類男女交媾後不必要的麻煩，來的時機不對，太早或太晚，或根本不被期待。

前兩次懷孕，薔的肚子都沒能大起來。

她未婚，頭腦清楚的女孩，怎麼會未婚生子？身邊的朋友，只要有性生活的，哪個沒打過？拿掉第一個時，她才二十歲，大學沒畢業，回家住了幾天，跟媽媽說感冒了，要媽媽燉雞湯，在床上看韓劇追美劇，睡睡醒醒，跟閨密瑤瑤發發消息。是瑤瑤陪她去做的手術。

瑤瑤一直到高中畢業，跟她都住同棟樓，幾個親人在海外，吃的用的不一般。眉眼細長，鼻子小，但是進退應對得體合宜，講起話來那個嗲，長輩們都誇是很「適意」的一個上海小姑娘。兩年前，嫁給一個海歸工程師，在家養尊處優，平日裡逛街購物跟姊妹淘喝下午茶，有時搓搓麻將，香港、日本購物團去了，三亞和普吉島度假也有了，什麼都不缺。當了貴太太的瑤瑤，跟薔來往少了。並不是瑤瑤有意疏遠，是薔存心避開。長得比瑤瑤水靈，怎麼混得比她差？

有了一次教訓後，薔特別注意避孕，但是遇上Tim就沒轍，Tim那臉大鬍子，深目高鼻充滿立體感和稜線的五官，瘦長的腿和濃密的體毛，讓她戀戀難捨。她在一家英文進階學校負責招生，Tim是學校的老師。Tim跟她約會吃飯總是AA，從不送什麼正兒八經有質感的禮物，只是耍耍老外的浪漫，一朵紅玫瑰（還不是一束），一小盒巧克力繫著蝴蝶結，一個土耳其貓眼吊飾，掛在牆上，幾個神祕的藍眼睛盯住她，據說那其實是嫉恨幸福的眼睛。她過生日，他在租來的小公寓裡烤小蛋糕，歪歪扭扭擠上奶油，插根細長蠟燭，唱首土耳其版的生日快樂歌。

他喜歡真槍實彈，最後射在她身上，嘴裡哇哇地亂叫。他說他這樣幹了幾年了，從沒把哪個女孩肚子弄大。「如果讓你懷孕了，我會負責的。」等到她真的中標了，才發現他所謂的負責是出錢做人流。

做的時候都三個多月了，嚴冬，腹脹腰痠，手腳冰冷，一直沒完全恢復。到了春暖花開，身子裡還是有個地方在冒寒氣，睡眠不好，開始有黑眼圈。Tim還是不願戴套，一再說，雷電不會劈在同個地方。她體會到女人必須獨自善後的悲哀。當Tim換工作時，兩人友好分手，激情不知何時已然消褪，然而激情的印記卻頑固刻在身體上。一直到跟阿K在一起，晚上讓他摟著睡，她的睡眠才好轉。這年她二十七歲，在大陸婚姻市場上已經被歸於大齡剩女了。

理平頭，戴黑框眼鏡，耳大面方，總是穿牛仔褲的阿K來自安徽農村，本科畢業，到上海做過好幾份工作，現在跟人合夥開了一家網路水果店，在網上接單，給一些白領高檔小區送水果，逢年過節還派送應節禮品，多的時候一個月能到手兩、三萬，少的時候也有萬兒八千，他說生意會越做越大，除了水果，還會做別的，什麼好賺就做什麼。但是蕾的爸媽有意見，不想她嫁外地人。農村裡窮親戚多，翻新房、生病求醫、節慶婚喪各種禮金，弄不好，婆家還要到上海來，後患無窮。別看他賺得還可以，裡頭有多少要拿回老家？

「我們先買房吧，房子買了，你爸你媽就肯了。」阿K已經三十，家裡早就急了，過年回去都在相親，但是他想在上海安居落戶。首付還沒存夠，孩子來了。

它不是生命，甚至不是生命的雛型，不值得憐惜或眷顧，需要考慮的是解決的金錢和方法。

阿K說得有理，她不該明知懷孕，還去姝的家看蛇。去之前她並不知道有條蛇在等她，黑底黃斑，邪惡的三角頭，親暱地圍在姝的脖子上，像姝的孩子。第一眼看到時，她的確想要別開臉去，但是另一種更強烈的誘惑讓她目不轉睛盯住那蛇，就像看到可怕虐心的視頻，嘴裡尖叫著，眼睛卻盯牢不放，腎上腺分泌，那殘忍刺激你，讓你上了癮。看著蛇淡漠的眼睛，內裡那個冒寒氣的地方，突然就對上了。

前兩胎都沒孕吐，這次卻很厲害，一早起來就噁心。吃東西噁心，全數吐出，空腹也噁心，吐的是膽汁。她的臉尖了，兩頰削下去，眼睛更大，眼神空茫。阿K說等情況穩定了，先去領證，孩子生下來再辦喜酒。

「不要！」她心情煩躁。

阿K過來拍拍，親親，抱抱，哄著她。他把愛情和孩子看成一體了，如果他們相愛，怎麼可以不要這個孩子？

「你真的要我生下來？」

「當然了，老婆。」

「你真的要娶我？」

「那還用問？」

她吐得沒法去上班。阿K說何不學著做微商，在微信朋友圈裡賣面膜、化妝品什麼的，送貨快遞部分他來幫忙。「老婆這麼美，就是最好的代言了。」

過了一陣子，看她還是成天看電視滑手機，一張黃臉沒光采，眉眼間流露怨恨，他又說，現在手工糕點很受歡迎，她老爸不是廚藝一流嗎？要不研究一下，看是否能開創一個自製糕點品牌，最好是做那種有機、少油少糖的健康糕點，可以推給上海的白領和老外。

「這是讓我學做菜嗎？」她口氣冰冷。

「讓你有點事做吧，小姐！」總是哄著她的阿K終於不耐煩了。

她抓住這絲不耐煩，要把它擴大成導火線。「你是想讓我永遠在家裡吧？在家帶孩子。」

「在家帶孩子有什麼不好？」

「你根本就不是想娶我，你想用孩子把我套牢，想靠我的戶口留在城裡，圓你爸爸的夢！」

他們有了同居後第一次大吵。

吵歸吵，胎兒仍舊在肚裡一天天長大，一個定時炸彈，薔拿不定主意。她整天在家裡上網，也不出門，終日掩著窗簾不見陽光，角落裡一箱頂級紅富士蘋果發出熟爛的甜香。餓了就點外賣，抽菸喝酒海灌咖啡，什麼都不忌諱。她似乎比往年更怕熱，光著的兩條白肉大腿青筋歷歷，就像皮肉下潛伏著一尾尾小蛇。

醫生說了，前面流掉兩個，對身體造成一定傷害，這一胎如果再拿掉，以後要懷到足月就難了。這些阿K並不知道。這個賭注有點大。

事情變得不順利。先是她發生一個小車禍，車子蹭到一輛電瓶車，賠了錢。阿K的媽媽跌倒骨折，要開刀和復健。緊接著公司出現了很多退單退貨，貨源要不跟不上，要不就是太多，在倉庫裡一箱箱地爛，不久，合夥人也鬧崩了。

瑤瑤打電話來，說薔的爸媽急著找她。她已經半年多沒回家，也不打電話，自從他們警告她如果跟了阿K，就不要再回家。她不上班了，換了手機號，新號碼就是新人生，像有了新的身分，一切重新來過。過去二十多年的人生，陳舊了，灰敗了，她要換新跑道。現在這跑道出現障礙。

她沒有回家，但是跟瑤瑤約出來下午茶。瑤瑤豐腴許多，看起來並不快樂，說皮膚一直敏感出疹，查不出原因，晚上失眠，失眠又引起偏頭痛。薔也倒了一通苦水，「你說，我這走的是什麼運？」

瑤瑤沉吟良久，低聲說：「會不會是，被嬰靈纏上了？」

嬰靈？

投胎後被剝奪出生權利的嬰靈，因為陽壽未盡，無法投胎，在人世流浪無所依靠，對不憐惜它的母親懷著怨恨之心，於是緊緊跟隨，讓她飲食難安，時運不濟，各種困頓災禍接踵而來。

「我聽人家說，這種情形，你如果不化解，就繼續倒楣，會生病，還連累到身邊的人，而且，恐怕你肚裡的孩子……」瑤瑤幽幽的語氣，聽起來怪嚇人的。

中國每年有一千多萬個胎兒被「人流」，它們或男或女，或三周或三個月，或成形或不成形，被取出吸出或排出。

當姝打電話來約，她先聲明，這次去不看蛇。

蛇在木箱子裡，沒開燈，什麼也看不到。「牠在消化晚餐。」姝說，「這頓吃了兩隻，夠牠消化的。」

「吃什麼呢？」

「在廚房裡。」姝推開門，角落裡一籠白老鼠，個頭很小，一動不動伏著，姝一上前，個個吱吱驚叫，在籠裡逃竄。「以為我要抓牠們餵球球呢！」

姝特別指給她看籠子裡一隻個頭最大的白鼠，別的白鼠都逐漸安靜下來了，只有牠還在淒厲地尖叫著，彷彿球蟒的尖牙已經刺穿牠的頭顱，蛇身正有力地纏住牠。她感到腦門一陣尖銳的刺痛，胸腔一緊，連吸幾口大氣，才緩過來。

「這隻很怪，特別難抓，現在已經長得太大了，球球不喜歡。小蛇要有絕對把握才會出手，我也怕牠咬球球。大概要找隻貓來了！」姝若無其事地說。

「你這不是，常常要殺生嗎？」

「誰不殺生呢？」姝回眸一笑，她打了個冷顫。

「臉色不好哦！」姝把她安置在客廳沙發，倒來兩杯紅酒，「來，紅酒養顏美容。」酒色如血，她心神不寧，姝自顧自啜飲，咂咂嘴，心滿意足。

「你結婚要找我化妝吧？」

「結婚嗎？」大肚子的新娘，能看嗎？

「不結嗎？不結就跟我作伴吧！」

「你天天給新娘化妝，難道就不想結婚？」

「說了你不信，那些新郎倌常偷偷問我微信號，要跟我交朋友呢！」

「是你太美了吧？」

「是他們太賤！」

這房裡天花板沒裝燈，雖然幾盞立燈都亮著，還是影影綽綽，角落裡一棵人高的美人蕉無風自瀟瀟。姝把個小熊抱枕摟在懷裡，下巴抵住枕頭，模樣像個沒長大的女孩，但是面孔雪白，假睫毛在石膏般的白臉上投下條條的長影，又讓她顯得歷盡滄桑。

「那你要什麼呢？」

姝笑了，「女人有時要男人，有時要孩子，有時既要男人又要孩子……」

「有時兩個都不要。」她接口。

姝像蛇般探出舌尖，飛快潤溼了兩片紅唇。

走出姝的獨居公寓，薔發誓不再來。難保這屋裡沒有一個又一個吱吱叫的鼠靈，在這裡那裡黑洞洞的陰影裡騷動。但是來不及了，半夜她在夢裡驚叫醒來，一條蛇鑽進她兩腿之間，半截蛇身露在外面，她死命拔，蛇卻越鑽越進去。

瑤瑤帶她去城隍廟附近見一個師父，說是可以替嬰靈做功德，助它們早日投胎，不再糾纏。

做功德的人很多，好容易才排到時間。事先依囑備了照片和寫了她跟男方生日的紙條，大學男友生日她不記得，只好從缺。那裡路窄不好停車，瑤瑤打車來接。兩人在巷口下車往裡走。她已經有四個多月的身孕，穿著寬鬆的連衣裙，秋老虎的天，露在衣服外的皮肉被太陽曝晒得發燙，彷彿接受烙刑。一些陳年的孽債，現在終於要償還，真能如此償還？

老宅有個小天井，幾棵桂樹結了金色的花苞，樹蔭下擺了一溜瓦盆，裡頭種了花草，兩個小毛頭短褲短裙坐在石椅上吃甜筒，腳來回晃著，胖頭胖腦一派天真，看她們進來，往裡頭一指，模樣卻很老練。她無端想起被貶下凡的金童玉女。

一進屋，裡頭點著線香，靜悄悄地，木板地上幾個蒲團，前面一條長榻，一個老師父閉眼盤坐，她跟瑤瑤自動在蒲團上跪坐。幾分鐘的沉默後，老師父睜開眼睛說：「進來吧，都進來吧！」不知在招呼誰。她身上一寒，起了雞皮疙瘩。

「嗯，一、二……三個跟進來了。」

她轉頭看瑤瑤，瑤瑤緊閉著眼，嘴角抽搐。

「做事前要三思啊！種什麼因，結什麼果。」師父喃喃說著一些因果道理，之後讀了段經文，唸咒，往她們身上灑了幾滴符水。持咒去災的儀式進行了約半小時，師父囑咐她們，此後三個月日日抄寫地藏王經，心存善念，多行善事，捐款作功德等等，她們一一應允。照片和生年月分紙頭交上去，有如認罪書，師父說會為嬰靈超度。

走出來時，日頭已西斜。小巷另一頭匆匆走過來四五個女子，也是去超度的，長長的影子拖在身後。就在擦肩而過的那一刻，蕾的肚子裡泛起輕微的顫動，像是一個個小氣泡，從深水裡冒出來，又像花叢裡飛出一隻隻小粉蝶，搧著薄薄的粉翅。她撫著肚子，突然明白，胎動了！

懷胎三次，這是第一次胎兒宣告他的存在。不再沉默，不再抽象，不是塵粒更非嘆息，不管他來的時機好壞，都請她憐惜眷顧，確保他來到人世。

懷胎三次，薔第一次意識到：要當媽媽了。

——原載二〇一七年五月二十一至二十二日《聯合報・副刊》

七又四分之一

——黃崇凱

一九八一年生，雲林人。臺大歷史所畢業。曾任耕莘青年寫作會總幹事。做過雜誌及出版編輯。著有長篇小說《文藝春秋》、《黃色小說》、《壞掉的人》、《比冥王星更遠的地方》，短篇小說集《靴子腿》。

△場：143
△景：牯嶺街
△時：夜
△人：小四、小明
小四跑過街攔住已經又走了一段路的小明，小明見了他很開心的樣子。

那時候的黑夜比較黑，路邊書報攤販的光暈鬆散，穿著短袖卡其色制服、頭頂大盤帽的男學生或站或走，白衣黑裙的女學生三兩路過，來往穿梭幾輛腳踏車，偶有摩托車排氣聲劃過。我遠遠看見小四和小明在說話。他們一下子激動起來。小四捅了小明好幾下，喊著「沒有出息」、「不要臉」。小明軟軟倒下，小四身上寬大的白衫染了大片血跡，小明的腹部滲出鮮紅的血。小四這時候著魔似的，看著躺在地上的小明，像是不相信那幾刀可以殺掉她，反覆喊著「快點站起來呀你」。帶著哭腔。

毫無疑問的經典一幕。本園最受歡迎、重播最多次的場景。

如果你想要背景說明，導覽語音會說這個場景模擬夏季晚間，實際拍攝時間是在一九九一年一月三十日，半夜三點半，氣溫攝氏十二度，地點是屏東縣長官邸前的道路。當時躺在地上的小明簡直要凍壞了。想知道更多，還會提及這個少年殺人事件的原型發生在一九六一年六月十五日晚間十點左右，地點在牯嶺街五巷十號後門附近，鄰近當時的美國新聞處。建中補校的退學生茅武殺了同為建中補校的劉敏。當年的新聞標題寫著「不良少年情殺命案 少女移情別戀 可憐死於亂刀 年僅十五六闖下塌天禍」、「年僅十五歲秀苗實堪哀 太保學生殺死女友」。十六歲少年刺殺十五歲少女七刀，胸部一刀是致命傷。劉敏的母親聽聞女兒死訊，吞戒指自殺，被家人救回。茅武因未成年，幾經轉折，最終判處十年徒刑。據說茅武出獄後改名去了美國，也有一說在擺攤賣麵，沒有任何確切的後續消息。甚至不知道他究竟有沒有看過跟他同屆的同學楊德昌拍出來的電影。

如果還要繼續補充，在牯嶺街少年殺人事件後不到五個月，另一名建中補校少年任立德刺殺木工邱煥宗。時間是十一月一日，約莫晚上十一點。地點在羅斯福路與和平西路口。任立德最後被判處十二年徒刑。沒人在乎任立德有沒有服完刑期，出獄後在做些什麼。殺人的原因不難理解，為了情，為了錢，為了一口氣。《牯嶺街少年殺人事件》中，殺人的不只小四一個，還有幹掉Honey的山東，夜雨中的萬華暗室幫派對砍互殺，幾乎都是少年。那是個表面平和的殺戮年代，很多人不明所以地死去，再被若無其事地簡化成歷史的沉澱物。多年後楊德昌的最後一部電影《一一》，建中學生胖子也殺了人。但這次是以電玩遊戲、電視新聞報導的畫面呈現，半隻血手印貼在住宅大廈的入口門柱，拉上黃色封鎖線。

我遠遠看著小四和小明定格在血跡斑斑的擁抱。當年飾演小四的演員張震說那時入戲太深，雖然明知飾演小明的楊靜怡沒死，刀也是假的，拍攝當下卻覺得她真的死了。這一年來我看過幾百次演出，所有人都是抱著演戲、模擬的心態，半是好玩，半是搞笑，喊著「你沒有出息呀你！不要臉！沒有出息呀！」那感覺怎麼說呢，有點像是你心愛的、珍重的東西被痛毆得七葷八素，但是只能無奈地苦笑接受。

現在好了，真的有人認真了。我凝神看著地上那灘血。不是投影，不是可沖洗的顏料。小四和小明的投影散去後，還有股淡淡腥味咬著地板不放。我真想對著老闆怒吼：為什麼啊！你沒有出息呀你！不要臉！沒有出息呀！

老闆面試我的時候，並不關心我最喜歡楊德昌哪些電影、哪些橋段或者意圖傳達的批評和想法。他反而要我想想我為什麼坐在這裡。我一下子不知該怎麼回答。難道我不該是單純喜歡電影、喜歡楊德昌的作品，才來應徵工作的嗎？我看著眼前高額微禿、圓臉雙下巴，戴著銀色細框橢圓眼鏡的中年男子，疑惑在哪見過這張臉，許多念頭像深海魚群游過，而我得抓住其中一隻混在裡面的頭綁白色繃帶的橘色小丑魚。老闆似乎察覺我有些緊張，他起身離開辦公桌，走到牆邊的沙發坐下，要我移動椅子的方向面對他。現在我坐的高度高出他不少。他說媽的你個子滿高的啊應該有一八幾吧，這樣有沒有比較不緊張，應該是我要緊張才對吧。你們這代人好像都沒多少跟人面對面接觸的經驗，實在不曉得你們怎麼長大的。想好回答沒？

我點點頭，開始那一套因為喜歡打電玩遊戲，偶然接觸家族長輩的電影收藏，才發現原來電影跟電玩有很多相似之處。我不確定他有沒有在聽，繼續照著原先設想的面試腹本答覆。他聽完後，嘆了口氣，奇怪，你們這些人的臺詞好像都誰先寫好的，每個來這裡就照本宣科，是要來頒聖旨還是背課文？說那麼多，你根本沒回答到我的問題嘛。我是問你，有沒有想過為什麼坐在這裡？佇遮、here、現此時、right now？他看看我，我看看他。沉默。他放棄似的打破不響，再問那你知道這裡原本是什麼地方？我點點頭，答以這裡在歷史上大多時候是糖廠的農地，種植過甘蔗、尼羅草，培育過樹林。後來被劃為國際影視基地。歷經鄰近的高鐵站周邊開發、綠能科學城開發後，加上建設影視基地超過兩百公頃，原來九百五十一公頃的農場生態四分五裂，尤其影響到草鴞、赤腹鶇、伯勞鳥、環頸雉等一百多種鳥類生存空間，幾近消失。

他問，影視基地後來？

我答，後來就是蓋成大面積片廠園區，預計招攬美國好萊塢、日本、韓國、歐洲各國的電影製作公司前來租用拍攝。一來是片廠腹地廣大，可以滿足各種搭景和拍攝需求；二來是以低廉價格提供各種拍片需求，舉凡搭景的土木工程、水電包工、布景、燈光、錄音及道具製作的美術人員、服裝、妝髮，乃至後期製作的特效發包、轉包均支援或補助或媒合上下游產業鏈。全臺的藝術大學或大專院校相關科系，皆能配合低於市價包案。當時的政府認為，以包裹式的影視人才及工具資料庫，加以臺南市推行英語為第二官方語言，有大量市民可支援居間翻譯，節省溝通成本，可謂軟硬體兼備，虛擬和實體互補。原以為低價搶市的影視基地，在國際影視市場必定有競爭力，可惜所有的環節都無法銜接，最終只能任其荒廢。

他打斷說，幹，每個人真的都說得一模一樣。到底誰教你們背這些廢話來面試？

我沒說話。

我看看他，他看看我。

他說，好啦你不用繼續背了。不為難你。我幫你濃縮一下。影視基地就是個國際級的——屁。一坨屎。那時候臺灣電影爛得連蛆都要逃走了，哪來這些影視人才庫。我們連近在白河的臺影文化城都養不起來，大家為了生活都到對面打工，有才調的就去跟外國人搶位子。那時候我還聽搞電影的同行說，我就跟那些鳥一樣都活不下去了，沒事幹麼去為難那些鳥。這是為什麼這個地方整完地、蓋好片廠沒人來。結果還動腦筋動到李安頭上去，想弄出個李安電影樂園。我知道你們背誦的版本是什麼，我來告訴你真實的故事。他本來只是個家裡蹲的家庭煮夫，在紐約瞎混六年沒片拍，直到劇本在臺灣得獎，才拍出第一部電影《推手》。接著拍《囍宴》、《飲食男女》氣勢正好，開始拍洋片，一路長紅，成為藝術性和票房魅力兼具的國際大導演。那些年他就等於「臺灣之光」，每部電影都在照亮亂七八糟一片漆黑的臺灣。李安電影樂園承接影視基地的基礎，加上他作品那麼多，就算每片劃分一區，照理說應該都能滿足各種階層、年齡層的客群。不過嘛，樂園風光開幕後，沒隔幾年，就鬧出握有電影版權的外國片廠集體出走，樂園就只剩下他最早那三部電影可用。我知道你們背的都是說那些電影公司另外在中國、美國和歐洲開設ANG LEE'S Paradise，沒有那三部電影毫無影響。大家進場消費不就是為了體驗少年Pi跟老虎Richard Parker的對峙？不然還有綠巨人浩克、李慕白、玉嬌龍、美國大兵這些嘛。但我說，這還不都是臺灣人自己搞出來的。誰教當初的執行團隊不好好繳權利金給那些電影公司，遲繳、拖欠不說，居然還找了幾個本地設計師，偷偷修改故事情節，任意發展衍生枝節故事，想藉此衝高遊客人數。結果就是弄成一坨更大的屎。你要知道，當時對我們這些老影迷來說，這簡直丟臉丟到火星去了。李安的招牌被臺灣人自個搞砸了，臺灣之光終究抵擋不了黑洞引力啊。這裡閒置下來後，每隔一段時間就有哪個瘋狂影迷要承包改建，就端看他喜歡的電影導演是誰。我有時真心佩服，臺灣影痴的涉獵範圍真是廣闊，從本土的朱延平、蔡明亮、魏德聖，香港的王家衛、杜琪峯、周星馳、彭浩翔都有人試圖談過；還有德國的溫德斯、荷索，法國的高達、楚浮，韓國的金基德、洪常秀，日本的成瀨巳喜男、是枝裕和什麼都有人提案，就沒一個真弄成的。這裡就一直荒廢。直到我來做楊德昌電影工廠。這樣你知道你為什麼坐在這裡了嗎？

他說完看著我，我點點頭。

後來老闆偶有說到為什麼要來弄這個園區。當年他眼看著打著侯孝賢電影做賣點的光點樂園在臺北開幕後，穩扎穩打經營，不耍花招，不搞大園區開發，所有內容小而精緻，遊園客人的平均回遊率高達五成，那裡面好像有種特殊的悠緩，光是在那些古老的窄巷街道散步，彷彿無意間走入侯孝賢的長鏡頭，渾身飄著微風輕拂的療癒感。老闆說他第一次去的時候，看到《戀戀風塵》結尾的李天祿身穿薄汗衫跟孫子阿遠說話，有如看見他死去的阿公，眼淚自動噴出來。等到他去了十幾次，跟著人群在粗胚屋看過兩百吋的「大銀幕」，跟一干文人雅士混過九份的酒家、唱過九一八，跟扁頭、小麻花和小高一起騎摩托車穿梭蜿蜒山路，他突然很想到楊德昌的電影裡看看侯孝賢飾演的阿隆。

但誰都知道楊德昌的電影版權更混亂，根本沒人有耐性、有閒錢、有時間跟每個單位一一交涉。老闆不死心，一個個約訪碰面，花了幾年時間，總算敲定所有電影的使用權和部分衍生產品權利。然後他跑來承包整個影視基地舊址，大肆翻修，將楊德昌七又四分之一部電影的主要場景搭出來，加上一區楊德昌教室，成為園區主體。老闆說，楊德昌的作品雖然不多，整體合起來卻是一部一九六〇至二〇〇〇年的臺灣歷史卷軸。《牯嶺街少年殺人事件》是一九六〇年代，《海灘的一天》是一九七〇至一九八〇年代初期，《青梅竹馬》和《恐怖分子》是一九八〇年代中後期，《獨立時代》和《麻將》是一九九〇年代，最後的《一一》

則在二〇〇〇年畫下句點。所以他的規劃中，每區同時都要有臺灣、亞洲和世界周邊的歷史互相搭配，關於楊德昌個人生涯和種種電影相關的資料庫就編制到楊德昌教室。

我還記得第一天上班，問起其他同事。老闆露出詭笑，問我現在是西元幾年。我說老闆別開玩笑，他還是堅持要我回答這個蠢問題。我答二〇七一年，他回這就對了那你怎麼還在問二〇一七年的問題，你剛穿越來啊？這裡有兩百公頃，總共就只有我們兩個員工，以前的老話說「校長兼撞鐘」，就是在說我們，知沒。

園區的一切都是人工智慧控制系統，實體建築大多只是雛型，全部靠投影技術解決視覺觀感，但又不能完全以投影掩蓋，遊客要看得到、聞得到也要摸得到。每個區域都可以連結遊客穿戴裝置或內建晶片，自行瀏覽選單，選擇體驗段落，依照客戶互動綜合評價回饋收取不等費用。整個園區全自動運作，根本不需要有任何人在現場。遊客入園，若以《牯嶺街少年殺人事件》為出發點，從小四住的眷村街路為起點，經過電影的建中紅樓教室、冰果室、小公園、中山堂、萬華賭場、撞球間、片廠攝影棚，抵達最核心的牯嶺街殺人現場。依序是其他照年代順序排列的電影場景，形成一個環狀，圓心處是遊客中心。老闆說，之所以要找個人來做正職，單純只是因為他不想坐在中控室了。

有時我待在中控室，坐在導演椅上看著各處監控螢幕，會疑惑自己在這裡幹麼。每星期在老闆辦公室碰面一次，短則幾分鐘，最長不會超過二十分鐘，也似乎從不查勤。我在園區的工作固定時間上下班，幾乎不需要跟任何人接觸（就連包下園區清潔工作的公司都是自動化作業），除非遊客堅持要真人客服或電子系統哪裡出錯，我才得出場當面致歉。大多時候，我都在自己的房間，一直看楊德昌電影的片段反覆重播。無止盡的重複。才工作一個月，我就完全了解為什麼老闆不想待在中控室。要我是老闆，我一定會雇人來坐在這裡，自己愛幹麼就幹麼去。我就職前來這裡玩過一次，當時不能免俗的選擇小四殺小明的一幕入戲，後來收到紀念影片，覺得自己演得還滿不錯。如今回想，老闆那時可能就坐在中控室的座椅上看著我演。要不我來應徵工作前，他應該也會查到我的遊園紀錄。當我看過一百次小四殺小明的演出，我才曉得，不是我演得好，而是老闆修飾得好。那些修飾不著痕跡，要保留素人感，卻又不至於令畫面太不專業，剛好落在看起來不錯的可接受範圍。我不知道有多少人察覺這些紀念影片經過後製，是否有人真的在意這些，我高興就修它幾支片，大多時候原片發送，反正沒人會寄回來修片，何況老闆列給我的工作項目中也沒有這項。

一個窮極無聊的員工，整天看著幾十張播放各種片段的屏幕，在大量的視覺重複下，可能都會變得有點怪怪的，有時錯覺自己同時在監看全部電影拍攝現場的monitor，好像我一喊卡，隨時會有人圍過來一起觀看回放片段。整間中控室都暗暗的，只有發光的影像和數據，周圍飄蕩著貝多芬或布拉姆斯的樂曲，有時聽卡拉絲的高音迴旋，有時是一九八〇年代的臺語老歌或一九九〇年代的國語老歌金曲大會串（老闆說是要熟悉那個年代的感情描述方式），有時穿插貓王的老歌或五黑寶合唱團那兩首老到掉渣的〈Smoke Gets In Your Eyes〉或〈Only You〉。我在裡面自給自足，有臥室、浴廁、簡單的廚房（訂購大批料理包和真空蔬果省麻煩），還附一臺出產年分是二〇二〇的半自動咖啡機骨董。一開始我會耐不住性子到園區遛達，隨意晃晃，走上個一小時，再回到中控室。總是有股胃部過飽的腫脹感，讓我胸口鬱悶，非得要出門轉轉不可。漸漸的，我的身體像是接受了工作就是如此，一次三天沒出門之後，連續五天、十天不出門變成了常態。園區開放時間出門，看到的就是與自己毫無關係的遊客；園區打烊後出去，則是一股與黑夜同樣寬廣的寂靜捏著我，遠處是半廢棄的綠能城，老舊的高鐵站，點點微光，偶有聲響在遠處發散，輕柔地震動空氣。暗夜中在園區走逛，就會看出這些建築的倉促和寒磣，一間間有如蓋到梁柱結構毛胚就棄置。雖然以當今的投影技術，可以模擬出立體光澤，宛如實物，加上穿戴裝置可以填補觸覺感官，整個體驗下來就跟真的沒兩樣。可是看到一幅卸妝後的面容，如此蒼涼、草率，忍不住會覺得有些哀戚。恍惚間像置身在廢墟，兩百公頃內只有我一個人類看著眼前的一切，一起孤獨。

我羨慕起那些活在電影裡的人，他們的辦公室裡有勾心鬥角、小圈圈，茶水間流竄的八卦耳語，還有在午休時間一起吃飯。像是《獨立時代》，電影插入的字卡「我們一起吃飯，好好聊聊」，Molly跟琪琪在Friday's餐廳吃飯，普通而日常。還有插入字卡「主任下了班還扯著我聊」、「今天你怎麼突然約我吃飯？」，每每讓我猜想那個年代，人們靠得多麼近，卻又懷著多少心思猜疑彼此。大家在辦公室裡比鄰而坐，自然形成人際網絡，有時變成情感支持，有時則是壓力來源。每個人在相處時要戴上社交面具，有人裝得比真的還像。據說在那電影述說的一九九〇年代，臺北的辦公室多是那樣。現在大部分工作的分工精細，一起協同工作的是配備人工智慧的機具，每個人只需要把分內的事務做好，不致影響到其他環節即可。有過那麼幾次，我拿著料理包便當，投影到Molly和琪琪吃飯的餐廳，把自己安排在她們隔壁的座位，聽她們講出一字不差的臺詞，看她們擺出一成不變的動作。

工作大約滿半年的時候，我有次調出每日、每周及每月入園人數，對比近三年的同期數據，發現到訪遊客逐年遞減的趨向。我在老闆的每周例會提出來討論對策，他淡淡說，沒關係。要比慘，我們跟楊德昌差遠了。他當年拍《青梅竹馬》，侯孝賢抵押房子借錢給他拍、擔任男主角，結果上映四天就下片；《一一》拍了九個半月，他每天都以為明天要拍戲。只要一有不滿就換演員、換工作人員，燒錢可凶了。我們慢慢經營，我相信楊德昌的電影有一定的魅力。話是這麼說，可是每天入場人數平均下來，從兩百多下降到六、七十人，最慘時單日只有兩、三人，這樣真的沒關係？老闆看我略有疑惑，再次強調：「恁爸有在注意，免煩惱。」他說，「做經營跟做製片一樣，就是『錢、權、期、人』四個字。錢就是資金、預算先處理好，權就是安排細部工作，期就是抓好時間規劃，人當然就是說要把對的人放在對的位置。」他端出楊德昌的黑話，要我「不馬戲」，意思是別害怕，放心放心。最後則是說出之前之後的每次例會結束語，要我有空多看點電影，沒事多讀點書，想想人家怎麼搞電影。

就在我工作滿一年的日子，老闆以小明倒地的身形躺在我面前，地上濺灑著血。經典場景，經典死法。我莫名成了楊德昌電影工廠的繼承人。

不包括面試，一年下來我跟老闆總共見過五十二次，都在他的辦公室。此刻我坐在他的辦公室座椅上，思考怎麼讓這地方繼續營運下去。我翻閱開園以來的帳目，了解各項財務收支、每年繳納的權利金和租稅金，果然如預期虧損，只是沒我以為的那麼多。接著翻查老闆留下的工作信件和筆記資料，全是條列式、不帶任何情緒的說明文字（諸如要求清潔公司加強處理哪些區域，與人工智慧控制系統的設計師討論定期維修事項，同時試著講價之類的）。他的辦公室書架上有許多紙本書，與楊德昌共事過的電影人如小野、吳念真、柯一正、陳國富、侯孝賢、音效師杜篤之、剪接師陳博文及廖慶松，擔任過製片的余為彥、詹宏志等人的傳記或訪談。也有楊德昌的劇組團隊像是戴立忍、陳以文、鴻鴻、楊順清、魏德聖、王維明、陳希聖等人的資料夾。最重要的當然是一整套楊德昌電影相關紙本資料，除了電影劇本書、人物角色設定集以外，其中有黃建業於一九九五年出版的專書《楊德昌電影研究》，有篇二〇一一年的江凌青論文抽印本〈從媒介到建築：楊德昌如何利用多重媒介來呈現《一一》裡的臺北〉（旁邊插著同作者討論臺灣新電影的英文博士論文*Reshaping Taiwanese Identity: Taiwan Cinema and The City*），有本厚厚的詹正德影評文集《看電影的人》。書櫃最下層則是楊德昌掛名監製的一排《星期漫畫》共八十四期（1989-1991）。我分不出滿室書籍史料是他自藏原本抑或是復刻本，同樣的東西在中控室有一套，同時也展示在楊德昌教室附設的紀念商品部。老闆的置物櫃是二〇〇〇年代在臺灣中小企業辦公室常見的灰色薄鐵櫃，內有他收藏的楊德昌電影各國版本錄影帶、LD、VCD、DVD、藍光，電影原聲帶的錄音帶和CD。一些侯孝賢的電影光碟，一些蔡明亮的電影光碟，還有幾盤電影膠卷拷貝。放在這裡多半是個人收藏，整間辦公室沒有任何播放機器（現在誰都在線上資料庫提取電影或音樂）。辦公室後的隔間是間套房，完全感覺不出有人在這裡居停的痕跡。或許清潔公司打掃過了吧。我不太想一直待在這裡，去了楊德昌教室。

教室據說是按照他當年在國立藝術學院（後來改名為臺北藝術大學）兼課的課堂重建，其實沒什麼特別，裡頭鬆散坐著十多人，大都是後來在《牯嶺街少年殺人事件》劇組或演出的學生。固定班底之外就是旁聽的遊客。課堂上的楊德昌擷取各種可見的影像、聲音和多人回憶形象混合重製組成，身高一八幾，瘦長，臉頰是橘子皮，鼻上鏡片透出一雙瞇瞇眼。光是看他坐在椅子上說話，就令人感到導演的氣質，渾身掌控全場的魅力。他們聊天談話，一言一語，有些是他受訪片段剪輯，有些是模擬反應。我知道循環播放的第一堂課，楊德昌會掏出身上的百樂門白色菸盒，隨機抽點觀眾拆開菸盒，藉此說明所謂的「結構」是怎麼回事。他會拿起展開的紙片，告訴學生，從一張紙變成盒子，就是浪費最少的材料卻能變成結構扎實的菸盒。

此刻他正在講述關於編劇的想法：「我從小就喜歡看漫畫、編故事、講故事。編劇對我而言並不是一件沒有經驗的事情。這也跟我對建築的興趣有關係。我很早就對建築有興趣，後來也了解設計就是用以滿足一種需要，或是去創造一個功能、創造一個空間。這個道理也同樣可以用在編劇上。常常有時候戲劇張力弱，就是因為有個功能沒有被滿足，或是編劇沒有看到那個功能是必要的。張力斷了之後，即使很短的事情都會讓觀眾覺得很長。這其實跟建築、跟設計師設計一座橋非常類似。」他說話速度快，語調隱含自信，整體聽下來相當有說服力。他認為編劇就像造橋，結構對了，自然而然就穩固，材料之間會彼此補充、配合，形成整體感。他舉例，有些劇本其實是用「混」的敷衍過去，造成段落之間的斷裂，本身並未自成結構。比如伍迪．艾倫深知喜劇精髓，情節連不下去，就讓自己出場混過去。又如楚浮，他完全知道回憶就是自成結構的。我在場聽他侃侃說著，接著與同學們對話。我知道系統支援遊客提問，不過若超出預設好的幾種答覆，就只能看見楊德昌的微笑。

我離開教室，經過紀念商品部，牆壁貼滿楊德昌電影作品的海報，流洩出的正好是張雨生唱《麻將》主題曲〈去香港看看〉，高亢的嗓音，唱著搖滾曲風的臺語歌，螢幕上是當年的MV，主演《麻將》的演員充當金髮張雨生的樂手，做做彈奏的樣子。據說吳念真寫的臺語歌詞，發音稍微歪一下就變成「去乎幹看覓」，有種雙關惡趣味。

我腦子迴旋著主題曲的鼓點和曲調，走回中控室。想著電影從人們公定的起點一八九五年十二月二十八日，盧米埃兄弟在巴黎的咖啡店公開播映二十五分鐘的影片以來，將近一百八十年的時間，有如自體演化，不斷變造自身，從器材、聲音、顏色到漸以電腦繪圖作業取代拍攝，到二〇一六年底李安推出3D、4K、一百二十格的電影規格以後，電影已經不只是「觀看」經驗了。它越來越趨向於介入、互動、即時反應推演，結合各種感官，進入了體驗的範圍。可是電影製作越來越燒錢，還有其他媒介競爭搶食每個人有限的注意力與時間，電影演變到後來，幾乎與虛擬實境遊戲差不了多少。科技將每個人連線在一起，融接在同一個介面場景，說是「看電影」，其實是進入一部電影代換其中一個角色（每部電影能選的就是幾個主要角色），隨著劇本情節層層遞進，直到電影演完才退出。

所以金馬影展從早初的看各國電影，演變成玩各國電影，雖然沒電玩競賽那麼激烈，卻也相當接近了。過去的臺灣片庫中，大多數有銷售潛力的電影皆已開發，有的收集在一起變成主題樂園，最受歡迎的就是後來被視為尻片（cult movie）的臺語片《大俠梅花鹿》吧，大家超愛穿上那些簡陋的蠢動物戲服玩戲。其餘就在全臺各地的影廳輪流上檔，或者個人用的簡裝版本。電影何其多，大部分作品的命運就是短期間被大量人數消費一次，只有一些能抗拒時間洗刷的巨匠傑作能召喚每個時代的觀眾，反覆探索、咀嚼。楊德昌似乎對這些新技術、新工具的創意應用挺樂觀，認為新科技帶來更大的書寫自由。我猜，這是老闆當初創設楊德昌電影工廠的理由之一。

每周例會時間雖不長，老闆都像在一對一教學。有次談到電影早期發展的梗概。他說，電影是許多種技術和觀念的匯集結晶，人類花了很長的時間，從觀察大自然的運行法則中慢慢歸納出一些道理。像是西元前發展出「暗箱」的理論，就開啟了人類與光影的漫長搏鬥。從知道黑暗房間開一小孔讓光線射入會產生倒影幻象，到發展出移動式、可攜帶的器具，知識、物質和技術一層層融合疊加，才有十七世紀的魔術幻燈。這本來是江湖術士騙錢的玩意，唬唬那些不知光學原理的民眾，在漆黑房間投影各種鬼怪形象，像是起乩顯靈，又像是從陰間叫魂。接著有人想辦法讓這些投影動起來，不管說是利用人類視覺的殘留也好，說是欺騙感官反應也好，從世界擷取一小塊人類活動的影像，不受時空限制的重複播放，逐漸普遍起來。這是人類第一次掌控自身的影像。

他停下來，扶了扶細框眼鏡，問我，你猜，我們這裡有多少影像的主人實際上還活著？我搖搖頭。他油亮的額頭皺了起來，雙下巴跟著抖動，正以為要說出什麼斬釘截鐵的答案，結果是不知道。他說，不管是不是還有演出者還活著，他們的影像，存在於那部電影中的特定時空形象，一定會活得比本人長。這可能是最早看電影的人想像不到的。說得誇張一點，我們這裡全都是楊德昌電影的幽靈，大家來這裡玩還真有點像我年輕時候的說法，觀落陰。每個投影攏是薛西佛斯喔，逐天逐天不斷重複一樣的劇情，演出分毫不差的戲碼，唯一有差別的是遊客飾演的角色。老闆要我揣摩從導演的角度思考電影。他說，拍電影說複雜可以非常複雜，但簡化起來的重點不過五個字「人、事、時、地、物」，你的畫面裡要出現什麼、不該出現什麼，一目瞭然。

就算回到中控室大概也沒什麼意思，乾脆到老闆當初開園的理由，去看看《青梅竹馬》裡面的侯孝賢。即時監控回報各區遊客人數，《青梅竹馬》只有一人，正好。我切入蔡琴飾演的阿貞，猶豫看著站在房間門口的阿隆。阿隆正在說從美國回來，只是過境東京，沒有停。我的心裡只是想仔細看著眼前的侯孝賢，三十多歲，渾身散發著迪化街沒落布行老闆的無可奈何。畫面跳接至兩人在同居的屋內，阿貞坐在餐桌旁，阿隆站在另一側，天花板垂降下來的燈泡光線，將整個空間壓得低低暗暗的，阿貞的影子貼映在牆上，看不見阿隆的臉。要不要移民去美國，要不要留下來。兩個從小一起長大的青梅竹馬，怎麼一點一滴漸行漸遠。正當我想著這些，阿隆對著我說：「你怎麼一直恬恬？你要接著演，我才能反應啊。你今麼要說你剛搬進來的時候，一個人很害怕，常常睡不著那段。」我從阿貞的眼睛看著阿隆的臉，他疑惑，「喂，說話啊。」我沉默不動。他聯絡客服，轉接到我，我答，「敝姓楊，很高興為您服務。」阿隆看到鬼似的往後彈跳了一步，「幹，不要嚇人好不好。」

扮演阿隆的小青小姐說，她本來玩得好好的，對手戲突然卡住，以為對戲程式出了什麼問題，沒想到客服人員就是眼前這位。我抱歉打擾，假稱以顧客體驗訪談調查作為日後優化參考，接著我脫去阿貞的投影，以本來的模樣跟她聊聊。我們在桌子兩側坐下，面對面，依然演出中的阿隆點起了一支菸，抬頭向上呼出一口煙圈，她說：「我知道這菸不存在，菸味不存在，我不是阿隆，不是侯孝賢。但這就是最棒的地方。」我調出小青小姐的遊園資料，她來過六次，每次都體驗不同電影，還剩下《光陰的故事》第二段《指望》和《海灘的一天》沒玩過。她的玩法很古典，先以老辦法看過影片，再到園區照著劇本玩。多數人喜歡直接玩，不預設立場也不知後續發展，比較刺激。可是全都玩過一輪後，再回來的機率就陡降，我問她對這點有沒有什麼意見。小青小姐以阿隆的臺客口吻說，還沒全部玩過一輪怎知道。多數遊客不像她從頭演到尾，超過八成以上的人只玩主要情節段落。她說，我這種玩法就像演奏古典樂，先讀樂譜，接著照譜演出。即使這樣，每個人詮釋同一段樂句的力道和表情也有所不同吧。況且，電影尾段阿隆跟阿貞最後一次對話，阿隆不就說了嗎，結婚不是萬靈丹，去美國也不是萬靈丹，這都是短暫的幻覺而已，讓你以為可以重新開始。「所以，」她眼睛對準我的雙眼，吸了一口菸，徐徐吐出，「問客人也不是萬靈丹。你們弄這地方的價值觀和信念是什麼，應該要問自己啊。不要像阿隆一樣什麼都弄不清楚。對了，你這長相來演蔡琴的角色，怎麼說呢，實在有點張力。」小青小姐以侯孝賢臉露出憨笑，使我記起資料上說，侯、楊兩人在一九八〇年代中期曾是多麼緊密、多麼意氣滿滿的朋友。

我後來想到，電影工業走了一大圈又回到最初一個人獨力擔任編導、製作、美術和音樂。如果這樣看，楊德昌生得太早。不然以他對畫面、聲音、音樂、美術和故事結構的掌握，追求精準的嚴苛性格，如今單憑自己弄出一部電影是完全可能的。他跟著偶像手塚治虫的腳步，晚年嘗試轉做動畫，大概就是要越過現實的限制，更自由地創作。但沒有各種專業的人與人之間的合作、協調、衝突和矛盾，搞電影似乎也變得太孤單了。他大概從沒想過自己的電影作品有一天就跟迪士尼樂園一樣，變成主題樂園。雖然樂園沒有米老鼠、唐老鴨之類的超人氣明星角色，也沒有武俠、奇幻或科幻元素，倒是頗能吸引一些對一九六〇至二〇〇〇年代的臺灣感興趣的歷史控，以及少女控（特別集中在《牯嶺街》小明和《一一》婷婷，也有人特愛年輕時候的柯素雲）。想這些有的沒的累了，我趴在中控室的控制臺昏沉睡去。

恍惚間似乎做了個夢。夢裡出現圓臉老闆，出現楊德昌，幾個電影角色穿插其間，少年張震和青年張震，少年小貓王和青年小活佛。黑道吳念真和苦悶的ＮＪ。他們聚在同一張桌子喝酒吃飯，似乎聊得酒酣耳熱，空氣滿是菸味。醒來時，我又覺得，某些片段重複看太多次，產生殘像，跟那些零碎的夢幾乎沒有差別。這些電影的上帝是楊德昌，觀眾只能借用他的視角觀看、代入故事，但上帝的創造過程卻沒有保留下來。我跳上遊園車，駛入寧謐的園區，黯淡星星掛在夜空，園區的假相被抽走，裸露出真實的殘缺。我駛過ＮＪ一家居住的羅曼羅蘭大廈前辛亥路街景，駛過小四家門前的眷村小路，駛過阿貞租屋樓下邊的出入口，路過佳莉和青青見面的飯店咖啡廳，經過混血女生王安巨幅拼貼特寫照的牆面，我只是遊客地圖上移動中的一個亮點，明明滅滅，切換景色，環繞園區一圈，回到核心處的遊客中心，下車。我到中心旁的楊德昌教室，開燈，喚醒投影，戴著舊金山四十九人隊棒球帽、身穿洛杉磯湖人隊夾克，掛著墨鏡的楊德昌現身。他笑著說：「我們這個環境相當不好。所以我們必須要接觸很多很多事情。可以說，我們相當幸運地不幸。We are luckily unlucky.」我問他，生命是怎麼回事，死亡又是怎麼回事，老闆那樣走了實在讓我徬徨。他說：「生命必須經過一些事情，來測試你自己的邊界，基本上由失去生命，來更讓我們感到生命是多珍貴的事。」我又問，那到底這個園區該怎麼辦，該不該繼續下去。他回答：「大家都在講虛擬真實，然而很多虛擬真實我認為是非常不對的。電玩遊戲就跟生命經驗一樣，你並不能把它變成只是暴力、只是那種不完全的東西。然而這就是諷刺所在，因為生死不是一場遊戲，不是好玩的遊戲。」我想到《一一》裡的大田先生解說他的撲克牌戲法，其實不是魔術，而是他經過長久的練習，靠記憶力把每張牌的位置記下來。這確實一點也不好玩。那麼當電影與電玩的界線模糊掉了，人為什麼還需要電影？他說：「我一直認為，電影或藝術本身，其實不關聯到國族性，只關聯到一件事，就是人性。只要是人，電影就是最好的生活經驗。就像《一一》

裡有句話，胖子引用他舅舅的話說，『電影發明了以後，我們生命延長了三倍。』我的感覺就像這樣。所以我們做的事是提供觀眾一個可能的生活經驗，但這個圖像需要經過所有觀眾的檢驗。」我又想起老闆某次說，你有沒有發現，楊德昌的電影中幾乎沒有臨時演員？他不要穿著西裝的道具出現在他的鏡頭裡，他要的就是人、人、人。可是聽說他工作起來又嚴苛到沒人性，時常在現場暴走。

我在教室踱步，拖著腳步，來回走著，思考自己和這些電影怎麼彼此補充，交互延伸。我可以在其中看見角色的鏡像，我代入幾個人物故事，從他們的生命退出，似真若假的經驗暫且儲存了下來，再有其他故事覆寫，層疊添加，記憶的毛細管交相滲透。有沒有可能，將這七又四分之一部電影融解成另一部新的電影？一部處處隱含楊德昌的語言印記和觀察角度的新作？我看著楊德昌投影，眼前是另一個楊德昌的投影，腦中也在投影，疊映的影像交錯又分開，像是複雜的燈光照射。鏡面中的我交相映射，那個肖似楊德昌的我正緩慢消失。教室歸於寂靜。沒人揉皺靜止中的黑暗。

老闆從黑暗中浮現。

難怪我覺得眼熟，投影中的老闆面孔就是楊德昌的某個學生，一起做過事，演過他的戲，是少數幾個從嚴厲的工作過程熬過來的人。我該記得的。這不是第一次。也不會是最後一次。〈Smoke Gets In Your Eyes〉的音樂切入，突然打破靜謐的顯影，老闆的圓臉笑得更圓，語氣輕鬆地說：

我知道，你最後總會知道為什麼我要以那樣的方式離開。我從小就喜歡電影，長大後更體會到電影其實是生命點滴的菁華片段。不管那是否是悲歡苦痛。就像楊德昌說的：「永遠都存在著一個夢想，一種嚮往，一種對另一個更美好的世界的存在的信心、期待、依據。」死亡就是逼你暫停夢想，停止嚮往。因為沒有人從另一個世界回來繼續做夢。我花了一輩子做這些，藉此研究楊德昌電影的每個鏡頭、段落，分析他如何拍出這些作品，為的就是希望可以複製出另一個楊德昌，令他繼續創作，完成有限生命來不及做完的事業。我希望知道他怎麼看待現今這個世界，希望他透過電影記錄我們此時的生活，甚至尖銳地揭露或批判現世。我希望他一直拍下去。這次又失敗了。不過我不會放棄。我會再次把你造出來，讓你學習所有電影的知識，讓你再深入地理解楊德昌，直到你可以化身為他，在這個世界拍出真正的電影來。你知道他墓誌銘上寫的句子吧：Dreams of love and hope shall never die。我會耐心等待。期待下次見面。

——原載二〇一七年六月十八至二十日《自由時報．副刊》

本文收錄於二〇一七年七月《文藝春秋》（衛城）

雨豆樹——賴香吟

賴香吟，臺南市人，畢業於臺灣大學，日本東京大學。任職誠品書店、國家臺灣文學館。

曾獲聯合文學小說新人獎，臺灣文學獎、吳濁流文藝獎、九歌年度小說獎等。著有《文青之死》、《其後》、《史前生活》、《霧中風景》等書。

每當夜色來臨，即使大學周邊仍是車水馬龍、人聲鼎沸，但是，只要走入成功校區，氣氛很快就沉澱下來。除了兩條校園大道兩側的燈，整片校區沒有太多光源。那些燈，彷彿慵懶的守獸，被打擾似的，緩緩張開眼，對你招手，讓你一步一步走進過往的時空裡去。

這個校區是大學最初基礎之地，八十餘年前，這兒多的是竹林、果園，還有成排金龜樹，矮矮蹲著，據說是更久以前臺南府城通往東郊城外的道路。那時，它還不叫大學，只是臺南高等工業學校，金龜樹道附近有操場，有棒球場，給十幾歲的男孩們。

那些十幾歲的男孩，和我的祖父是同代人吧，而我的祖父早做幽魂許久了。

老學校，樹種豐富，茄苳、白樺、樟樹、楝樹、黑板樹，不少隨著創校至今，很顯高大。愈好看的樹種旁，常常就是創校當時留存至今的建築物：本館、講堂、男孩們的理化學實驗室，以及本地第一個哲學博士林茂生不很得志待著的圖書課。它們規模並不雄偉，線條簡潔，沒有繁複裝飾，後來的時空似乎也不怎麼大肆整建它們，以至於留下了懷古而低調的色澤。

白天，此區還有些年輕學子的氣息，不過，到了夜晚，這兒動靜消退得比其他地方都快，教室多半黑暗，只有長廊點著燈，隧道般貫穿校區內兩條林木大道，我經常路過，在這一側或那一側，總不見長廊有人。鄰旁的講堂，是往昔學生集會、講演的場所，外圍草木剛剛種下，長至今日已是茂茂密密，不，不如說是欠缺整理吧，小池、拱橋、石桌椅，都顯幾分殘破，就連草地也長得比他處荒野，夜深人靜，視線幾難辨識，只聽水池裡蛙鳴間歇，蔓蔓草木不知豢養多少蟲蠅棲息其中。

我總好奇那間小講堂，總想有機會推門進去看看，可我到的時間想必是太晚了，這兒早就熄燈，門扉緊閉，就連牆面的十三溝磚也看不清楚。幸而，這兒的天空是完整的，還沒有被後來的建築遮蔽，講堂邊幾株桃花心木，也是好看的。無雲的晚上，月亮清楚掛在樹叢之間，襯著小講堂的屋簷，陰森森，靜渺渺，有時彷彿恐怖小說，有時又像荒野行走，心裡感到安定。離開了講堂，大道一路接續桃花心木，或許沒有長得那麼美，可是，若是二、三月春天，這些巴掌大的葉子會落得滿地都是，風吹起來，人走過，整條大道刷啦啦地響。

桃花心木，這個樹種是父親教給我的。很長幾年，父親每個周末日清晨，都開車去新化林場，臺南沒有山，這片山坡是少數可親的樹林，其中有條美麗的桃花心木步道，他總說，早上露水新鮮，陽光還沒撒野，妳真該去那兒走走。

我常常夢見，父親，午前時分，從家裡的巷道走出來，小心翼翼穿過亂糟糟的車輛縫隙，到對面的「生活美學館」去看報。

夢裡的父親，從書報架取下他要的，放在長桌上，正經地讀起來。是的，正經，過去知識匱乏的時代，他讀什麼都正經，連刻鋼板寫考卷，他都正經。

夢裡的父親，把報紙對開，翻過來翻過去。有時，夢裡的畫面，會閃過那時我恰巧在報上寫著的專欄。小小的相片，小小的名字，父親有認出來嗎？密密麻麻的字，寫著：老人與一隻狗，在海邊。寫著：永遠的一天。寫著：時間不斷往前……

父親讀了哪些文字呢？他也正經地讀嗎？不，那是夢境，我竟當真嗎？夢外的現實，我不曾眼見父親讀過我的任何文字，但在我不知道的時刻，父親讀過嗎？希望有吧。說沒有是太可悲了。

測量系館旁那一株雨豆樹，經常是我散步的終點。

雨豆樹是什麼呢？儘管久遠之前讀過大江健三郎的〈聽雨樹的女人們〉，可對雨樹是什麼卻沒有形成認識，只說Rain Tree，到底是什麼呢？太陽下山時或下雨前，雨樹的葉片會閉合下垂？或在哪兒看到：雨樹秋冬大量落葉，羽葉隨風吹落，有幾分似雨？

竟是搬回臺南之後，社區小公園的散步，我注意到幾株樹木的標示：雨豆樹，才明白它的模樣，解說寫著：二十世紀初引進臺灣，見於嘉義以南，其闊傘枝葉對南臺灣的燠熱氣候來說，是很好的遮蔭樹。

不只是我，城市也有些變了。臺南開始懂得護樹，孔廟、官舍、洋行、街巷之間，老樹一株一株標上號碼，定期養護，我也因此知道臺南公園裡有一株本地最老最大的雨豆樹，立在小丘上，炎炎夏日，若沒有它枝葉廣闊如傘，人們不可能在樹下的石桌椅歇息聊天。

成大校園裡的這株雨豆樹，沒有那麼大，不過，它的枝葉非常美，夜裡更美。

過去兩、三個冬季，我喜歡它葉子落盡，顯露出傘狀枝椏的時刻，美之中帶點詭異，彷彿神經耗弱的夏目漱石寫〈倫敦塔〉，有帶著不祥與冤恨的渡鴉，飛來停在樹枝上，然而，倒底是三隻還是五隻呢？

這個校區沒有渡鴉，雨豆樹下卻有夜鷺。很長時間，我把牠當成了夜鷺，直到看久，才發現牠並沒有夜鷺的白紋。有一回，兩個學生在我身後經過，哈哈叫牠大笨鳥，可這鳥兒也是慢步走開而已。

是的，牠非常慢，走幾步，啄一下，找一下，然後停住，動也不動，就算路邊有人接近牠也無動於衷，兀自緊盯只有牠自己才知道的目標。就在你靜靜看牠看到出神的時候，忽然，又被牠猛然一個伸頸所驚嚇，回過神來，牠的長嘴裡已經咬著什麼，俐落幾下撕拉，一隻蟲或蚯蚓被牠從土裡拉了出來。

那就是牠的晚餐了，喉頭咕嚕咕嚕，把獵物吞下肚子裡去。

我遇過牠許多次，總在雨豆樹下這片草地，總在夜晚十點多的時分。後來我搞清楚牠的名字叫做黑冠麻鷺，臺灣很多大學裡都有牠的蹤跡。成大其他校區應該也有黑冠麻鷺，可是，因為這棵雨豆樹，我習慣來到這裡，看看這隻黑冠麻鷺又在做些什麼？

某個夜晚，就在我同樣盯著這隻鳥的時候，口袋裡的手機響了起來。我嚇一跳，麻鷺依舊緊盯草地，動也不動。

「喂？」我壓低聲音。

「嗨，老同學。」對方音量倒是很高：「我是朱利安。」

朱利安的中文仍然說得很好。我們確實是老同學，不過，那是九〇年代的事了。朱利安來自比利時，說的是法文，再加一點荷蘭文、英文、德文，大學裡修中文，不，應該說是漢學，他說課堂上多半在研讀文言文。他來臺灣是為了熟悉當代華語，八九年之後，臺灣相對中國成為一個認識華文世界的新選擇，不過，朱利安說他沒料到臺灣歷史文獻裡有那麼多日語。

我和他之所以多了點交情，說來應該是因為常常湊在一起勉強日語文獻的緣故。短短兩年，他修完課程離開，人生動如參商，二十年間再見面的次數寥寥可數，輾轉聽說他去過日本，然後和女友在英國住了幾年。

兩年前，一場學術研討會的海報，我看到他的名字，才知道他又來了臺灣，這回並非暫度，而是在這兒教起書來了。我們聯繫上，他的語氣流利得像在這兒住了很久，說起臺北近郊步道如數家珍，又說他花很多時間看臺灣電影，還和幾位熱心翻譯的朋友穿針引線，兼差做起文學和電影字幕的翻譯來。

這通電話，他就是要告訴我一個朋友獨立經營網站介紹臺灣文學，累得人仰馬翻、兩袖清風卻不改其志，最近好不容易找到經費支援，要譯介幾篇臺灣當代小說，其中，多麼巧合，名單裡有我的作品〈熱蘭遮〉，他很意外，但也決定接下這個翻譯。

「妳要知道，這對我們的友誼來說，可是一種冒險。」朱利安說。

我明白他的意思。雖說我們認識很久，但只限於學院與日常生活，關於我從事文學的過程，我們很少交流，朱利安也說他在這之前並未看過我的作品。

翻譯這回事，有關能力，也有關個性，再事涉文學，那是更主觀了。不過，我們決定試一試。他在電話裡跟我詢問了版本差異，又說完成翻譯之後，有些字詞疑義，他恐怕需要與我實際討論。我們約了兩個月後再聯絡。

那個夢中的生活美學館，原來稱為社會教育館，我相信，臺灣其他城市必然也有像這樣的地方，只是不知道它們是否也像臺南這般，為了除去教條年代的記憶，將之改成了生活美學或其他更軟性的稱呼。

父親還在的時候，我和他之間，習慣稱呼那兒叫做社教館，原來社教館也不在我家巷口，而在府城核心民權路。當我還是個中學生的時候，一個學期總有一兩次，學校帶著我們去那兒看反共電影，其中，有一次，我記得，恰巧是父親輪值帶著去的，我記得，他站在走廊邊上，一會兒看看我們，一會兒看看螢幕。

那部電影叫做《假如我是真的》，和父親一起看電影的經驗實在太珍稀，以至於我竟多年未忘片名，可是，那到底是個什麼樣的故事，倒是完全記不得了。

除了反共電影，我再想不起曾去社教館做過些什麼其他的事，或許根本沒有，對那兒的印象總不是娛樂的。直到多年後重回臺南，才發現社教館沒那麼嚴肅了，它整修過，更名為吳園，這是清代時期的名稱——這個時候的我，已經讀了點歷史，知道此地曾是日治時期的公會堂，周邊的四春園旅館還是當時臺南的文化交際場——這些事情，父親會不知道嗎？為何他從未和我提過？過去吳園附近有圖書館、游泳池，算算年代，直到父親作為一個師範生的年紀，圖書館仍然是使用著的，他怎麼可能不知道呢？我聽過幾位比父親還要少幾歲的長輩回憶中學放課後到那圖書館去看報，也聽他們提過那附近桑椹的滋味，可為什麼卻從未聽父親說過這些？就連臺南這座老城，點點滴滴，父親也說得很少。

為什麼呢？父親不存在之後，我感受愈來愈多的問號，我對父親的前半生竟是一無所知，然而，父親，此後，也將對我的後半生一無所知吧。

我那少女般、薄弱的前半生，看在父親眼裡，是什麼呢？夢中，他看著報紙，很專心的模樣。他是在讀其他文章，還是在讀我的文字呢？他感到陌生嗎？他在那些文字裡，讀出了我們從未交談過的感受嗎？

朱利安再次打電話給我的時候，時間準確地過了兩個月，使我意外的是他人在臺南，約我明天有沒有空碰面。

「明天？明天全臺灣可忙的呢。」我開他玩笑：「不過，我有空，倒是你幹麼專程跑一趟臺南？」

「我陪女朋友返鄉投票，喔，我跟妳說過朵拉是臺南人嗎？」

翌日，南方難得陰天，我出門前還下起了雨。朱利安約的咖啡館，地址明明就在我家附近，我卻繞了好幾回才找到，原來是條僅容機車、行人通行的巷弄，房舍新舊交雜，不注意看還真容易錯過這間沒有顯目招牌的小店。

這幾年，外地朋友約我上臺南咖啡館，一間比一間離奇，先是老屋、古厝雨後春筍般被改建為茶館、咖啡館、民宿，現在就連老房子也不那麼容易找到了。眼前這間店，看起來是第二波潮流，以巷弄裡四、五十年光陰的微型透天厝為基礎，一樓有個小庭院，遇上好屋主的話，幾株花樹、盆栽便是幽靜，二樓則有陽臺，但是窄細，僅容人站著朝外望望，沒法坐下來賞風光。今天這間店，在小庭院裡擺了許多香草和可愛的多肉植物，舊式的鐵花窗，掛著近年流行的反核布條。

推門進去，坐在吧檯聊天的朱利安很快看到我。「嗨，果然找來了。朵拉說妳在地人，一定找得到。」

朵拉正在料理臺內側和另外兩位年輕女孩說話，朱利安說她們是朵拉的朋友，也是店主人。女孩們細聲細氣，講的卻是怎麼打隔間、批土、油漆、重拉電線的裝修過程。「哎呀，最難的工程是拆屋頂，一拆，嚇死人了，藏一堆東西。」

我環視周遭，說是別致，又似曾相識，臺南近年來的咖啡館同質性太高，淺烘焙，果香，手沖，復古漆，小桌臺，各種藝術、電影、社運訊息，以及被海報、書包、明信片廣泛引用，臺南作家葉石濤所寫的句子：「臺南是一個適合人們做夢、幹活、戀愛、結婚、悠然過活的地方。」

「臺南改變好多。」朱利安說：「朵拉說想搬回來臺南。」

「是嗎？你也一起來嗎？」

朱利安考慮著。

「打算繼續留在臺灣？」我換個方式問。

他點頭：「我對臺灣看法倒是挺正面的。」他又看看朵拉：「妳知道嗎？朵拉甜點手藝很棒。在她身邊，我覺得很安心。」

我與朱利安上了二樓，女孩們說這兒剛整理好，讓我們先試試感覺。舊桌椅，老檯燈，我們如學生做功課，展開原書與朱利安的筆記，我慶幸有機運與自己的譯者相談，且其細微出乎我的意料。

「這個『煞地自我身邊刷過』，『煞地』是什麼意思？」朱利安問。

那是小說開場，不就是車輛驚險地從身邊疾駛而過的畫面嗎？

「是指車子忽然煞車停下來？還是這輛車子要轉彎去哪裡？」朱利安加上補充。

這麼細的思量，我很意外：「那是一個擬聲詞。就畫面來說，是身邊車子很多，『煞地』是模擬車子經過的聲音。」

「是嗎？法文文學裡，很少使用擬聲詞，如果真的想要對動作多做修飾或形容，通常也會找到相對應的詞。」

我不懂法文，不完全理解朱利安的意思。他又接著問，車子怎麼繞過圓環？

我很多年沒有重讀這篇小說。朱利安的認真迫使我必須凝視細節。我拿出一張紙：「好吧，你對臺南火車站前那個圓環有印象嗎？那些車道怎麼走、交通號誌怎麼看，對初來乍到的人來說，是不容易掌握的。」

我給他畫了圖，說明小說行進的空間，小說人物在哪裡等候，如何會合，如何隔著車窗打招呼，段落裡提到的灰塵是身邊車子經過揚起的灰塵，而不是主人翁本身車子奔馳所帶起的灰塵……

朱利安問我鳳凰木在哪兒，補習班在哪兒，醫院又在哪兒？我把它們一一標示出來，圖愈畫愈細，分心生出一絲悲傷，要說對這個白色火車站的記憶，恆常與父親有關，甚至在寫〈熱蘭遮〉的時候，每回臺南，父親總會到這個車站來接我，可以說，這篇小說開場，用的根本就是生命裡那些有父親迎接的記憶……

我們繼續前進，從歸鄉到安家，從回憶到新生，朱利安的問題，除了空間，還有時間，他會指著段落與字詞，發問：

「這裡的意思，指的是已發生或未發生？」

「這個經驗是單一性的？還是普遍狀況？」

「這個句子是確定？還是推測？」

一連串問號，使我憶起以前〈島〉的英譯者亦曾抱怨主詞省略過多。她說，中文在文脈足以理解的狀況下，確實可以省略主詞，甚至省略越多，越顯精妙，可是，在英文語法裡，這是不行的，主詞確認極端重要，不管安置在句子何處，都需要標出來。

朵拉給我們送來剛出爐的小餅乾的時候，我們正困在前往安平港的路上。小說裡的主人翁迷路了，朱利安希望我能讓他先明白正確走法，他才能捉摸出在翻譯上要做出多大的迷路感。我願意接受他的要求，可是，很困窘地，我畫來畫去，總無法畫出正確的路徑圖，因而也無從回想，當初，我是設定主人翁在哪兒走錯了路。

「妳應該記得這兒有個漁市場吧？」看不下我與朱利安的迷茫，朵拉以她纖細的手指，在紙張上描線：「如果妳是讓她往這兒走，前面是沒路的，要繞回去。通常大家會從南邊這兒過來，妳知道，健康路的方向，可以接到這邊。」

我看看朵拉，她的確是在地人，她講得沒錯。

朱利安和我重新用紅筆把路徑標示出來，兜成一個說法：「歸鄉，故鄉已經陌生，舊的印象不可靠，新的又還沒認識，因此，主人翁在新的重劃區迷路了。」朱利安點頭，他每個提問，都讓我羞愧他對字詞的推敲遠多於我，此刻，他的神情認真，沒有一絲做作，我繼續說下去：「這整個小說，對接下來人生的打算，是不清楚的，這也是為什麼小說會以圓環來開場的原因。」

我並非心有準備要說這些，但真說出來，思路也就忽然變得清楚。與其說小說每個細節都精準算計過，不如說，我是現下此刻才有了這樣的明白。可是，這真是我當年的心思嗎？寫作之於我，經常有點神祕性，它的到來，往往比我的認識，要早了好幾步。

告別朱利安，雨繼續在下，天色又黑，廣播節目說返鄉投票的人潮把各地交通塞爆，我半信半疑，因為總也有人取笑，臺南人是一下雨就不知道怎麼開車，所以雨天交通多半是打結的。

過去被認為熱中政治通常是中老年人，年輕人從來不是拉票的重點，現在情況似乎相反了，選舉訴求指向新世代，這波返鄉投票主要是由年輕人帶動。選舉最後一波廣告攻防戰，有輛火車向南開，一站一站地名，被包裝成呼喚、希望、不要放棄。時代倒反正是如此，那輛火車，在過去，載著我們這一代人北上，一站一站地名，順序背得清楚，卻無須下車，因為每個城市、鄉鎮的人，終點站都是臺北。

父親還在的話，會怎麼說呢？他不喜歡孩子爭執表達自我的時候，就只是叫嚷著「時代變了」、「時代不同了」，我見過他動怒的樣子。然而，總有些時代變化，是他所盼望的吧？他為什麼從來不說呢？好比選舉，做為基層教職人員，父親從來無假可放，他們每年都得派駐各投票所協助票務。那些工作內容是什麼呢？他從來也沒和我提過。為什麼，我們沒談的事情那麼多？沒有政治，沒有文學，甚至連他個人的故事都沒有。

有一年，當他去臺北探望我的時候，我意外發現他對龍泉街非常熟悉，這才說起原來青年時期他曾經在師範大學在職進修的事，他被期待完成研究課程，他自己也覺得讀書非常愉快。可是，他卻放棄了，回到臺南。

「為什麼？」我追問。

他沉默了一會，彷彿又決定還是不告訴我太多。「那時妳都已經出生了。」

那時的他，不過是未滿三十的年紀，為什麼肩上卻有那麼多責任？他難道都不反抗，都不為自己想想嗎？父親沒再多說，只回憶當時怎麼從宿舍裡走出來吃食，逛和平東路上的裱畫店，很愉快似的。

這個人，原來，竟可能差一點點，就和島的父親那樣神情威嚴在大學裡教書嗎？我忽然撞到小說裡的巧合。「林小姐，我想島還年輕，不懂事，有機會還請您多給他開導開導。」不，我想，父親即使成了那樣一個身分，還是不會那樣說話吧。不，我又如何能夠知道呢？人生，父親與那個角色的年紀是相當的，可我卻描繪了截然不同的人生。

選前最後一夜在低溫細雨裡過去，二月天，臺南通常已經不怎麼冷，可這一夜，還真得要多加層被。

一覺醒來，太陽又露臉，我在投票所關門前去投了票，一路上氣氛挺熱絡，選舉假，人們攜家帶眷，過年似的。我往昨天那家咖啡館移動。「明天晚上再到這兒來吧？我們找了朋友一起做晚餐，看開票。」這是昨天朱利安的邀約。

我到的時候，他們正在烤披薩。多半是朵拉的朋友，有幾對伴侶帶了孩子，鬧哄哄在玩。與其說關心選情，不如說是找機會敘舊。「就是到酒吧去看足球賽的概念，這樣才嗨，自己在家看開票，多無聊。」眾人約莫都在四十前後，學經歷不錯，在過去，可能被預設已在不同行業累積了不錯資歷，可此刻，他們卻發牢騷說自己是夾縫世代，機會沒有，就連造反也沒有。

「機會，指的是妳上頭這一代。」昨天的店主人對我說：「造反呢，就是電視裡這一代。」

她說以前也在公司上班，存不了錢又不開心，索性就離開了。她說身邊大家都是這樣子，前前後後離開了體制，成為游離分子，若非憑靠虛擬創意，就是憑靠原始手藝謀生。我們談到這間咖啡店，她說就是因為文青咖啡已經如此之多，所以，除了咖啡，還得有點別的。「有朋友辦過主題講座、農業市集，也辦過商品拍賣、交換，總之，我們就是得化被動為主動，創造話題、活動來吸引、培養自己的客層。」她說得很細，連價格、成本都算給我聽。對比一般評論說這些人不切實際，我倒覺得她們務實得緊，想辦法自保，只不過，是很小的自保，風雨吹來，巢便會被吹落。

電視裡的總統選舉開票繼續進行著，各地票箱一個一個開出來，大家邊吃邊聊，偶爾因為誰的驚呼，會轉頭去看看電視裡的數字與跑馬燈，直到兩個多小時過去，結果差不多底定，眾人才漸漸安頓下來，聆聽新的當選人發表勝選感言。

他們看得很認真。我不知道我還在不在他們裡面。有些問題拖得太久，久過了一整代年輕人變老。還來得及嗎？

信心和責任感，我聽到新的總統當選人對著年輕人訴求這兩個字，她也提到堅強，四年前的敗選感言，她用過這個詞，現在，是特意的嗎？她又說了一遍：「我一定會堅強。面對臺灣的困境，我每一分鐘都會堅強。」

我和朱利安推開那個小陽臺，我和他說起這樣的房子，曾經是我覺得理想的住宅，不過，這些年，愈來愈少了，地點好的多半拆了蓋單身套房，租給外來的上班族與學生。我也說到童年的家，就和這間房子一樣，有磨石子地，雙色牆，貼滿彩色磁磚的浴缸。

「但我上次去沒有看到呀？」朱利安說。

「不是那裡，是更早之前的家。」

朱利安說的上次，時間至少已經過了二十年。那是一個暑假，朱利安想要認識南方，在我家住了幾天，除了府城踏查，還勞父親開車帶他去一趟新化，看西來庵事件和日本神社遺跡。

「讀小說的時候，我幾次想起妳的父親。」朱利安說：「認識妳這麼久，很高興總算有機會開始認識妳的作品。」

「我也很高興有這次合作。不過，〈島〉這個系列本該有三部曲，但第三部我只寫了一半，擱置了。」

「是嗎？」朱利安很訝異：「第三部是怎樣的故事？」

「離島生活故事。反攻復國不再，魚源枯竭，討海難。主角是個小女孩，爸爸媽媽都到大島賺錢，她成天跟著失意的代課老師看翻譯小說，但哪懂呢，不如種種小白菜、九層塔。島上有個老郵差，哪家孩子寄錢回來，哪家沒有，他都清清楚楚。幾個小離島共用一組醫師護士，每星期一搭船來，其餘時間就靠視訊，生病的爺爺會對螢幕說：我這裡痛，那裡痛……」

「說得活靈活現，怎麼沒寫出來？」

「都是想像，寫不好。」我帶著自嘲：「從尋覓島寫到記憶島，看不清，就往離島寫，現在想想，很虛妄，幸好我放棄了。」

「那是一種recherche，一個過程吧。」

「你剛說的那個字，是什麼意思？」

「追尋？」朱利安說：「普魯斯特那本書名，臺灣怎麼翻譯的？追憶？」

「追憶似水年華。」

「對，原文就是recherche。」

「我並非那樣的情緒，也談不上那樣的意圖。」我帶著心虛，這類比太高了。

「所以，我說，不是『追憶』。」朱利安說：「應該譯成『追尋』，追尋是動態，有過程的。」

我們就在那個小小的陽臺，望著對巷窗戶的動靜，談了彼此一路走來的過程。「追尋是個永恆的主題。」朱利安這麼說。我們也談了《追憶似水年華》，不，《追尋逝去的時光》，我說昨天當他一而再、再而三追究時間狀態的時候，我曾經想到普魯斯特的細細麻麻，有些明白為什麼光憑對記憶與時光的敏感，足以寫成那樣一本大書。朱利安說沒錯，在法文裡，關於時態、狀態、可能性，都是非常精確而細膩。「當然，不是所有法語讀者都讀普魯斯特，我自己也沒好好讀完，可是，就算只是隨手翻翻，你也會覺得，有些字，怎麼用得那麼準，那麼美。」

這些談話讓我覺得充實，與朱利安的友誼好像跨過了年少來到成人。我說很高興有機會聽法語讀者談普魯斯特。選舉落幕，我也該走了。

朱利安像個紳士般地陪我走到巷口，道別之前，他忽然想起什麼，開口說：「對了，我忘了告訴妳，我喜歡〈熱蘭遮〉的尾聲。」

「尾聲？」

「是啊，那個還沒有出生的孩子，妳給他命名為島，不是嗎？」

「那是願景吧，那時候的願景。」

「現在看呢？」

「太純真了。」

「可是，如果，真有那個孩子，他或她，現在是十幾歲，快可以投票了呢。」朱利安笑著說。

「是嗎？」我感到驚訝，小說已經寫這樣久？

「是的，我的老朋友，怎麼樣，試試看把第三部寫出來吧？」

朱利安伸出右手，故作緩慢而優雅地，對我作了一個邀請跳舞的姿勢。他擠眉弄眼地要逗我笑，我笑了。

在回家之前，我把車停下來。

或許真是因為選舉，今夜的成大校園格外安靜，就連最有人氣的光復校區，也沒有幾個人。

受歡迎的百年老榕樹，因為去年夏季一場颱風，受創嚴重，從樹心裂開的傷口，在夜裡看起來，更加怵目驚心。雖然校方已在周遭圍上護欄，也為垂倒的樹身加了支撐，可是，這棵裂開的榕樹，接下來會生長成什麼模樣呢？

我走過歷史系，中文系，穿越清朝臺灣府城留下來的小西門，馬路對面是大學附設的幼稚園，就使用高等工業學校時期留下來的職員官舍，屋簷還在，但壁身漆成了討孩子喜歡的粉紫色、粉藍色。白天路過可以聽見孩子們嬉鬧，可是，此刻，靜寂無聲，小路昏暗，有些木麻黃，我揣著心跳走過，來到那條直通小講堂的桃花心木道。

天空依然掛著明月，外邊世界選舉吵翻了天，這兒仍然荒得像夢，很深的夢。我拾起幾片早落的桃花心木葉，這植物的落葉天，很快又要到了，這校園會颼颼地響，颼颼地響。

我往前走，左側古老的理化學實驗室，依然暗靜，長廊也依然點著燈，然而，今夜，分外的靜，使那長廊分外的青，分外的白，一層一層後退，宛若深洞，要將人吸納進去。我遲疑過很多次，從來沒有勇氣走進其中，然而，今夜，我卻踩上石階，白光迎面撲來，激烈得讓人幾乎張不開眼睛……

原來，走廊不寬，廊頂也不高，我適應了光源，發現這建築物的空間比例是屬於過去的，而白牆上掛的也是過去，一側是古往今來、聲譽卓著的物理學家，另一側是很久很久以前的畢業生，一個一個戴著方帽子，中文名字特別用了毛筆寫，幾個外文姓氏則拼錯了字母。長廊中央的通廊，展示著更多畢業照，可是，燈壞了，看不清確，倒是前方顯露一片寬闊的合院。

我很詫異，以前從不知內裡竟有這方天地，此刻即使光線昏暗也揣摩得出其中幾株松柏已是好大年紀。林茂生果真在這兒出勤？他望著這方庭園都想些什麼？時光向我招手，我愈走愈深，那些畢業生們好似一個一個又回到合院，今夕何夕，我警醒過來，快起腳步，慌慌地，跑出了長廊。

光線又暗下來。同樣是林木大道，桃花心變成了白樺樹，我往前走，雨豆樹的枝椏，似乎愈長愈寬，尚未抵達，便看見了。

雨豆樹下，那隻黑冠麻鷺，依舊在，動也不動，彷彿草地上的雕塑。

我蹲下來，比平常更近的距離，看牠細長的嘴，羽毛，滑落如梨形的腰身。我幾乎伸手就能摸到牠，可是，牠無動於衷，頂多偶爾豎起頭上的黑冠，動一動頸子，除此之外，牠連走個幾步都沒有。

我呆望著牠，和牠一樣動也不動。我們同在的世界，除了方才那些老教室，恆常地發出一些不明所以的機器聲響，之外，沒有任何世俗之氣，沒有任何一個人從建築物裡走出來，也沒有任何一輛單車經過。

甚至今夜沒有風，樹木也靜止了。

我和這隻鳥，彷彿被凍結在時空之間，成為化石裡的蟲骸——

我掙扎著把自己從邊緣拉回來，別出神了，這個校區，這些樹，太多我還不知道的事物，太完整了，而我闖入了它。

我學著黑冠麻鷺，動一動我的頸子，看看周遭，想一想剛才結束的選舉，世界不還熱騰騰、鬧紛紛嗎？我抬頭仰望雨豆樹的枝椏，此刻，有一顆孤獨的星，掛在其間，非常明亮。

忽然之間，我感覺到雨豆樹寬闊的樹身後邊，有些動靜。我轉頭去看，有個身影，和我一樣，正在觀看黑冠麻鷺的動靜。

我倒抽一口氣，心內閃過一絲恐怖，可又忍不住想多看一眼，那個身影……世上熟悉身影那麼多，可是，那個身影，那個衣裝，不會錯的——

我想喊出來，心臟撲通撲通地跳，這個校園的夢太深，我得清醒點，可我的心不聽使喚，有什麼好怕？有什麼好怕的呢？

我張嘴發出聲音：爸爸……

那個人，從樹身探出一步來，我看清楚了，是他，和我的記憶一模一樣，甚至比我記憶的還要再年輕些，再柔和些。他露出微微笑容，將食指豎上唇角：噓——

我隨他的指向看去，那隻黑冠麻鷺，細細的腳，像極了舞者踮起腳尖，靜默而迷離地跳舞，然後，在總算到來的一瞬間，牠倏地拉長頸子，咻，準確地從草叢裡，把蚯蚓咬了出來——

好敏捷的動作，我著迷地看著，待這鳥兒吞食入腹，我回頭，父親，卻已不見了。

——原載《印刻文學生活誌》二〇一七年七月號，第一六七期

兒子的肖像——川貝母

川貝母，一九八三年生，成長於屏東滿州，目前專職插畫與寫小說。喜歡以隱喻的方式創作圖像，作品常發表於報紙副刊，亦受美國《紐約時報》、《華盛頓日報》之邀繪製插畫。二〇一六年受邀與夏姿．陳SHIATZY CHEN合作，以「西遊記」為主題創作插圖角色與圖案設計。近期開始文字故事的創作，著有短篇故事集《蹲在掌紋峽谷的男人》，並入圍二〇一六臺北國際書展大獎小說類年度之書、入選《九歌一〇四年小說選》。

女人走進畫室裡時，畫家正在處理一張肖像。

畫室的窗簾都關著，空氣布滿松節油的氣味，只有畫家周圍的窗開著讓光線灑在工作桌上。畫家弓著身體像是在考古，貼著畫布小心處理著最後的修飾，一直到女人靠近才發現到她。

「我想委託你畫張肖像畫。」女人說。

「什麼樣的肖像？」畫家抬頭看看女人。

「其實這個請求有點為難，但偶然機會下得知你這裡並不只是畫普通的肖像畫，或者像你現在正在處理的……」女人不曉得這樣的說法妥不妥當，猶豫著沒有說出口。

「遺像。」畫家說完低頭繼續畫著圖。

「對，遺像。」女人像是重新確認了兩個字的正確性，並且妥善收進腦海裡般重複說著。

「我兒子即將要上小學了，我想要送他一個禮物紀念這個時刻。他曾經說過長大想成為飛行員的夢想，他總是說他要飛在許多胖胖的白雲上頭。當然這個夢想是每個小孩都會誇口說的那種，其實並不需要大費周章的當一回事。但在我有了孩子之後才體會到孩子在說這句話時，他的想法是非常純潔的，不管他說的願望是什麼，這大概是我們最無私的時候吧。孩子相信自己可以筆直的抵達那個目標，只要他能夠每天吃下一口口白飯，喝下一瓶又一瓶的牛奶，很深很深的睡上一覺，就能順利長大成為他夢想的那種人。但事實上我們都知道，人生簡直是一攤泥濘迷宮，走在舉步維艱的泥水裡時不時會被藏在裡頭的破碎玻璃割傷，或者巨大的石頭突然降下來擋在面前，或者以為照著看似善意的人指引走，但卻走到了無法挽回的地方。真的可以輕易地變成想要的人嗎？身體像是有很多東西在拉扯，扯著頭髮、手臂、感情、夢想、信念，所有的東西都被扯到不同的地方，各自被某種東西占為己有。能夠穩住重心就算是不錯了，許多人都是穩住重心之後只能待在原處遙望著遠方的夢想，夢想成了山一般的存在。山在那裡，偶爾抬頭看看就好。要去那裡嗎？但還有好多事情沒做，改天吧。然而許多事就在『改天吧』這幾個字中錯過了。」女人說。

畫家被女人說的話吸引，放下畫筆再次抬頭盯著她看，想著這女人是怎麼回事？從肖像扯到山啊牛奶啊信念啊什麼的。

「我想把兒子這些重要的時刻記錄下來。某次偶然在朋友家看到一幅肖像畫，對象是友人過世的母親，用超現實的手法表現其母親的一生，在一幅畫裡可以看見她的興趣與珍藏的東西。雖然是遺像，但我想何不用一幅畫來展現兒子的夢想呢？這應該是很適當的方式。」女人接著說。

「你朋友是？」

「K鎮的林先生，他種植的火龍果獲得相當不錯的評價。」

畫家起先想起撥開火龍果染成粉紫豔紅的雙手，他總覺得那好像是打開猴子的腦似的，其次才又想起受委託的那幅畫。其實那不是什麼了不起的畫，只是以舊有的照片為基礎，再加上林先生講述關於家母的種種過往與值得留念的事，聽完覺得滿有參考價值，於是在林先生也接受之下把這些綜合起來轉換成視覺意象表現在畫上面。

「我確實有幫他畫過。不過誠如你所見，」畫家指著桌上正進行中的肖像畫，「她是鎮上的陳老太太，上周因胃癌而死。我想說的是，同樣的一雙手畫著死者，另一邊又畫著你兒子的肖像，這點你會介意嗎？」畫家說。

「不，我完全不會。」女人肯定的說。

「很好，至少第一步沒問題，先前有個客戶因此動怒而反悔，很傷腦筋呢。」

畫家放下畫筆站了起來，走到窗戶旁把原本關著的窗簾拉開，如蝶粉般的粉塵在空中閃耀光芒。

「來委託肖像的，確實是遺像最多，通常是照片破損不堪才會過來。但其實現在修圖技術很好，就算被陽光晒得泛白，只要有一點點輪廓還是能夠修復成功，黑白轉成彩色也輕而易舉，也許過不久再也沒有人需要這樣子來繪製遺像了。」畫家說。

窗簾拉開後整間畫室變得明亮，這時女人才看清楚，牆上掛滿許許多多不同尺寸內容的肖像畫，也參雜幾幅靜物畫。畫家說這裡大部分是死者遺像，有些覺得值得留念便復刻一樣的掛在上頭。而有些是類似林先生委託的那種形式肖像，但不一定每個家屬都會接受，被退件的便留了下來。

「所以我想了一下，想改變只是單純繪製肖像的工作，若能結合被描繪者的事蹟，或許能把肖像提升到另外一種價值。這並不是什麼特別的想法，但若要推廣給一般民眾就有點難度了，一般人不會對一幅畫感興趣，畢竟我們的教育很少貼近藝術這個東西，或者說，現今的社會大部分認為藝術與生活是分開來的兩件事，總覺得藝術品是藝術家與藝評家、收藏家、富有的人有關，自己跟藝術品沾不上關係。若說要幫他畫一張畫還可能會嚇一跳呢。當然，一般家裡擺設裝飾的風景畫、動物畫是另一回事，我想做的是跟家庭裡面的人有生命上連結的作品。」

女人遞給畫家三張照片。一張是小男孩坐在木馬上的照片，另一張是小男孩站在巨大熊偶前，最後一張是小男孩的臉部特寫。

「那或許我這個委託是個適合的案子。坦白說我並不只是要畫這一張畫而已，我希望能夠持續記錄我兒子的成長，在每個重要時刻都留下紀念，以藝術的方式而不只是單純的攝影。所以最基本的時間紀錄可能會到五到十年左右。另外還有一個較為特別的條件限制，就是兒子不會親自來讓你臨摹描繪，照片也僅僅只有這三張，以後不會再提供。至於原因我不方便透露，還請你先諒解。我想你應該有學過人體結構吧？一般的藝術學校教育在人體素描或雕塑課都會講解這些概念，應該不成問題才是。」女人說。

是這樣說沒錯，但我還是第一次碰到這種狀況，畫家心裡想著。只憑三張照片要畫接下來不同年齡層的兒子肖像，這女的在想什麼呢？況且就算有人體結構的基礎，但改變一個人的樣貌有許多種因素，或許是個性，疾病，穿著，失戀，與家庭的關係等等，光是會笑和不會笑的孩子在肌肉的表現上就不一樣了。

但或許……

「憑著人體學來想像兒子的成長樣貌是可以，但你應該明白，這不可能做到百分之百的相似，有抓到百分之七十就已經相當不錯了。若沒有照片也無法請兒子來到現場，那麼我需要你用口述的方式來讓我對兒子有所想像。」畫家說。女人聽了完全同意，在每次開始作畫之前，女人都會跟畫家說兒子的近況與畫作的主題。畫家緊接著說：「這或許是個有趣的創作方式，感覺像是兩種人生平行移動，一個是現實中的兒子；另一個是虛擬中的兒子。假如之後辦展覽，這將會是現實與期望的兩者對比。」

畫家對於自己說出「現實與期望的兩者對比」這句時既意外又興奮，這是他沒有想但卻說出來的好點子。

關於肖像畫的價錢藝術家報了一個價，女人沒有說什麼，還另外給了一筆錢當作往後創作的訂金，這點讓畫家相當高興。由於這次有兒子照片可參考，而進小學也只有多一歲，畫家只要畫出七歲想當飛行員的男孩即可，所以女人沒有說太多便離開畫室，約定一個月後來取件。

畫家手上拿著兒子的照片坐了下來，回想剛剛說的話。其實方才說的都是他剛剛才想到的，根本就沒有什麼把肖像藝術推廣給民眾的計畫，更別說跟人的生命做結合，林先生那張只是單純的創意而已啊。原本想說遺像委託的工作少了，或許得加入教小孩畫畫的才藝班行列。但畫家很排斥才藝班，覺得那是藝術家為了生活的下下策，而且某方面來說，才藝班反而是扼殺藝術獨特發展性的推手，自己也深受其害。然而最重要的是痛恨小孩吧。一堂課裡數十位小孩扭來扭去雙手沾滿顏料，畫樹畫房子畫太陽，畫幸福的爸爸媽媽，每天處在這麼做作的快樂裡他會瘋掉。更別說那些家長的臉，來接小孩的時候那種嚴厲凝視的雙眼，一副讓我來看看你教什麼的態度。以為上個課小孩就會變畫畫天才嗎？真是異想天開。

畫家算是那種平常不會有想法的人，但只要一開口講話靈感就會滔滔不絕地湧現，急著從嘴巴裡說出來。這對畫家有點困擾，有時會流於浮誇。若是要撰寫創作理念之類的東西，自己靜下來絕對處理不了，彷彿得透過談話才會在空中形成一個思考的網，而那個才是他大腦的本體。但這個缺點，此時他又覺得好像也不錯，他有點滿意剛剛臨時說的那些話，好像有那麼一回事似的，自己得意了起來。

每個畫家都希望有個長期的資助者，也許這位女士是個開頭，若能持續畫下去那在生活上可說是穩定了吧，或許就能夠開始進行自己的創作計畫。但畫家什麼計畫也沒有。妥協生活久了，夢想是會漸漸消融的，若沒有時常維持著，等到有能力想要做自己的事時，那種巨大的無力感反而會壓得自己喘不過氣。自己要的到底是什麼？努力地想抓住一些東西但卻是空的。不過畫家目前還沒到這個階段，畫家目前要做的是好好緊抓住這個機會，才有空去想未來的事。

或許我是第一位「紀錄片式的肖像畫畫家」喔，畫家心裡想著。當整個計畫告捷，肖像在展覽場上一字排開再讓兒子現身，這種虛擬與現實的反差應該是很爆炸性的效果吧。究竟兒子會順利成為畫中人的樣子，還是越離越遠形成兩個不同的人生呢？這種無法得知結果的競賽讓畫家覺得自己掌握了一個很重要的創作計畫，這是以前沒有過的經驗，似乎身體所有細胞都拱起來撐住他的身體，並以數十萬兆細胞軍閥的力量對著他喊：「您是真正的藝術家！」

宏亮的聲音填滿整個畫室。

畫家將他們接下來的合作稱為「說身體」。

●

女人用話語在空中形塑兒子的樣貌，而畫家都透過畫筆將兒子的骨肉描繪出來。手臂慢慢伸長，眉宇加寬，清澈的眼睛開始懂得說話，雙腿也在幾次的運動之下逐漸長出微微的肌肉，靜脈河流在肌膚上隱隱蔓延。身體在一次又一次的談話中變化著，兒子好像是用「說的」誕生於這個世界上，如某種古老的神跡傳說一樣，一出生便會說話行走，懂得辨別萬物。你不知道他是從哪裡學會的，女人每次都帶來兒子另一項成就。

第一幅肖像完成後女人不定時的就會來畫室，這樣的行為熟了就不需要什麼開場白，拉張椅子坐下便開始「說身體」。畫家會準備一本素描本，隨時從女人的描述中擷取有輪廓的片段畫下草稿，以防萬一也準備了錄音設備，但目前尚未需要到慎重地重複聽取錄音的階段，因為截至目前為止，女人所說的都是很一般的描述，並沒有什麼大不了的東西。

「對音樂展現天賦與好奇心」、「總是在郊外發現沒看過的昆蟲而興奮不已」、「念出所有星座與行星的名字」、「邏輯概念相當清楚，懂得舉一反三」、「反應靈敏運動神經佳」等等。國小階段的肖像大多類似這樣的主題。

畫家其實有點失望，這不就是一般父母對小孩的期待嗎？差別只是沒把兒子送去補習班而已，反而是透過肖像創作來完成這份期待，覺得更不切實際。但撇開這點，這樣持續每年畫著，畫家回過頭看肖像畫的照片，不禁也為兒子的變化感到驚喜，雖然只一瞬間的想法，畫家竟然也有種為人父的錯覺。「是啊，他某方面是我兒子。」畫家心裡想著，「我深入研究他的骨骼和肌肉，清楚也決定了兒子的生長，他的一髮一膚都是我的作品，我甚至可以預見更年長的他，這世界上沒有比我更理解他了。」

但到了國中階段，畫家發覺女人「說身體」的方式變了。不再有主題，不再是對兒子的期望，也不算一個完整的故事，感覺是去頭去尾之後只留下中間的事件敘述，且多了許多內心的獨白和對事物感到不確定的迷惘，用了許多假設性的句子。

「兒子的腿變長了，某天看著兒子大腿的晒痕才發現這點。像退潮的海岸線一樣，彷彿褲子退到很遠的地方而露出了白皙的皮膚。我趕緊買了一套新的制服給他。舊的我暫時收了起來，與他兒時的服裝放在一起。看著這些清洗乾淨、兒子已經穿不下的舊服，雖然是每天看著他長大，但也很驚訝兒子居然曾穿過這麼小的一件套裝，覺得不可思議。每晚細胞都在他的身體急速分裂著，骨骼也努力的往更遠的地方伸過去，撐起越來越高的身體。原來寧靜的夜晚都在進行這種默默的奇跡嗎？」

「田徑場上，兒子賣力跑著。此時他的身子不高在班級裡顯得弱小，被其他暑假中莫名長高的同學遠遠拋在後頭。兒子並不希望與懦弱畫上等號，他在一百公尺的短跑競賽中使勁全力的跑，就算雙腳的跨步已趨近極限，但兒子心裡仍然大喊著還不夠、還不夠，命令自己的雙腳必須動得更快，而他的雙腳也回應兒子的呼喊似的更加狂奔了起來，彷彿就要跟身體分開，幾乎騰空。終於兒子在一片驚呼聲中抵達了終點，費了許多力氣才讓身體停住，全身像是在燃燒一樣。他的拇趾趾甲翻了起來，腳底板也因為摩擦掀起一塊皮，血液滲透襪子滴了下來，兒子的雙腳被閃電直擊般的又麻又燙，雙腳的意識仍停在奔跑的時候不斷發抖著。日後兒子好幾次想要達到這次的速度都沒辦法，到某種程度就開始發痛。但兒子不後悔那天賽跑用盡了極限中的力量，因為他深信他證明了一些事，這個影子會留在大家心裡。」

「兒子身上有一股味道。這味道並不是汗臭或體味，而是像一種煙霧般的東西，用緩慢但卻有侵略性的速度布滿整個客廳，只憑著味道就知道兒子的存在。這種味道是什麼？我怎麼也想不清楚，這絕對稱不上好聞，但卻有股熟悉的感覺，像是兒子的生命本身直接越過肉體向外界接觸，用嗅覺來展示的某種信號，一種很古老的生物本能似的。而這味道在一夜發生，也在一夜結束，來得突然又走得乾淨，後來就再也沒有聞到這股味道了。我曾經在兒子運動完回家立刻衝過去聞他的身體，在他的洗衣籃裡拿起換洗衣物來聞，都不是那晚聞到的味道，這跟體味或不潔的氣味是不同的層次。兒子似乎對於我的悵然毫無知覺，也不曉得自己擁有過那味道，一副什麼事也沒發生的躺臥在客廳的沙發上。看著兒子伸長跨在矮几上的雙腳，覺得對於兒子的身體越來越陌生了。我突然想起我的母親。母親也曾經暗中盯著我看嗎？我是否也有散發這種特殊的氣味？想著母親的雙眼無時無刻都看著我，我便感到喘不過氣來，雖然孩提時的我也是無法察覺這種關愛的視線。母親是知悉我所有一切的人，但她什麼都不說，就如同我也無法跟兒子說明這樣的事一樣吧。若我的母親尚在，她又會用什麼眼光看現在的我呢？」

「兒子發現了她，好像她每做一個動作都是剛剛發明出來似的，有說不出的特別。兒子覺得胸口悶悶的，但只要跟她講話這種感覺就會消失。兒子觀察著她的作息，偷偷跟著她回家，知道住處後有時會故意騎著腳踏車經過她家門口。經過家門的那一瞬間兒子臉頰漲紅，耳朵聽見的都是心跳的聲音，明明騎得不快，但心臟卻跳得比短跑衝刺還劇烈。兒子夾雜著疲累的身體和某種甜蜜與失落感回到家，靜靜躺在床上，他覺得此時的床好像一艘船在無邊的大海漂流著。但兒子知道他的目的地是什麼，只是他無法說也不能說。兒子覺得心裡出現了好多種聲音，有些像自己有些像別人，每次彷彿快要得到結論，但最後又會被拉到某種混沌的漩渦裡。兒子和這些聲音扭成一團無法動彈，只能獨自在房間靜靜躁動著。」

明明是「說身體」，但卻夾雜了許多女人自己的情緒，這樣的兒子還會是原來的兒子嗎？究竟女人想透過這些描述來得到什麼，畫家自己也感到困惑。這已經不是單純的身體成長了，女人似乎在建構一個青少年的心理狀態。雖然青春期確實充滿這些疑惑，但心理狀態該如何被觀察又如何透過他人說出來呢？連專業的心理醫師都不一定有把握吧。畫家判斷，這些描述應是女人自己的心理小劇場。或許透過母親的身分能夠察覺飄散在空氣中的敏感因子，兒子有任何跡象都無法逃過母親慈愛的檢視，但就如同先前女人假想自己母親凝視的恐懼，難道女人沒意識到她也把這種沉重的關愛壓在自己的兒子身上嗎？

心理描述確實對肖像畫的表現帶來某些難度，但還是可以透過隱喻的方式來表現，方法還算多不成問題。但偶爾會有一些關於身體較細膩的要求讓畫家吃盡苦頭，如有次談到的「後頸」。女人光是後頸的錄音檔就長達兩個小時，現場聽完已經耗盡體力，根本不可能再回去聽一次。這幅肖像只畫了後頸的局部特寫，沒有其他任何東西，遠看像一種抽象幾何的構圖。但光光是後頸的角度、光線和比例就讓畫家重複進行了二十幾幅，越是簡單的東西越是困難，稍微偏移一點就成了另種模樣。可怕的是這種局部肖像最後成了一系列——畫家稱為「身體計畫」——最後根本全身上下的部位都被放大仔細畫過，感覺像是造物者正在做最後的出場檢視，準備讓兒子誕生在這個世界上。雖然每次重畫女人都有支付費用，但如此折磨人的事真是不敢再領教了。

但最讓畫家驚訝的，是在兒子十八歲時的「說身體」。

「而且，我希望性器官能夠有正常的變化，我希望他不要太小或長歪，顏色也要適當，至少我覺得他青春期不該為性器官來煩惱。」女人特別強調了這點。

「大小我想就適中的標準，看起來活潑有朝氣，而不是那種肥大沉甸甸像是沒有在思考的樣子，或者害怕陽光畏畏縮縮的感覺，這樣可以吧？」畫家說。

「這樣非常好。」女人說完便轉身離去。

女人希望有張兒子的全身裸畫，且一開口就將重點放在性器官這個核心，這讓畫家懷疑女人對兒子投射的愛是否過多，或者逾越了呢？兒子本人若看到這些假想的肖像會做何感想？還是兒子一直都知情且樂在其中呢？畫家往更極端的方向去想，想著母子間的不倫戀情，甚至若兒子是位殘疾人士，那麼對比這些肖像未免太過殘忍了。多年來從未想過兒子對於母親委託肖像的想法，只想到有穩定的收入就好，沒有想過肖像會對別人帶來什麼影響，應該是一種無害的東西才對。但此時畫家越想越不對勁，覺得必須親自去確認一下女人與兒子的狀態才能安心繼續做下去。否則若是有悖於社會觀感，到時展覽發表也對自己不利。

「你說這戶人家嗎？她兒子早在幼稚園就過世了。但是啊……」，婦人半掩著嘴巴說：

「偶爾還會聽到她跟兒子說話。一開始覺得是放不下，我想任誰都無法接受，但你看這過幾年了，到現在還是會聽到女人的喃喃自語，我想這樣的悲愴可能讓她的精神有些問題了吧。」鄰居對著畫家說。

畫家在「說身體」結束後尾隨女人返家，女人住的是舊社區，有圍牆隔起來的獨棟兩層樓房，庭院裡種植的木瓜樹正結著碩大的果實。畫家假裝是地產公司上班的員工，詢問周邊房子的狀況並試著探聽跟女人有關的事，沒想到得知兒子早就死亡的消息，這比他妄想的畸戀或者兒子身體殘疾還更為聳動。

這是怎麼回事，這些年來我都跟著女人在幻想兒子的存在？畫家想著家裡那些一個又一個「說身體」錄音檔，不禁覺得悚然。終於明白女人說兒子不會到現場讓我臨摹也無法提供照片的原因了，因為兒子根本就不存在。女人正透過我的雙手去虛構兒子的成長，難怪會把兒子的心理狀態想得那麼細緻，那已經不是猜想或越矩了，恐怕在「說身體」時的女人，其實就是兒子本身吧。女人同時扮演自己、母親與兒子這三種角色持續生活著。這是多大的傷痛才能築起這一道厚實的牆讓自己活在這個世界裡，畫家無法揣測。

畫家想到他的展覽。原本想要呈現兒子與肖像的對比，如今得知的結果卻是如此，這樣展覽的意義跟當初設想的完全不同了。雖然女人提供了工作讓畫家生活無虞，但這十幾年來的計畫可能付之一炬，畫家不知往後的肖像是否還要繼續進行下去，必須去找女人釐清這事情的原貌。

女人打開門的時候起先很吃驚，但隨即恢復了冷靜讓畫家進門。女人請畫家坐在長椅上，並為畫家沏一壺菊花茶，菊花的香氣四溢整個空間。客廳牆上擺放著幾幅兒子的肖像，知道真相的畫家想法跟以前不同了，他已經不知道自己畫的究竟算是「人」還是什麼，這幾十年的光陰與女人的「說身體」無法這麼輕易的把兒子這個「人」輕易抹去。

「我喜歡喝花茶，特別是菊花茶。聞著茶香總能讓我安定下來，熱茶順著喉嚨抵達深層的胃部，這股溫暖的感覺也讓我全身放鬆，覺得沒有什麼事要急著解決的，沒有比喝一杯茶更重要的事了。」女人端著茶杯坐在畫家對面的長椅上，黃色花瓣在桌上透明的茶壺裡頭緩慢翻轉著。

「我知道你要說什麼，看著你的神情我想你大概都知道了。其實我一直有心理準備你會來找我，原本想說畫幾次肖像之後你就會忍不住打聽兒子的消息，但卻沒想到撐得比我設想的還久，久到我都認為會這樣一直持續的畫下去。我想你大概有你的打算所以才可以持續畫那麼久吧。」

畫家持續沉默聽著。

「兒子是在游泳訓練班溺斃的。他喜歡玩水，我還記得當天帶他到泳池跟教練報到的情形，結果下午就收到兒子溺水的消息。明明上午還看著兒子開心笑著的臉頰，怎麼過沒多久就變成了毫無血色的樣子呢？那些血液都去哪了？平時轉來轉去的眼睛、好動的雙腳、努力呼吸的鼻子都去哪了？為何全身上下沒有一個部位想理會我？我還是不相信這是相同的一個身體。」

「很遺憾聽到這個消息。」畫家放下茶杯，雙手交叉放在膝蓋上嚴肅的說：「事實已經發生了，我想你應該要放下。感到不解的是為何你還要繼續委託這些肖像？況且還隱瞞著我。就算你是長期合作的顧客，但死亡不是一件小事，這牽扯到的還有道德上的問題，我這樣幫你是對是錯還很難說。而且就算把每個階段的兒子『畫』回來，也無法讓他重生吧。」

「我想讓你看一樣東西。」女人沒有回答畫家的質問。

女人帶著畫家上樓，二樓總共有兩房一廳，一間書房一間是臥室。書房裡頭有一整面的書櫃，而書櫃上全是一模一樣的褐色封面，似乎是一種筆記本，只是新舊的狀態不一，色澤有深淺的微微變化。但可以確定的是它們一定都被打開翻閱許多次，從書背上的摺痕和皮製書衣的狀態可以判斷。

「這些都是兒子的日記。」女人說。「兒子過世後我就決定要每天把兒子寫回來，每天都要寫絕不懈怠，我不能忘記兒子。我仔細揣摩兒子上學可能會發生哪些事，為此我還特別去查證了學校的課表，盡量讓日記趨近於現實。我也常在黃昏時去學校操場散步，一邊體會兒子在這裡走動的感覺。不管是地上的沙子、吹過來的風、映著夕陽餘暉的草皮或者持續擺邊的鞦韆，這些學校實景裡的一沙一木都幫助我去建構兒子的生活。後來有機會加入學校當志工，我曾擔心他們會認為像我這樣失去兒子的單身母親有著什麼樣的企圖，結果反而因為這點讓學校毫無保留的接納我，認為我一定可以把這份無法給予的愛奉獻在其他孩子身上。但其實我只是想要體會兒子上學的生活，跟這些小孩當朋友，彷彿我就是兒子一樣。」女人緊接著又說：「沒錯，有時我覺得我自己就是兒子。我知道有點走火入魔，但我無法克制這樣的想像，這讓我覺得我仍然持續跟兒子在一起，兒子並沒有離我而去。」女人說。

「我可以拿一本起來看嗎？」畫家看著書櫃上的日記說。

女人點點頭。

畫家隨意拿了一冊翻閱，發現除了日記以外，上頭還有各種書籤註解和用螢光筆畫線的重點，也將當天發生的時事記錄在裡頭，讓人很容易回到當下的時空背景。而日記除了模仿兒子年齡相仿的語氣而寫的之外，還不時參雜著女人本身的看法與喃喃自語，這兩種語彙交雜在一起沒有特定排序，乍看之下簡直是兩種精神意識同時在撰寫這份日記一樣，外人絕對無法輕易解讀這些文字。

此時畫家心裡想著：這女人相當瘋狂。她硬生生的分裂自己的靈魂讓兒子留在她身體裡面。

但畫家還是有被撼動的部分，竟有人能夠為失去的生命做到這種程度，某方面也是可敬的。看著這一排擺滿日記的書櫃，雖然是女人的幻想，但這確實是用生命在書寫。

「這真是不得了的行為藝術。」一種訊息在畫家心裡閃爍，這種機會絕不能錯過。甚至可說是相當重要的史料，可以用各種切入點去解析它。相比之下肖像畫只是其中一環，若少了這些日記就會遜色許多。女人轉身到一旁的客廳，畫家也跟著走過去。各個年紀的兒子肖像掛滿四面的牆壁，一種神奇的氛圍悄悄展開：雖然畫家知道兒子已死，但看到這些各個年紀的成長過程，似乎仍有兒子還活著的錯覺，不知情的外人一定會相信兒子的存在吧。女人「說身體」時的說話聲和一起討論著兒子身體變化的記憶，這些都把畫家拉向「兒子是真實存在」這樣的想法裡。

畫家沉思了一會，決定把握這機會再次向女人提出展覽的想法。說：「關於之前說的展覽，我原本想說是呈現肖像跟兒子本人的對比，但如今呈現的卻是一位母親對於逝去兒子的愛，發展至此已經是完全不同的兩件事了。雖然這種愛異於常人，我想它的本質上仍然是善意的，最後仍然會打動人心。原本得知真相後想要放棄，但在看過你的日記之後我又有了新的想法。我還是想辦展覽，將兒子的肖像完整呈現，讓觀眾看見兒子的成長過程。最後當然是你──母親的出現，你是這個展覽的關鍵，讓兒子成為『真實』的一個重要因素。但我不會一開始就將這個祕密說出來，我想先讓觀眾以為這是一個『真實與虛擬兩者對比』的展覽，之後選擇適當時機公布真相，再搭配平時『說身體』的錄音檔與你每天撰寫的日記，整個展覽就會瞬間被翻轉，將觀眾拉進你所創造的『有兒子的世界』當中。」

女人猶豫著，說她不知道世人會如何看待她，她不太想將這件事公開於大眾面前。

「事到如今，我們三個人已經無法分開了，你知道嗎？我們都必須為兒子負責。這是我人生中最重要的展覽。我已經幫你實現願望幾十年了，現在換你來幫我應該不為過吧。況且你對我隱瞞了兒子過世的事實，這是很嚴重的欺騙，若這展覽成功了我才有繼續畫下去的動力。」畫家更進一步的想說服女人。

女人知道了，她聽得出來話語中的威脅。

於是畫家開始籌備展覽。

尋找適當的展覽場地，將肖像分時期依序整理好，聘請兩位助理將畫作建檔以及對外聯絡宣傳等事宜，將展覽訊息刊登在各個重要的藝文場所和相關雜誌上。花了一筆不小的錢邀請當代知名的藝評家來參加開幕茶會與撰寫藝評，畫家相信這次展覽一定能獲得藝評家認可，最重要的是只要他的藝評刊出，憑藉他的影響力幾乎就能篤定展覽成功了。

當天展覽會場擠滿人潮，大家幾乎都被「紀錄片式肖像」概念吸引而來，想看看這個計畫是怎麼一回事。

「十幾年來只畫兒子嗎？」

「一個人成長的心理狀態被描繪下來了。」

「驚人的毅力！」

「對真實的兒子感到好奇。」

會場充滿這些評價。畫家本人很滿意，重要媒體都有到場，專訪邀約一個接一個來，更有遠自日本的畫廊過來接洽，希望往後能夠到日本舉辦展覽。這是畫家從未想過的一天。在他的藝術生涯裡只有一次短暫的光芒，就是高中開始念藝術學校的時候。他用國中到畫室補習學到的那些技巧在學校初期嶄露光芒，他成了底子最好的學生之一，深受老師期待。但到了二年級學校不再重視基礎技巧而是偏重個人獨特性的創作之後，畫家發現他抓不太到那種感覺。以往的畫法都有一套模式可以遵循，補習班有傳授他又快又準確的方法達到那樣的效果，這樣的模子深深印在畫家腦中，殊不知將這些通通拿掉之後，畫家就不知道該如何去描繪了。變得躡手躡腳、放不開、思想僵化，總是在做別人做過的事。雖然畫家還是憑著這樣的底子念完高中和大學，畢業後曾經試著申請藝文補助持續創作，但在這每天都在追求新意的藝術界裡，最終還是壓垮了畫家的理想，迫使他退到偏遠鄉鎮裡當一位人像畫家，以「遺像」為大宗勉強過活。

而如今他舉辦了生涯最受矚目的展覽，主持人正說著開場白，他在人群擁簇下準備向觀眾發表他的創作理念，同時即將揭露展覽的真相。一想到待會宣布後群眾將會是何種表情，畫家便興奮得發抖起來，努力的將這樣的情緒收疊妥當，不能表露給外人知道。

就在畫家沉浸在亢奮的幻想中的時候，他突然在人群中看見一個熟悉的人影，這是一個許久沒見但又很親切的人。有這樣的人存在嗎？畫家腦中閃過許多過往親戚與朋友的影像，但都沒有一個符合。但眼前這位青年實在是太面熟了，熟到他清楚知道他的眉毛、嘴唇、頭髮的樣式……突然的青年對著畫家微笑，隨即轉身離去。

「是兒子！」畫家驚訝得內心沉了一下，清楚感受到心臟漏跳了一拍。畫家認得那個「後頸」，畫了二十幾遍的後頸無論如何他都認得，十幾年來的肖像畫核對到青年身上，那確實是兒子本人沒錯。

女人的兒子沒有死嗎？但不可能，就算活著也不可能完全跟我畫的一模一樣吧……

畫家想前去攔住少年，但展覽主持人不讓畫家離開，所有的人都在等著畫家發表創作理念。畫家在展覽場上找不到女人，喊著女人的名字也沒有回應，看來女人並沒有在會場。她跟兒子走了嗎？她知道這件事嗎？畫家內心充滿各種疑問。

不行，倘若兒子活著是真實的存在，那他就不能在此公布這個真相了。若兒子活著，那展覽的意義又回到最初的狀態，是虛擬與真實的對比。但根本就沒有對比，虛擬與真實是完全一樣的模子啊。在弄清楚之前我不能說出這些事情。

「這女人在耍我嗎？」畫家惱怒的在心裡想著。

畫家在茶會發表上僅表示這是他對一個孩子的肖像計畫，紀錄片式的描繪孩子的一生。並沒有預設要畫到幾歲，若允許的話將會持續的創作下去。

訪問刊出後普遍受到好評，但僅僅是對畫家的決心感到佩服而已。由於是長遠的計畫，短時間內比較難獲得全面性的肯定，大家都在觀望著，結果必須等到計畫結束才能將這個能量引爆。綜合各大藝術雜誌的評論來看，大概是讓藝術圈有著「有人正在做這個計畫，那就再等等看吧」一般的評價。

畫家想起那天藝評家對畫展的建議，他說：「這個想法很好，但你不覺得公布得有點早嗎？以時間作為媒介的作品，必須讓人感受到時間的重量與痕跡，但目前只畫到兒子十八歲不是嗎？十八歲只是剛剛渡過青春期，尚未進入社會的磨練，覺得稍微太輕了點。或許你想表現兒子青春時期的轉變，但目前也只是身體的變化並沒有太多深入的東西。或者坦白講吧，這樣的繪畫只不過是表現對兒子的幻想而已，況且真實的兒子沒有來到現場，你說因為計畫的關係尚不能公布，那把目前這些東西呈現出來有何意義呢？我覺得你沒有抓住能引起騷動的點，無法引起人們的議論。藝術在當今就是要有爭議，要能夠引起討論的熱度。倘若你這次沒有舉辦發表，而是等著兒子成年過後經過社會的各種磨練，有青春期的他，有壯年時期，有即將邁入老年的時期，你想想這中間的變化是多麼的大，時間的重量就是這樣自然產生的，從畫面裡湧出直接壓垮來看畫展的民眾。這樣表現出來的並不只是你計畫中的兒子喔，而是把問題丟給觀眾：你在成長的過程中獲得或失去了什麼？

「而以時間為中心的創作，最忌諱的就是破哏了。你提早發表，力道又不夠，往後的新鮮度也沒了，完成了也只是證明你有持續在做這樣而已，除非有更強的論述出現，否則相當可惜了首次發表的機會。不過說了那麼多，這仍然是一個可敬的計畫，你與被描繪者時間並行，這是很孤獨的一項作業，不是每個人都辦得到的。我在此衷心祝福你計畫順利，我期盼著那天的到來。到時若有任何需要可以找我，我有一些藝術圈的人脈可以幫助你。重點是，我們都要活下去喔，哈哈，活到下一個十年、二十年。」

媽的你踿屁啊。畫家怒目咬牙瞪著藝評家離開，身體氣到脖子腫脹。我是要你來給我建議嗎，少在那邊自作主張了，你根本不知道我看到了什麼。

展覽當日結束後畫家便立刻衝到女人家去，但怎麼按門鈴也沒有回應。時間已近黃昏，屋子裡燈也沒亮著。畫家決定潛入女人住所，左右張望無人之後便翻牆而入，從後門上的狹小氣窗像蛇一樣的鑽進屋子裡，銳利的邊框把畫家的手臂與側腹的肌膚刮傷，但此時畫家不在意這樣的傷口，有比這更重要的事急著解決。

畫家摸著牆壁打開電燈，不顧自己是闖入者的身分喊著女人的名字。沒有回應。畫家走上二樓書房，心涼了一截，所有的日記都不見了，只留下空蕩蕩的書櫃以及證明日記曾經存在的灰塵印記。

多日以來畫家盡其所能的打聽女人的下落，但能用的線索並不多。這些年來畫家都是被動的接受委託，從來沒有想過主動去了解女人和她的動機，只沉浸在自己設想的展覽計畫當中，殊不知很有可能是反過來被女人利用了。

「女人可能知道我心中那狹小短視的抱負吧，利用我的虛榮心及妄想操控著我。」畫家心裡想著，這也就是她選擇找我這個偏鄉只畫遺像為生的落魄畫家的原因嗎？畫家對自己被看穿的心慚愧不已。

畫家最在意的還是展覽那天看到的少年。他把助理當天拍攝的活動照片找出來看，終於找到一張有少年的照片。少年側著臉看著其中一幅肖像畫，也就是女人委託的全身裸體肖像。「這確實就是兒子啊！」畫家邊看著照片邊激動的說著。女人和日記不見也罷，或許到最後女人還是害怕被公布於世吧，這尚可理解，但唯一讓畫家無法放下的就是活生生的兒子本身，為何會跟他畫的肖像一模一樣呢？

「難道因為女人虔誠的撰寫日記以及我持續多年描繪兒子的肖像進而創造出真實的兒子

了？」畫家想著各種極端的祕術之類的東西。

但回歸現實，展覽與宣傳已經進行下去，短時間無法立即停止。畫家已經無法回頭去畫遺像了。明明自己掌握了很重要的材料但卻這樣消失，畫家無法就這樣放手

兒子的肖像仍然要持續進行。「我掌握了兒子的生長脈動，這是我的優勢，我可以持續用畫的方式讓兒子『活著』。但日記就比較棘手了，女人的心思相當細膩，幾乎把各種心理狀態都描述出來，若由我持續來寫日記的話……」

畫家突然想到，以往畫的都是正常的肖像，日記除了青春期的猶豫以及生活中避免不了的感傷之外，截至目前為止沒有發生什麼意外過。「假如因為我的畫而誕生兒子，那麼我若讓新的肖像受傷會有什麼結果呢？也許胸口有一道疤痕、手臂骨折斷裂、長出莫名無法治癒的紅斑，那麼現實中的兒子也會跟著變化嗎？屆時，女人也不得不帶著兒子來求我吧？」

畫家有了新的目標，在找到女人之前，畫家開始寫兒子的偽日記。雖然無法深入內心狀態，但至少可以決定外觀吧。兒子十八歲之後的日記有了新的版本：將會比以往更為黑暗、更多無法控制的意外。有時納悶著為何事情會走到這個地步？冥冥之中像是有人在操控人生一樣，兒子會時常這樣想著。

成長就是這麼一回事。

——原載《印刻文學生活誌》二〇一七年九月號，第一六九期

臺中人，解嚴的孩子，新生代小說家。

臺灣大學畢業，空軍少尉役畢，現負笈巴黎第八大學。

曾獲聯合報文學獎小說大獎、臺北文學獎小說首獎、臺大文學獎小說首獎等項，入選《九歌年度小說選》、《七年級小說金典》、《我們這一代：七年級作家》等集，並獲文化部藝術新秀殊榮。

著有《崩麗絲味》、《冰裂紋：星座暗黑愛情——處女》。

彩色的千分之一——林佑軒

又胖又醜的男孩，叫做小叮噹。

他跳水前，部長親自擔任解說員，牽著他的手，帶他參觀博物館。

小叮噹走過一排排的彩色水晶。他身上純手工的童裝在水晶光芒下，一根根金銀繡線都活了起來，歡欣鼓舞著小叮噹幸福的爾後人生。

他的生身父母哪供得起這種衣服呢？總有些人擁有的比別人多——這麼說來，他是總體地、全面地勝利了。

他是全國最幸福、最幸福的神童。當年，他的養父母選了他，全國一萬個孩子都嘆氣。

現在，媒體擠滿了池邊，國師準備觀察他的水花，為國家占卜祈福。

有一座彩色水晶，三十年前的。小叮噹覺得跟自己好投緣喔。

如果她們活過來，會摸摸他的頭吧。

他把胖臉笑成了一顆皺紋滿布的大南瓜。

他深深貼臉上玻璃，看著那座水晶的榮銜介紹：慧如、小嗨。

●

我永遠忘不了那個春天的清晨。萬物努力生長的時刻，我、菜豆、小嗨、牛蒡、吳佩珊、賴思穎、朱心汝、莊樂鴻、呂欣潔、十九班小胖的人生徹底扭了個彎，永遠改變了。

小嗨跑到我們班，猛烈敲著窗。我跑過去開門——她會找的只有我，我也只有她會找。我們這些醜陋的人，透過地底下的組織網絡，舔舐著彼此的傷口。

她劈頭第一句話就是：「慧如妳過了，我也過了。」

妳過了？

我不相信。我真心打量小嗨。

短俏的飛機頭，粗獷的眉，清秀的眼眸，短筒黃靴。

別說千分之一，就算百分之一，她也不會入選吧。

「噢，」她聳聳肩。「他們一定覺得，女生這樣很醜。」

還有誰？

「牛蒡，菜豆。」

「賴思穎，吳佩珊。」

「資優班的莊樂鴻、呂欣潔、朱心汝。」

「十九班的死胖子。」

那妳會去嗎？

「要看，」她焦慮地咬咬嘴唇。「我爸媽吧。」

其他人呢？

「吳佩珊家裡有錢，聽說會退出。」

「賴思穎還在猶豫，因為她的舞蹈班才上了不到一半，但她覺得這件事很有意義。」

「死胖子不熟。資優班的我也不瞭。」

「牛蒡會去。絕對會去。太苦了，想要大翻身，他說。菜豆還在考慮。」

吳佩珊。每天每天，大家讚美著她很正，因為她的臉有四個直角，還有濃濃狐臭。同學們戴著N95與塑膠手套搔她腋下，「幫醜八怪除臭」。

胖子不熟。胖，油，臭，同學一定討厭。

資優班那三個不熟。那是最勢利的班級，也許他們是自願解脫。

賴思穎……賴……對了。曾走過舞蹈教室，有個孤獨又乾癟的女孩穿著舞鞋旋轉，面朝我一次，我就嚇到一次。她的臉是地獄之門。

至於菜豆跟牛蒡。十七班的。我的眼前，浮現了他們悲悽的面容，倒映在熱鬧的白雲裡。

上次看見他們，是我被拖去廁所，經過十七班的門口。我眼中的歪倒世界，赫然映現了瘦得陰陰森森的牛蒡。他被人踩著臉，褲管被割破一半，露出了慘白的小腿。每個骨節都長了瘤，渾身疙疙瘩瘩的菜豆被當活靶拿籃球砸，砸中最大的骨瘤的人最高分。

我捨不得看，閉上了眼睛。

操場傳來了熱烈的運球聲。

「幹！放開我！」

我猛然轉頭，小嗨被一個拐子架走了。她像一根拖把，被一群人，一路拖回她們班的教室。

像我們這種人，真的該永遠閉上眼睛。

愈接近四樓的她家，怒吼與哭泣就愈劇烈，豪雨那樣響徹整棟公寓。慧如對自己悄悄地說：習慣了啦。她掏出鑰匙——化糞池撿回來的。他們搶走了它，沖進馬桶裡。慧如下午撈了好久。——準備開門。

玻璃撞碎玻璃的巨響讓她手抖了下，鑰匙哐啷落地。

門自己打開了，市長背著手擠過慧如閃了出去，跟著個白襯衫的男人。市長的西裝溼了，好像被潑了茶或水。

又一杯茶潑了出來。潑到慧如的比潑到市長的還多。

男人發了張名片給她，說是市長的主任祕書，以後還會常來，希望多指教啊，妹妹。

市長啐了一口，抖著仇恨的臉頰：住這種骯髒地方，還這麼不識抬舉……

他拂袖了幾步，轉過頭來看慧如，哈哈大笑：適合，適合，太適合囉！羅先生、羅太太，您倆是真會生。嘲諷的語氣。

「妹妹，妳好好想一想吧。這是妳這輩子唯一的機會了。」

我抱著媽媽，媽媽嚎啕大哭。

爸爸對空蕩蕩的巷子咆哮。插著電視螢幕的米酒瓶，酒汁流個不停。

妹妹回家了，一甩房門，把自己關了進去。

「媽的，他們要收買我！他們以為用錢買得到我羅某人的女兒！媽的，給鬼幹！休想！」

「姊姊，」媽媽都叫我姊姊。「姊姊，馬麻對不起妳，沒有把妳生好看。就算沒錢，馬麻也不會賣了妳。馬麻答應妳，努力工作，讓妳有好日子過。妳連考慮都不要考慮，曉得嗎？馬麻不准妳變成那樣……」

「哈哈哈！」

我抬頭。妹妹慧絜站在面前。

她的臉比我小，比我紅潤些，眼睛大一點。她的臉形遺傳爸爸，膚色遺傳媽媽，眼睛遺傳爸爸。我剛好相反。所以她是美人胚，我的臉是火葬場。

「哈哈哈，醜八怪，哈哈哈，快去死，哈哈哈，那好適合妳……」

爸一巴掌打翻了她。

說也奇怪，平常被一巴掌打翻的，都是我。今天好奇妙，好幸福，爸媽好像愛我愛得變深了。

我抱著媽媽大哭。

馬麻，到了今天，我才曉得妳們多麼珍惜我，寧願放棄……

媽媽撫著我後頸粗硬的頭髮，這輩子第一次。

我抬頭，看見她呆呆望著毫無景色的窗外。

慧如踮著步子上學去。經過高架橋下面的早餐店，老闆娘叫住了她：「別人不敢跟妳講，阿姨敢，阿姨雞婆，阿姨為妳好。」

「妳們家沒錢啦，阿姨覺得，妳就去，這樣妳們家，馬上就翻身囉。

「阿姨還羨慕妳入選呢。我女兒就沒辦法。妳爸爸、妳媽媽，不敢跟妳講而已啦。他們想妳去，想死囉。

「不是阿姨碎嘴，妳自己心知肚明，這樣的人生有什麼好留戀的？國家給妳這個機會，為你們量身訂做，從最賤的地方爬到最高的地方，有什麼好考慮的啦？蛤？

「來，別計較阿姨講話直接，這個總匯請妳吃啦。」

阿姨的漂亮女兒轉出房間，扔了她一個眼神。已太熟悉了——像看見了腐爛的廚餘。她靜靜嚼著總匯漢堡。

「阿姨，」她靜靜地說，「爸跟媽很愛我。不會放我去的。」

「喔，好啊。漢堡七十元。」

老闆娘的鄙夷像大便，糊得她滿臉都是。

慧如望著高架橋。

「它每天承受著這麼多的壓力，怎麼還不會倒。」

慧如趴上桌面的報紙。一定滿臉油墨吧，但她不在乎。「也許我這樣，還比較好看一些。」老闆娘趕蟑螂一樣，把她趕了出去。

我跟小嗨站在操場旁，一棵大榕樹前。

它的樹幹有一個節瘤。每次，每次，十七班那些長得好看的孩子們，就會戴上手套，抓起牛蒡的四肢，將節瘤對準牛蒡的肚臍，撞去，撞去，再撞去。他們說：我們幫牛蒡削皮。

牛蒡悲哀的、過度陰森的馬臉緊緊繃著，像鼓皮，輕輕滑了滴淚。

這是我與小嗨對失敗者牛蒡最永恆的印象。

現在，牛蒡去了，接受訓練，跳進池子中。

我不敢看，小嗨轉述給我聽。

小嗨說，牛蒡接受了訓練與心理建設。其實不會痛苦。

小嗨說，牛蒡是全國第一。是我們民族長久以來的科技力之結晶。

小嗨說，在那個張燈結綵的池子旁，牛蒡先吃了一頓大餐。慧如，妳沒看妳不知道，電視上的牛蒡，真的流下了一道瀑布般的口水。牛蒡嚼美食，啃鵝腿，差點啃到叢集的麥克風。

小嗨說，牛蒡穿上了國家全額給付的最帥氣的衣服，脖子掛著花環。

小嗨說，全力打理之後，牛蒡再也不是十七班的教室裡，永遠的失敗者、醜陋者、被欺侮者牛蒡。

慧如，小嗨說，妳想不到，醜人牛蒡竟然可以這樣子英俊飄撇。

小嗨說，牛蒡，牛蒡的臉，被花環襯得更陰森了。

小嗨說，牛蒡沒有掙扎，也沒有後悔，定定地，雙腳交叉攀上去，噗通一聲跳下來，還滾了個圈。最後的帥氣。

小嗨說，牛蒡的姿勢，真的好美麗，好美麗。媽的空前，也許絕後。

小嗨說，他們沒騙人！牛蒡跟牛蒡的家人真的、真的得到了勛章，與好大一筆感謝金！總統一一跟他的家人握手、合照，然後，把勛章掛到了牛蒡身上。彩色水晶閃啊閃的，超好看！

牛蒡是全國第一！牛蒡有了新人生！

牛蒡是一個善良的人，也是一個，無私的人，也是一個，勇敢的人。

他為我們開了路。接下來，小晦說，就觀察吧。

慧如在房間。家人第三次，看牛蒡跳水的重播。

是在給她壓力吧。就算是國家科技大榮譽，看三次，都會背了吧。

她走了出去。

昏暗狹窄的客廳中，只有電視機彩色的光液流動，流動到每個人的身上。

忽然，鏡頭特寫了彩色水晶。客廳中，萬物生光輝。

她不曉得該坐還是該回房。

她爸爸看了他一眼。

她渾身不舒服，倒了杯水就回去，自個關在房間觀察水的折射。

是愛。爸爸的眼神充滿了愛。媽媽也充滿了愛。

牛蒡重播完，換菜豆。

菜豆去了。

小嗨陪我一起看。不然我不敢看。她從頭到尾，握著我的手。

菜豆是第二個。

第二比起第一，當然遜色多了。

不過，有些細節做得更好了。

好比菜豆的衣著。

牛蒡帥是帥，可是沒特色。說直接些，西裝領帶，誰都帥。

至於菜豆，顯然部會間的合作更順暢了。文化部門幫醜陋的菜豆設計了一套只有他駕馭得起的服裝。

看清楚了。我都看清楚了。原來，我去了，流程是這樣啊。

穿著此生僅只一回的華服菜豆，骨瘤隨著走動，一凹一凸，於是像個高大、華麗、詭異的懸絲傀儡。不同於牛蒡一臉堅毅決絕，菜豆面無表情，偶爾微笑，偶爾浮現極端的恐懼。

他由兩個白襯衫的挺拔官員攙扶著。他們的英俊突顯了菜豆那人類末端千分之一的醜陋。

不管怎麼說，這個畫面卻好美好美喔。

我慢慢能體會這項新政策的用心了。醜到盡頭，是絕美，絕美啊。

菜豆吃遍了他指定的美食，由那兩位白衣官員攙出去，晉謁總統。

總統予以勉勵，溫言慰語，要他可別害怕；「太過害怕，姿勢僵掉了，結果就不好看囉。有這個機會入選，又鍛鍊了這麼久，好好把握，嗯？」菜豆點頭。

比不上啊，小嗨說，他全都比不上牛蒡。

攀爬鐵梯的時候，他掉下去了三次。

小嗨深深嘆了氣：不妙。

最後，菜豆被白衣的背了上去。

過了好久好久。

他軟軟地，撐著膝蓋的大瘤，立了起來。

陳小嗨像看運動比賽的轉播似的，鐵口直斷：完了，他不可能贏過牛蒡了。

小嗨猜錯了嗎？菜豆猛地站直了身。

特寫鏡頭中，他劇烈顫抖著。中風那樣地顫抖著。

他完成預備動作，就跳了下去。

在空中，他又一陣劇烈痙攣，像鉛球一樣，沉沉落入水中。

所有灰撲撲的化學管線都打開了閥門。一種顏色又一種顏色，一個層次又一個層次，池水像小學的彩色密度實驗，又像貪心的堆上天際的冰淇淋。

奏起了音樂。是菜豆媽媽選的吧：

好像初次的舞臺　聽到第一聲喝采
我的眼淚忍不住掉下來
經過多少失敗　經過多少等待
告訴自己要忍耐
掌聲響起來我心更明白　你的愛將與我同在
掌聲響起來我心更明白　歌聲交會你我的愛

菜豆在池中猛烈扭動著。

鏡頭拍到了菜豆爸媽失望的表情。這代表他們的兒子要永遠屈居牛蒡之下了。應邀出席的牛蒡爸媽矜一臉尊貴微笑，像已上岸的溺水者。

總統看起來有些尷尬。他仍熟練地起身鼓掌了。

菜豆的爸爸低著頭，抓著額角。他本來一定很期待吧。

菜豆的媽媽用衣角擦著眼淚，猛然拳擊了面前的小几。

總統致詞。他感謝了菜豆爸、菜豆媽，帶著孩子，熱情參與了嶄新的晶彩人生再造。

「……結合了生化科技部門、生涯規劃部門、文化美學部門，為最後千分之一的我國下一代，身體資本先天不足的孩子們，指點了一條康莊的彩色大道。……

「青年發展部門依照天賦，為我國新血輪分配工作……當前最重大的國家建設項目──『晶彩人生再造』，依照孩子天生的條件，給最沒有機會的那群，一個翻轉自我、向上提升的契機。……

「……社會以美為貴，以醜為賤，以物質為賤，以精神為貴。現在，幸賴最新科技，讓不好看的孩子化為彩色水晶，好看的孩子繼續在五濁惡世奮鬥，正是我們的一個信念：讓美的得物質，讓醜的得精神，公平，雙贏局面，win-win situation。……

「……晶彩之子的家庭為永遠榮耀之家。所有家庭成員將獲得寶石鑑定師專業計算的，與其子女等值的鼓勵金；每人並將獲頒大綬水晶勛章，特別由其子女身上切割下來精製的。慈烏夜啼，羔羊跪乳，慈孝精神永恆傳。水晶是冬暖夏涼的，李爸爸、李媽媽，」總統親切地轉頭，「待會您們摸摸看。很棒的。」

中央研究院長恭維了新國策具有永恆的、與寶石同垂不朽的價值。院長特別強調，勛章的製作過程絕對人道。水晶人是沒有感覺的。心情呢，停在變化的那一刻，快樂的最高峰。

建築營造公會理事長讚美了菜豆父母的智慧與大勇，勇於破舊立新，為下一代選擇了最最感動的幸福，為人間拆除嫌惡設施，新造出最美的一角。那斯文的老頭也半打趣、半探詢地問，李先生伉儷願不願意捐出這座彩色水晶，為其精心營造的豪宅新市鎮擔任絕美的入口意象。菜豆的父母報以深情微笑。牛蒡的爸媽也微笑，邊搖頭。大概是覺得，怎麼可能用捐的。

菜豆被撈了上來。

根據他們的說法，長得愈醜，結晶應該愈美。

菜豆在遴選的時候是我們的千分之一中，第一醜的，遠勝第二名的牛蒡。也就是說，他是全國的醜陋狀元。他的懦弱與掙扎毀了一切。

撈上來的，是一座姿勢詭譎的彩色水晶。

完完全全違背了人體的美學。

菜豆，你變成銀絲卷了。彩色的銀絲卷。

鼻子碰著背脊，膝蓋跪著胸脯。骨瘤變成一顆顆又大又美的圓形水晶。

成色是永恆的，姿勢醜了點罷了。

總統一一授勳予菜豆的家人，話家常。

這是菜豆唯一勝過牛蒡的一點：他的爸媽與兄弟，人人都獲得一顆骨瘤琢磨成的勳章。

他的骨瘤是渾然天成的原石，稍稍加工，彩色水晶高貴的質地就徹徹底底顯現出來了。

這也是彩色水晶迷人的地方：人有各種不同的醜，水晶就有各種不同的美。

總統、中研院長、理事長、菜豆爸、媽、哥哥、弟弟與那座水晶一起入鏡合影，共七個人。

菜豆的身體溼淋淋的，缺了好幾角。

最大、最常被揍的那幾顆骨瘤，鑲上國徽，縫了綬帶，一顆顆掛上了他們的胸口。

我的手一陣熱。

是小嗨。小嗨握住了我的手。

「慧如，妳覺得呢，告訴我好不好，我們一起下去的話——」

她的手很燙。變成水晶之後呢，還是那麼燙嗎。我有點被燒傷。

她凝望著我，我在那豪邁的眼睛看見愛，可是，我準備好了嗎，不管是愛，還是——

「好，沒關係。」

她轉過頭去，不再看我。

好久又好久，她不跟我說話。

「幹妳媽的，妳自便吧，我沒差。」

十九班小胖下去了。第三個。

成品的風格，跟李菜豆的大相徑庭。

塗了防蝕藥劑的纜繩將小胖吊起來的時候，電視機前的全國觀眾都驚呼了。

這座水晶勝過了所有椿腳辦公室擺放的招財貓。一尊自在雍容，殊勝歡喜，彩色的大佛。

羅先生的吼，羅太太的哭，以及羅惠絜的笑，細細密密，撞擊慧如的耳膜。當她仔細要聽，他們又放低了聲音。

這種討論愈來愈頻繁了。

他們怎麼可以這樣。

「沒怎樣吧。」小晦說，「彩色水晶的所有權本來是父母的。他們怎麼處置，羅慧如，妳管不著。」

她的無所謂讓我好難過。

話不是這樣說的吧，小晦。

自從我傷了她的心，她總擺出一副無所謂的樣子。

原來妳是個這麼實際的人。

我望著她滿臉的血傷。昨天在籃球場被圍著踹出來的。

「幹妳他媽男人喔，懶叫掏出來比大小啊，沒有嘛，欠打嘛，哈哈哈——好醜喔，趕快變水晶啊，人生變彩色喔。」我從廁所氣窗的縫隙看見了，但不敢救她。

外面一群太妹在等我，帶頭的是羅慧絜。

「本來就醬啊。要我是林爸林母，」她因為「林爸林母」而笑場了。

「要我是他們，我一定跟他們一樣幹啦。幹他祖宗喔，一個入口意象換兩戶頂樓空中花園泳池雙拼樓中樓，誰不要，妳不要嗎，白痴啊。」

我看著小嗨。妳好現實。是生命粗糙了妳。

「如果我是牛蒡，我保證贊成。」

「是說，沒人知道他怎麼想了。聽說國際晶價狂飆，幹，如果我變成水晶，保證會叫老爸老媽好好利用的，不要擺在家裡生灰塵。」

「他們愛我。是世界對我不好。」她低下頭，傷痕交織的臉蛋有堅強的陰影。

我伸手摸她的傷。她推開我。

「幹麼啦。」

別這樣，別丟下我一個。陪我一起，面對我爸、我媽、我妹妹的愛。

慧如走出房間，看見牛蒡的父母、菜豆的父母，圍成了一個半圓，圓心是她的爸媽。他們看見她，心照不宣地安靜著。

菜豆的父親望著那毫無景色的窗。窗外是鄰棟生了壁癌的白牆。

「羅先生，你們的窗戶，看出去還不錯。」

「以後會更好。」她爸爸答，「像你們一樣。」

「我們那邊的view真的不錯。整個新市鎮，哇，環形視野，盡收眼底。」牛蒡的母親說。

「我在空中花園打太極的時候，最喜歡看著我的兒子了。」牛蒡的父親說。

慧如靜靜走了出去。

他們的目光水蛭般黏著她。

或像是起重機的纜繩。

將她綑起來，放到池子裡。

林牛蒡，你好漂亮。你真的好漂亮。

你快樂嗎？我是羅慧如。你現在快樂了嗎？

他望著我微微笑。

大理石的底座刻著：晶彩新人城。

這是我第一次看見現在的他。我走了好久好久，來到了新市鎮的華麗入口。震撼得令我不敢呼吸。

高高瘦瘦的彩色水晶，集中了人類幾千年的古老藝術。陰森的臉，被一顆顆快樂的水晶分子取代了。有些毛孔結了清澈的晶柱。

牛蒡，繞著你行走，每個分秒的瞬間，都看見不同顏色的你。某一度是暖色系的暖男，下一度是冷調的玩咖。

你現在擁有幾千萬個不同的人生了。所有被囚禁的可能，全都釋放出來了。

一群小朋友在新市鎮的入口玩耍。

每一個都好看得像是進口的花朵。只有上等人才住得起這種豪宅聚落。

他們人手一袋水球，尖叫著砸向彼此。牛蒡像守護神一樣看著他們。

有一顆丟偏了，砸到牛蒡的頭上。水沿他堅硬輝煌的五官流了下來。

會痛嗎？

孩子們群聚了過來，笑啊跳著，舉高了手中的水球，像可愛的炮車。

水球一顆顆，破在牛蒡的額頭、耳朵、喉嚨、鎖骨。最後，他們決定了靶心。一顆又一顆的水球，砸向牛蒡的眼睛。

大量的水從他彩色的眼瞼噴出，配上他的笑容，就像喜極而泣。

我看呆了。直到他們的水球快要沒有了，才想到阻止他們。

他們惡狠狠地笑著，舉起水球對準我，像一群準備咬人的小狼。

吳佩珊下去了。

朱心汝下去了。

賴思穎下去了。

她先請老師將她綑成了天鵝湖的舞姿，縫上了林志玲的面具。

大家都說：後面的不會超越她了。

國際豪門、軍火商、獨裁頭子在談判桌上爭取她。

故宮博物院讓出了毛公鼎的位子。

沒有人記得那個瘦得像筷子，痘痘撒滿臉的醜女孩。

小池塘拉起了展場的紅絨繩。校花幫曾在那裡，將她的臉蛋壓入池中。

池中有塊新砌的水泥基座，說是虛位以待在等她。想也曉得不可能。爭取不到啦。一所普通的學校，何德何能。

呂欣潔下去了。

莊樂鴻下去了。

莊樂鴻臨行前夕，跟呂欣潔告白。呂欣潔拒絕了。

小嗨還是不怎麼想理我。

羅慧如的媽媽來勸慧如。勸不動。

羅太太敲敲二女兒的房間。

「幹麼？」她看見妝了一半的二女兒，手上拿著眉筆。

啊。羅太太心想。我真會生。加油！加把勁！我會有漂亮女兒，也會有漂亮水晶。

「幫馬麻一個小忙。妳跟姊姊感情好，」羅太太跟二女兒沙盤推演，剖析利弊。

「我可以坐這邊嗎？」羅惠絜輕輕拉開椅子。

她拎了條髮圈，將自己的頭髮綁成馬尾，然後對我微笑。

「幫妳綁好嗎，姊潔。」

她梳著我的頭髮。「姊潔，伊渥跟我聯絡了。下個月一號跟經紀人簽約。」好用力。

羅惠絜的美麗與魅力我曉得。那是從童年末期就刺著我的針與針。現在，她終於踏上模特兒之路了。

「姊，妳的髮質也沒我好。妳看，」她從梳子上絡落我的一根頭髮，拎起她的髮絲相比。我的又粗又醜，像寄生蟲。

「媽跟爸有個願望。如果她們同時有個漂亮女兒，就我，也有一座漂亮水晶，就妳，她們會是世界上，最幸福最幸福的把拔馬麻喔。」

所以呢？然後呢？我的責任？我對著鏡子嚎哭。

「是啊，」她忽然梳得好用力，好用力，「妳負責。長得醜，怪誰，怪爸，怪媽，怪我。妳這輩子就是不斷的怪別人。心由相生啊，羅慧如。妳變成水晶一定很快樂，至少妳美麗的妹妹不會再侮辱妳了。她尊敬妳。畢竟，妳是那，彩色的千分之一啊。」

我美麗的妹妹透過鏡子笑看我。我曉得她的意思了。

她是唯一醒著的人。她為自己好，也為我好。

我是那彩色的千分之一。

慧如面對鐵梯的橫槓。

池之對面，左邊木椅上，蹺著腳的紅臉男人站了起來。要不是總統在場，他會把菸灰缸掃在地上。

右邊大椅端坐的中年女人按摩著他的脖子，緩緩揉著，揉著，到肩膀。

總統坐在高處的看臺。

隨扈捧著玻璃盒，盒中有三條勛章綵帶。

接了命令，隨扈與紅臉男人交談了一會。不外乎是些羅爸爸、羅媽媽要有信心，令嬡會做出正確選擇，之類的話。

紅臉男人坐下了。大概想到總統在看他，臉更紅了，不由得兩腿併攏，大椅坐三分之一。

其實他女兒，慧如，是最後一位了。

前幾位的爸媽才緊張呢。

尤其是第一位，聽說是自己堅持要去的。爸媽觀禮時，沒到池邊，就雙雙休克了。

他們換來的，是他們的兒子，「林友旁」，這三個字，已成為了千古第一人。

林友旁的爸媽正在豪宅新市鎮中心的頂樓私房泳池喝茶，抱狗，看風景，打太極呢。

想到這裡，羅先生不禁暗暗埋怨他們家的慧如。拖拖拖，女孩家，風吹哪裡就哪裡，誰說什麼她都聽，下不了一個明快決定。這麼大的好處哪。

他擰著大腿，深切後悔自己起初的無知。如果沒有趕走市長先生，青史留其名的，就不是「林友旁」，而是「羅慧如」了。

對呀，女兒會不會說話，有沒有變成水晶，重要嗎？就算變成水晶，也永遠是我們的女兒啊，為什麼她不乾脆一點呢？

快呀。他心中響起了一陣期望的暴風。從此，我們是榮譽家庭……他緊緊握住妻的手。

妻掙脫他的手，哭著往慧如爬去，想把慧如拉下來。
慧如奔赴媽媽。
他大吼一聲，將妻拖了回去。
隨扈按著他的妻的肩膀。
羅太太擦了擦眼淚，露出了終於頓悟的微笑。
她尊貴地笑望女兒，眼神是熱切的期待。
「妳擔心個屁，」羅先生悄悄跟她說，「這是她的使命。」
慧如靜靜走回鐵梯前。她開始爬梯子了。
羅先生與羅太太緊緊相擁，欣慰無比。
他們擁有一個醜陋的、勇敢的、終於很貼心的女兒，也擁有一個漂亮極了的、無恥的、精打細算的女兒。
女兒得到了永恆，他們得到了勳章，他們有活跳跳的美麗女兒與昂貴無比的美麗水晶——也許能破賴思穎的紀錄。他們什麼都有了，有了榮譽有了錢，有了天也有了地。他們是世界上最幸福的家庭。
小女兒，慧如的妹妹慧絜，則網羅了爸媽全部的愛。
慧絜笑了。

是妳嗎？

我看見她朝鐵梯奔來，心一慌，就跳下去了。

一雙有力的臂膀抱住了我。

小嗨，是小嗨。

她抱著我，像要把我拉上岸，也像要把我拖入深深的、酸苦的藥水之中。

也許我今生的最後，與來生的永遠要歸於小嗨。一路上，她幫了我不少忙。

我樂於接受她的愛。反正再來，我們什麼感覺也沒有了。

不再掙扎的我，與不再掙扎的她，抱定了一個好的姿勢，然後提醒對方記得要笑。我們紛紛拉出了微笑的嘴唇。

好冷。

好冷。

我慢慢變成了爸媽喜歡的樣子。爸爸媽媽愛我嗎。

羅慧絜愛我嗎。欺負我的人愛我嗎。世界愛我嗎。

你們一定都好愛我。

牛蒡、菜豆、小胖、佩珊、心汝、賴思穎、呂欣潔，還有莊樂鴻。你們是美好的前輩。等等我。等我起來。我們一起玩。

天底下，宇宙中，一等一的尊貴呦。

彩色的千分之一。

●

現在，小叮噹出了博物館，來到冶池子了。

部長拎起他的小手，向觀禮臺揮了揮。

他醜陋至極，因此可愛至極的模樣顯現在大螢幕上。衣裝尊貴的他的養父母，與誠惶誠恐的他的生父母，都站起來鼓掌了。

他們後面是羊咩咩、小斑鳩、獅子魚、紅超人、小貴賓的爸媽。再後面，中央與地方的大小首長。

天空好藍好藍，藍得像冶池子。冶池子好藍好藍，藍得像天空。

那是我的梯子，只屬於我的梯子喔。小叮噹歡唱著。大大的他的相片掛上了梯子，大大的微笑。

另外的五座梯子，是我可愛的好朋友喔。他們的相片跟我的相片一樣，都笑得好開心。

我是小叮噹，我是班長。

小貴賓是副班長。

獅子魚是風紀股長。

羊咩咩是康樂股長。

小班鳩是總務股長。

紅超人是體育小老師。

我們班只有六個人。

我們遇不到別的小朋友。唯一看見他們的時候，就是每年的世界春天節。平常，我跟現在把拔、現在馬麻——對呀，從小，紅超人、小貴賓、獅子魚、小斑鳩他們四個，就有兩個把拔，一個是總統把拔，一個是普通把拔。我跟羊咩咩呢，從小有三個把拔，總統把拔、現在把拔，以及過去把拔。——住在城市中央，牆裡面的小山上。經過五座階梯、一座森林花園、十座發光的玻璃門，與一百個黑衣葛格，才會到我們家。

羊咩咩是我們的鄰居。紅超人、小貴賓、獅子魚、小斑鳩他們四個一起住另一棟。總統把拔說，他們四個的新房子快蓋好了，到時候，他們的普通把拔、普通馬麻，就可以上來住了。

總統把拔常常來關心我們。他來的時候啊，所有玻璃門會一起發光，一百個黑衣葛格都舉手對他大喊，喊得很快，我都聽不清楚。

他喜歡戴著手套摸我的頭，說我是全宇宙最有福氣的孩子了。他的手套好軟好軟，比我的白雲寶寶枕還軟。他都會跟我說：小叮噹，對不起喔，總統把拔的手髒髒，不戴手套就會汙染你的身體呦，這樣，你就沒那麼神聖了。現在把拔跟現在馬麻會幫總統把拔斟滿茶：總統先生，別這麼說。

我的過去把拔馬麻，也就是我的普通把拔馬麻，準備離開那個貧民窟，搬來我們的小山。他說他們有點想我。

總統把拔讓他們住在森林花園裡。這樣，他們可以常常隔著玻璃看見我。我常常坐上轎子，經過森林花園，跟普通把拔、普通馬麻揮揮手。老實說，我覺得他們應該感激我耶。有我，他們才有好生活。

他們常常跟我說，我出生後，他們是多麼驕傲。

那個晚上是我最早的印象。兩個黑衣葛格打開銀色椅子讓現在把拔、現在馬麻坐，然後打開一個盒子，盒子裡面是好多印著人頭的紙。過去把拔、過去馬麻對現在把拔、現在馬麻彎腰做運動。我睡著了。隔天，我的把拔馬麻就變成了現在把拔、現在馬麻。

我的回家作業是郊遊。我坐在小花轎上，穿著每天都不一樣的彩色衣服，走過一個又一個的城鎮，對他們微笑，說一些讚美的話。他們會跪下來，用額頭跟泥土玩親親。

羊咩咩跟獅子魚喜歡跟我一起。紅超人、小斑鳩、小貴賓不喜歡跟我一起。他們喜歡我，但他們覺得郊遊太無聊了。他們喜歡去有剪刀的地方。在那些地方，他們戴白色的手套，拿起剪刀，剪一塊紅色的布，大家就更愛他們，給他們好多禮物跟好吃的東西。

人類都很髒，老師說，人類都不能摸我們。因為我們是，彩色的千分之一。

他們就跑去摸我們的把拔馬麻。我們的把拔馬麻坐在大花轎中，好懶惰，都只伸一隻手。大家就瘋掉了喔，跑過去擠來擠去，想摸那一隻手。

大家都說，他們是世界上最幸運、最幸福、最有福分的把拔馬麻。獅子魚跟小斑鳩的把拔馬麻最懶了，連手都不想伸呢，直接抓把金米丟出去。人們就開始打架，搶那些掉在地上的金米。

當然囉，都比不上每年的世界春天節。

春天節的時候，我們六個人會一起出來玩。

我們穿著好重的閃亮亮的衣服，讓總統把拔牽上六張跟天空一樣高的木頭椅子。

我是藍色，小貴賓是黑色，羊咩咩是白色，小斑鳩是綠色，獅子魚是紫色，紅超人是紅色。

椅子好香，椅子前面好多好多好吃的東西，也香香的喔。我們邊吃東西，總統把拔跟一大堆穿西裝的薯叔跛伯，會對著我們跪下來，好像很累的樣子，跪了好久好久。我們吃飽了，他們就爬起來走掉。然後，全國的小朋友，一個學校一個學校跳舞給我們看。

他們都好小好小喔，像螞蟻一樣，在我們腳下跳著舞。看了一下，愈看愈無聊。學校比較好玩。老師不會跪下來，不會親泥土，也不會想摸我們。他們都戴著白手套。慢慢的，學校的課愈來愈少了。郊遊愈來愈多。我想我有點累。不過一切都快結束了，我們快要更神聖了喔。

「吾認為，」小貴賓講話時，跟大人沒兩樣。他啃了本公文指南，想靠無人能及的智慧勝過公認第一神聖的小叮噹。

「以前的人好可憐噢。爾等都不知道，吾等神聖之子的存在，對這個世界是多麼重要。沒有了吾等，爾等要膜拜誰？爾等要觸摸誰？爾等的生活又是為了什麼？」他細小的脊椎像馬桶的水管，打了一個圈圈；綠綠的大臉，灰灰的眼鏡，像水管探出了青蛙的頭。

「你很有道理耶。」小叮噹若有所思。他不曉得吾等爾等是什麼意思。「紅超人，你覺得呢？紅超人？」

紅超人邊哭邊說：「如果我們不要變成水晶，如果我們從來都不是彩色的千分之

「……」

「髒話！」溫和的羊咩咩發脾氣了，露出了長滿毛的牙齒。「禁止髒話！不准髒話！」亂毛叢生的鼻頭因為憤怒，紅得跟草莓一樣。

「要不是快畢業了，我一定記你號碼。」獅子魚說。

「你的想法跟三十年前的死人一樣。」小斑鳩說。

「爾等聰明，汝大笨蛋！」小貴賓整了整他的領結，把手比成了小手槍，指著紅超人。

「好了啦，」小叮噹打圓場。「準備上臺了。」

鑼聲、鼓聲、哭泣聲、鼓掌聲中，我，小貴賓，獅子魚，羊咩咩，小斑鳩，紅超人，唱了最後一次的神子之歌。

晶彩神子啊　準備永恆
生之輝煌啊　旭日東升
國家興亡啊　唯我獨尊
百年大計啊　第一神聖
我是晶彩之子　生來位極人臣

感恩父親母親　予我貴族之身
晶彩之子啊　即將永恆
晶彩之子啊　已經永恆
晶彩之子啊　美麗永恆
晶彩之子啊　永恆　永恆　永恆
鐘聲敲響了，我們畢業了
一百個黑衣葛格，以及六頂轎子，已經準備好了

小叮噹脫掉了咬腳的鍍金鍛面新鞋，軟嫩的小小足趾勾上了冶池子的邊緣。好好聽的名字，好好聞的香氣，好好看的池子。他奮力張大那醜陋的、瓜蒂般的小眼睛，驚奇地環顧四周。

冶池子像一顆液體鑽石，發著海一般的藍光。

被寵愛了一輩子的他還沒見過這麼好看、這麼好玩的地方。

他深深吸了口氣，讓花香充滿他九歲的肺葉。

看！那邊！

八根管子扭成了大大大大的微笑。一個大微笑，三個雙手合十的娃娃，五棵椰子樹。有

紅的管子，綠的管子，藍的管子，黑底白點像星星的管子，紅底黃點像草莓的管子，茄子色的管子，便當盒色的管子，月亮色的管子。全都是半透明的喔！

到時候，各種水水流過，管子會發出漂亮的光光，他們就會更神聖了喔。

他的生身爸媽望著小叮噹美麗的小胖腳，欣慰地微笑了。他們傾家蕩產，從他誕生伊始就訂作一雙雙各具特色的鞋，將他身上最不醜的地方掩住了，免得破壞了遴選時的高貴與神聖。難得生出了這麼醜的兒子，誰放得過這種機會。成功了。大成功了。小叮噹的過繼契約是晶彩人生再造三十年來的最高價。

他的養父母矜貴地望著他。錢，當然買得起一個聖人——他們為自己的實力所感動了。

我一腳一腳、一腳一腳，爬上了天梯。

我一回頭，就看見羊咩咩、小斑鳩、獅子魚、紅超人、小貴賓都就位了。

小貴賓眼神銳利。羊咩咩搖搖頭，表示她不怕冷，小斑鳩點頭同意。獅子魚練習著待會的姿勢。紅超人閉著眼睛。

超人你還好嗎？超人？

別忘了從小到大的神聖使命呦。

國歌與神子之歌都奏完了。
六個白衣官員帶著筆記本，爬上了天梯。
「麻醉嗎？」白衣官員謙卑地問著小叮噹。
「請問，有什麼不一樣呢？」
「麻醉了，就不會有感覺了，可是結晶比較醜。」
當然不要啊。小叮噹笑著搖頭。
他是驕傲的，彩色的千分之一。
彩色的呦，彩色的千分之一。

——原載《印刻文學生活誌》二〇一七年九月號，第一六九期

行過曼德拉之夜

連明偉

一九八三年生，暨南大學中文系、東華大學創英所畢業。曾任職菲律賓尚愛中學華文教師。曾獲聯合文學小說新人獎中篇小說首獎、第一屆臺積電文學賞、中國時報文學獎、林榮三文學獎短篇小說獎等。著有《番茄街游擊戰》、《青蚨子》。

十一月初，大雪。

叢密冷杉彌漫茫茫霜霧，俱是清冷氣息，風是一陣比一陣大。

銀白雪地混雜落葉、泥濘與碎石，行過的人們留下貓淺腳印，如隨即被抹去的青苔不留痕跡。房內的暖氣調至最大，依舊無法抵禦從窗縫滲進的寒氣。特意多買一條厚毯覆蓋，還是冷，室外低於零下三十度，室內開暖氣，也只能維持七、八度，為了省錢，執意不買棉被，直接從工作處拿十幾條毛巾和一件浴袍，睡前先披厚毯，再將毛巾零散覆身禦寒，只是夜裡，依舊時常冷醒。

晚班，經理歐琪聚集所有員工，提醒等會兒先取回乾淨毛巾，再去戶外泳池和湯池鏟雪撒鹽，緊接詢問，放置蒸氣室內的尤加利葉精油噴發器該如何使用？大家一時面面相覷，沉默無語。歐琪要諾立示範。諾立搖頭，說不知道，來這裡半年沒人教過他。歐琪將眼光轉向與諾立同時進入公司的我。鵠渡實在看不下去，起身示範，精油倒入容器至四分之三滿，再加水。歐琪面露微笑，滿意點頭，囑咐諾立好好記住流程，接續交代午後工作。我負責泳池區域，諾立負責水療區域，除了鏟雪，還得特地刷洗盥洗室。飯店總經理晨泳沐浴，發現兩根毛髮貼黏牆壁，覺得髒汙，不符合五星級飯店所該提供的高品質服務。一夥人灰頭土臉開完會，推著盛裝毛巾的滾輪塑膠容器走向各自工作場域。三點，得準時去地下隧道另側，視察運載毛巾的卡車是否準時到來。

推著裝滿髒毛巾的容器回到地下隧道，正巧遇見撒朗的哥哥戈爾瑪。

戈爾瑪正在安慰不斷抱怨的諾立。

「Big Brother，今天心情特別好喔，是不是中了樂透？」我一貫稱呼戈爾瑪為大哥。

「日子本來就應該過得開心，不是嗎？」

戈爾瑪穿制服，坐在裝載新鮮紅蘋果的厚紙箱上，拍打大肚，雙手使勁搖晃肚皮，轉頭安慰諾立。「別想這麼多了，你也知道歐琪剛上任不久，總是希望做到最好。」

我推著容器繼續往前。

假日非常繁忙，五點半才有時間抽空去員工餐廳休息，撒朗和戈爾瑪坐於左側角落，三塊直立大型木製隔板切割出隱密空間，水療服務生團隊休息時，通常都會聚集於此。撒朗和戈爾瑪剛吃完墨西哥卷，正準備好好品嘗香蕉和藍莓優格。如同往常，戈爾瑪親切叫喚我的中文和英文名字。戈爾瑪是水質管理員，隸屬水療中心，管理部門內部各式設備，每日謹慎記錄水質狀態，檢驗ＰＨ質、水溫和氯含量；還得做各種雜事，包含更換燈泡、巡視硬體設備和協助鏟雪。基本上，水質管理員不參與每日例行開會，工作時間亦有差異，分上下兩班，清晨六點準時開工，晚上十一點結束。工作地點位於地下室，是個非常嘈雜、悶熱、空氣極度不流通的封閉環境，四處布滿各式大小粗細金屬管線與隨時可能侵害身體的化學物品。我們的工作區域不包含地下室，除非臨時要拿些備用品，或者拿鉗子、鐵夾、螺絲起子和伸縮梯等工具。水療部門共有三位水質管理員，分別是保羅、戈爾瑪和紅髮崔西，之前都從事水療服務員，而且三位湊巧都得了肥胖症，是不折不扣的超級大胖子。我沒有看過亞洲人胖成這副模樣，簡直就像河馬界的王儲，我真心覺得，他們的身體實在是病了啊。每次輪到保羅值班，我都會看見他穿著最大尺寸的白色襯衫制服，下半身寬鬆米黃長褲，由於肚子實在太大，襯衫無法完整覆蓋，於是便有一團不斷晃動的白色脂肪肚腩垂落於外，皮膚上有一層鬈曲金毛。戈爾瑪和崔西的體型也非常巨大，不過至少衣服還遮得住肚子。每次三人行於地下隧道，都會大塞車，身子占滿狹仄空間，從對面迎來的員工都必須側身通行。肥肉隨著腳步上下左右不停顫動，沒走幾步就氣喘吁吁止步休息。保羅和崔西五十多歲，獨居，前者離婚，後者未婚。一次上班，我竟然看見保羅腆著大肚，拿著超大包裝的洋芋片進入廁所，實在搞不懂保羅為什麼要躲在廁所吃洋芋片。崔西很在意身材，也非常在意別人對她的觀感，每次都將襯衫謹慎下拉，以免衣料夾進層層摺疊的肚腩。水療服務員的時薪是加幣十四塊，水質管理員的起薪是十六塊。三位管理員都工作數十年，時薪已經加給超過二十塊。

我好奇詢問：「非洲人都這麼大塊頭嗎？」

「我在家鄉可是奈米小尺寸。」戈爾瑪笑著拍打大肚。「墨西哥卷不錯吃，這些印度廚師總算進步了，不會整天想用辣椒辣死人。」

戈爾瑪和撒朗平常都用母語溝通，不過只要有外人在場，為了表達禮貌，戈爾瑪一定改用英文；撒朗沒有自信，覺得自己的英文不好，除非必要，不然是不輕易開口說英文的。戈爾瑪和撒朗嘰嘰喳喳用母語交談，滿臉喜悅，非常認真商量什麼。

我起身去倒熱巧克力牛奶，拿著圓盤夾了生菜沙拉，烤兩塊全麥土司。

朋友十二月要來加拿大玩，我問班夫是否有乾淨的平價旅館。

「這陣子我也忙著打電話四處詢問。」撒朗一反常態，說起英文。

「如果真的想省錢，可以去住青年旅舍，加了稅，大約三十五加幣一個晚上，很便宜。」戈爾瑪說。

我詢問撒朗：「為什麼需要旅館的資訊？有朋友要來玩嗎？」

戈爾瑪插進話：「我和撒朗吵架了，下個月她就要搬出去一個人住。」

我有些驚訝，不過隨即識破這是戈爾瑪開的玩笑。「要不要考慮搬回宿舍，距離飯店非常近喔，走路五分鐘就到了。」

「宿舍實在太小。」撒朗說。「住起來很不舒服，而且我不喜歡和別人共用廁所。」

「下個月。」戈爾瑪握緊拳頭。「如果一切順利，下個月，我的兩個弟弟和最小的妹妹就要搬來加拿大。」

「恭喜啊。」我發出驚呼。

「沒有來到加拿大之前，隨時都可能發生變數，不能高興得太早。」戈爾瑪有所保留。

「還是謹慎些好。」

「十幾年沒看到他們了，我離開時，妹妹還在學走路呢，現在已經長大了，兩個弟弟也都快要二十歲，長得比我還高。」撒朗羞澀說著。

「到時候我們可以辦烤肉派對，只是這種下大雪的冬天——」戈爾瑪歪著頭想法子。「沒關係，吃餐廳也行，最重要的便是大家聚在一起。他們會先飛柏林，在機場等八小時，再從柏林直飛溫哥華，再等三小時，接著飛到卡加利機場。這一趟長程飛行，我用想的就腿軟。下了飛機，我會先帶他們去我們在卡加利買的新房子，就在中央路南端。放好行李，我要帶他們去中國城吃海鮮，特別是吃蝦子和吃龍蝦。你不知道第一次我帶撒朗去吃蝦子時，她用筷子戳著蝦子，問這種軟綿綿的噁心東西是什麼？你真應該看看撒朗那時候的表情，實在有趣極了。」

「我到現在還是不喜歡蝦子和龍蝦，很奇怪的味道。」撒朗說。「軟軟的，像毛毛蟲。」

「那裡沒有海鮮嗎？」我發現自己問了個蠢問題。

「衣索比亞不靠海喔。」戈爾瑪說。「我們平常都是吃牛、雞和羊，不吃海鮮。」

「我先回去，免得神經病歐琪臨時跑來抽查。」撒朗收起盤子離開。

戈爾瑪神采奕奕，非常開心，繼續說下禮拜要先替弟妹買防寒夾克，還要買鞋子、衣服、褲子，帶他們去理髮，選購智慧型手機，還要決定在哪居住。

戈爾瑪非常開心，我真心為他和撒朗感到高興。

戈爾瑪是非洲黑人，木炭膚色，短髮，大耳垂，雙下巴，深色紫紅厚唇，白色襯衫包裹不斷晃動的大肚腩。個性爽朗，有時會因為十幾天連續值班有所埋怨，不過大多時候都眉開眼笑，是個非常值得信賴的夥伴。戈爾瑪說：「工作就是工作，哪有工作不辛苦的？買了那麼多張樂透也沒有中過。如果不是為了家庭，為了取得身分，為了一棟過得去的房子，誰不希望待在家鄉好好享受生活。」閒聊時，戈爾瑪最喜歡講故事，東拉西扯說起家鄉，說在非洲時，吃的肉都是新鮮的，不冷凍，早上去市場買，中午晚上就煮掉，冰箱絕對不放過夜食物；不像在這裡，雞啊、羊啊、牛啊，全都是冷凍食品，營養價值都流失了。戈爾瑪拍打胸膛向我保證，說：「新鮮的食物帶有神性，好像這些牲畜的靈魂都在跟你說話，還會在肚子裡唱歌跳舞呢，有時候我甚至可以聽見食物在身體裡唱搖滾樂。」戈爾瑪手舞足蹈說了幾次親身宰羊經過，步驟包含剃毛、燙熱水、剖肚、取內臟、分肢等，過程鮮血淋漓，言談間卻充滿狩獵般的刺激與興奮。戈爾瑪說：「這是我們的文化，是向野地對話的方式，完全沒有不必要的罪惡感。」戈爾瑪雙手握拳，朝我胸膛打去，說：「有機會一定要去非洲看看，可以住我家喔。這個世界非常大，比想像中還要大。」戈爾瑪表示，除了老父親之外，所有的家人都要搬來加拿大了。

我套毛帽，穿避寒大衣，戴手套，換上笨重鋼頭靴，持拿鏟子走出門外。

鏟雪的時間通常是上午八點與下午五點，鏟完雪，還必須撒鹽防止厚雪結冰，預防客人腳滑跌倒。九月，大雪初下，一位銀髮老婆婆從戶外泳池走進戶內泳池時不小心滑了一跤，後腦勺頭破血流，趕緊送醫，還好只是輕傷。之後經理便神經兮兮，不斷囑咐撒鹽。面向飯店正門，泳池位於左側，水療中心位於右側，兩者間有道連通木門，出入都得輸入密碼。向後眺望，左側是Tunnel小山，右側是Rundel巍峨大山，兩山交界是長年水量不竭的弓河。初始，鏟雪令人興奮，只是當鏟雪成為例行工作，便只剩下痛苦。衣物遮蔽外的身體都被冰凍著，戴上毛帽依舊無法抵禦低溫，手腳失去知覺，每口呼吸都不斷刺痛著呼吸道。冬日的空氣真是冷，冷得近乎孤寂，雪花緩慢飄散於溫水游泳池、厚雪壓矮的樹枝與瑞雪霏霏的大地，不知不覺，離鄉的憂鬱伸出雙手，緊緊擁抱著我。

一道光。

腦袋剛閃過曼德拉身影，牠就出現了，如同預兆。

我喜歡和曼德拉說話，雖然可能只是自言自語。曼德拉是一隻健壯、輕靈且美麗的母鹿，右側頸子有一道非常明顯的淡褐斑紋，指寬，傷痕般。曼德拉這個名字是戈爾瑪私自命名。曼德拉大都會出現於飯店附近以及從飯店往下延伸的弓河左岸，出入區域正好是戈爾瑪住處。秋冬，戈爾瑪會特地挖些青草餵食曼德拉。我曾經窮極無聊向曼德拉說著中文、臺語、日文和英文，想著曼德拉究竟會對哪種語言有所反應。曼德拉一向怕生，即使我們已經見過五、六十次，依舊不肯放鬆警戒讓我靠近。曼德拉這次不是單獨出現，有公鹿同行。鹿隻與鹿隻間不遠不近，黑眼珠異常深邃，彎頸掘雪，悠哉悠哉食草啃苔，偶爾，前踏幾步，用鼻端掘出雪洞。戈爾瑪和我停止鏟雪，若有所思看望，吐出的每口氣息都蓬蓬生煙。池內的孩子和大人驚喜尖叫，有位金髮男孩試圖接近，一步，再一步，伸手，近乎觸碰粗糠鹿身。曼德拉往前走幾步，抬起頭，望向調皮男孩，確認沒有任何危險後繼續掘穴食草。

「曼德拉真是漂亮啊。」戈爾瑪氣喘吁吁走到我的身邊。

「是啊，這還是頭一次看到曼德拉和另一隻鹿同時出現。」我放下雪鏟，脫下手套，抹去眼鏡水霧，雙手再次摩擦生熱。

「曼德拉還是幼鹿時，身體非常虛弱，不知道為何被母鹿拋棄了。我覺得曼德拉非常可憐，於是就開始餵牠，曼德拉雖然認得我，卻依舊和我保持距離。每次看見牠的雙眼，我都感到那雙美麗的眼珠子，藏著一股無法言說的悲傷，好像有著什麼想要說出來的故事。」戈爾瑪伸出右手，向曼德拉打了招呼。

「為什麼要叫曼德拉？明明就是一隻母鹿。」

「命名這事本來就非常神祕。」戈爾瑪說。「我就是喜歡叫牠曼德拉，你別楞在那裡，等會兒幫我把右邊的雪鏟一鏟，記得撒鹽，免得等會兒經理那個老女人又說些有的沒的，聽了就煩，待會兒一起去用晚餐吧，今晚想吃義大利番茄雞肉麵。」

「今天輪到諾立先用晚餐，我要等到七點半。」

「真是冷，我先溜進去，小心不要著涼了。」戈爾瑪將雪鏟放進大門左側的儲藏櫃，走入室內。

冷風襲來，我站在雪地上看望曼德拉好一陣子。

曼德拉沒有看我，牠自在嚼草，整個荒野雪地都是曼德拉的故鄉。

抬起頭，天色漸次幽暗，我得提起勁趕緊幹活。

由於部門體制較小，員工很少能夠休假，要和同事一同出遊或是去鎮上吃頓飯更是難。戈爾瑪邀我去他家吃道地的衣索比亞餐，我爽快答應，說我會帶些臺式點心去，順道煮幾道陽春臺菜。戈爾瑪和撒朗除了喜歡吃壽司外，還喜歡吃中國菜。班夫鎮上的亞洲餐廳不多，除了一家並不好吃的韓國料理外，還有中式餐廳「銀龍」和泰式餐館「竹子庭園」。戈爾瑪說：「我每隔兩、三個禮拜就會去吃一次銀龍，最喜歡吃醉雞了。」我們始終沒有同天假期，邀約只得不斷延宕。十二月，戈爾瑪和撒朗同時請假了一個禮拜，如同預期，順利將弟妹接來加拿大。戈爾瑪表示，撒朗和弟妹住，他自己則和已經移民來加拿大的大姊同住，兩處距離不遠，腳程約十分鐘。撒朗和戈爾瑪放假時，我獨自清潔環境，鏟雪，凝視近處遠方的綿延高山。人們沉睡於大雪，弓河結冰，曠野處處銀白霜雪，風一來，毛絨樹林窸窣窸窣低聲細語肆意搖晃。
漫長冬眠。
大地是粗獷素描，是棉紙潑墨，是火柴燒燃的必要基底。死去的人們回到心中，暫時離開的人們轉身行走而來，所憎恨，所衷愛，這些曾經如此深刻、激動如同傷口的情感，透過距離而有所反芻，讓人思索，同時讓人寂寞。只是別擔心，我們還是安好的，即使暫時沉默。我看著曼德拉，牠優雅行走雪地，抬起脖頸，噴吐氣息，偶爾望向待在熱水池中嬉戲的人們，彎頸掘雪，緩慢咀嚼青草。
聖誕節前一個禮拜，戈爾瑪查看班表，說：「難得同天放假，星期五晚上要不要來家裡聚聚？」我一口答應。姜和曼子剛好從卡加利回來，我託他們在華人超市大統華幫我買兩盒綠豆酥和一盒紅豆麻糬酥，準備帶去當伴手禮。戈爾瑪畫一張簡圖，將住處打上一顆星星。我在手機內存入戈爾瑪的電話號碼，想著萬一屆時迷路，還有辦法聯絡。休完假期，撒朗和戈爾瑪不時微笑哼歌，心情非常愉快，即使工作忙得一塌糊塗也毫無怨言。夜間十點，池畔準時關閉，前半個小時我們便開始提醒客人時間，之後趁著空檔，待在飲料吧檯內天南地北閒聊。
戈爾瑪說起自己的故事。
「那時候衣索比亞發生動亂，所有成年與即將成年的男性都被抓去當兵，只是他們不會回來，永遠都不會回來，唯一的下場只有死亡。我的大哥入伍後沒幾個月就慘死，屍體還找不回來。我的父母決定變賣家產，向親朋好友借了錢，把我偷偷送出國。我輾轉搭車來到非洲北岸，接著搭船來到希臘。那時候我用的是留學生身分，也不知道是從哪裡搞來的，總之是個假身分。我什麼都沒有，沒有錢，沒有食物，沒有人脈。下船後，才真正體會到從現在開始，必須要靠自己活下去。我沒有認識任何人，也沒有人懂得我說的語言，我不會英文，只會說幾個單字。得活下來，不得不活下來。」戈爾瑪的話中沒有悲情，沒有抗辯，彷彿是在敘述日常生活中的一件小事。「我四處流浪，找打工，試著學希臘話。我在街上睡了兩、三個禮拜，整天翻著垃圾桶找食物吃，身上臭得要死，不知道自己到底該去哪裡。幸運的是，我竟然遇見了同鄉人阿布魯，他是我在歐洲認識的第一位衣索比亞人。阿布魯非常好心，慷慨地收留了我，我睡在他、妻子與兩位小男孩租賃的房間，一個牆壁角落，披一件薄被睡覺。我很高興，至少有地方可以遮風蔽雨，還能洗澡。阿布魯替我介紹許多同樣逃到希臘的衣索比亞同鄉。認識了人，順利找到一些臨時工，我殺過豬，送過餐點，採過水果，洗過碗，當過房務人員和皮革工廠的工人，做過好多好多工作，由於語言不通，於是只能出賣勞力。存了一些錢，我決定搬出阿布魯的房間，不好一直打擾別人啊。我和兩個同樣來自非洲的難民租了間房子，共同分攤房租。那時沒有正式身分，都做黑工，有時還會遇上惡劣雇主，不僅壓低時薪還時常領不到錢。唉，沒辦法，不可能去檢舉，我太害怕被抓或被遣送回衣索比亞，為了生活，受到壓榨也是正常的。」

我嘗試理解，卻很難真正體會窮途潦倒的日子。

「當時，我絕對不敢想像能夠來到加拿大，甚至拿到這裡的公民身分，不僅結了婚，還生了孩子，那時候我只想著要如何過活。我的信念很簡單，掙一口飯吃，努力活下去。」戈爾瑪歇口氣，時不時咬著下唇，沉於回憶。「離開家鄉三年後，我輾轉來到加拿大，工作幾年，先把大姊接來，再把撒朗接來。撒朗離開衣索比亞時，身形比竹竿還細，看起來就是營養不足。沒想到現在撒朗吃得太營養了，成了個不斷膨脹的氣球。我下定決心，打算把全家都接過來，要讓他們過上好生活。申請過程非常麻煩，需要很多文件，還要附上厚厚一疊財力證明，我、大姊和撒朗非常認真工作，覺得上帝會好好照顧我們，結果有一天，我們收到一封簡短郵件，說母親過世了。我們都慌了，都亂了，可是沒有辦法請假，父親也叫我們不要回去。還好，我和撒朗都挺了過來，我知道我不能倒下，因為在加拿大，我是家裡唯一的男人，絕對不能倒下，可是我的大姊卻罹患了憂鬱症，直到現在都還沒有好。七、八年前吧，我終於請假回鄉。我很驚訝，因為什麼都變了，戰亂不再如此頻繁，人們平靜生活，還出現很多做生意的中國人，彷彿只有我還活在恐懼之中。我買了很多很多禮物回家，弟弟妹妹縮在角落好奇打量我，我向前擁抱已經老去的父親，帶著花，去母親的墳墓祭拜。我和弟弟妹妹之間相當生疏，他們想要親近我，同時非常害怕我。我走進曾經住過的房間，床、書櫃和舊椅子都還在，只是所有東西都已經不再屬於我。我打開收音機，調了頻率，播放爵士樂。身體與思緒沉入音樂，仰起頭，閉起眼睛，頭顱輕鬆搖擺，晃動大肚扭起屁股，跟著節奏拍手，指尖彈出噠噠噠聲響。弟弟妹妹看見我跳舞的模樣，都笑成一團，不再當我是個奇怪的外星人。」

我想起自己好久沒有隨著音樂起舞。

「神奇的是，那臺老骨董收音機還是臺灣製的。」戈爾瑪從飲料吧檯的陰影走向室內游泳池邊。「在我們國家，許多電子產品都從臺灣進口，當時，臺灣製品非常熱門，大受歡迎，不僅便宜耐用，品質又有保證，是上等貨呢。沒想到上次回去，我發現所有東西都變成大陸製的，唉，現在即使在加拿大買東西，也是一堆大陸製品，品質實在沒保證。」

夜間九點四十五分，談話結束，我再次向客人提醒泳池即將關閉，開始收拾散落池邊的浮板和各式卡通漂浮玩具，戈爾瑪邁著沉重腳步走回地下室，我們都要忙著結束後的清潔工作。

戈爾瑪提醒，別忘了星期五晚上的聚會。

二〇一三年十二月五日，南非著名的反種族隔離革命家納爾遜．羅利拉拉．曼德拉（Nelson Rolihlahla Mandela）去世了，電視二十四小時不斷播放，各大報均以頭條新聞大幅報導。我可以深刻感受鵠渡、哈麓故和戈爾瑪心中的不捨。哈麓故一邊摺毛巾，一邊戴著老花眼鏡看報紙，無比哀嘆，緊接拿起報紙親吻曼德拉照片，說：「他是我永遠的情人，一輩子的英雄。」鵲渡搖頭嘆氣，咬著下唇說：「夜晚少了一顆明亮的星星。」戈爾瑪勉強打起精神，說：「我要將曼德拉的海報貼滿整片牆壁。」

曼德拉睜開灼灼雙眼，從布滿草叢與冰雪的斜坡輕巧鑽出，蹄子踩踏短而靈巧的步伐，繼續漫步戶外池畔，脖子上的傷痕是道奇異閃電。

我相信曼德拉還活著，以不同的精神形式活在這個無比殘酷的世界。

星期五下午，我和姜散步至市鎮。零下三十五度，乾冷，蕭瑟，穿上夾克與防寒外套，還是無法抵抗寒意。靴子踩進鬆軟厚雪，推雪機來回運作清潔道路，吐出的氣息是一團隨即消逝的白霧，我們用體溫暖和自己。姜先去銀行辦事，之後我們走去西夫韋（Safeway）買零用品，姜推薦買些純度百分之九十的巧克力，說無摻雜質的巧克力對身體很好，還熱心教我記誦洋芋片包裝上的英文單字。我買了巧克力、草莓和薑汁汽水，提綠豆酥和紅豆麻糬酥。道別姜，獨自行走街道，傻楞楞看著黏貼布告欄上的演講、演奏會和各類活動海報，心中忽然有些失落。假日都得值班，大部分活動都無法參與，朋友笑說Working Holiday變成Working all the day。我感到一股沒來由的疲倦，索性躲入圖書館，將大包小包物品擺放沙發，進入廁所用溫水洗臉，終於回復了一些精神。

隨意挑書，坐在沙發閱讀，由於太過舒適而不自覺打起盹，夏蟬、水流、吹過山巒的涼風、一望無際的蔚藍大海、土地蒸融的熱氣、隨風搖曳的綠竹與死去許久的親人，醒來才知是夢。我摸索口袋內簡圖，由於過度摺疊與磨擦，紙張從折線處裂開，線條也逐漸模糊。

五點，提著點心禮盒繼續行走雪地。

行過班夫公園博物館（Banff Park Museum），往Cascade Gardens前進，過橋遇叉路右轉，前進。夕陽緩慢落下，如毀滅前最後時光，我是文字所護衛的倖存者，謹慎摸索進入弓河左側流域。獨自行走，迷於思辨，也惑於茫然，尤其身處冬日異國土地，呼吸化成霜雪。遷徙是如此神祕之事，並非背離，亦非躲藏，一再前後探詢，不過是為揭露難以言說的深情。離去，如何再度溯源？如何避免自傷？如何在陰影中持續去愛？想念親族、友朋與充滿傷害的來處，記憶中的夏日故鄉持續顯影於荒野大雪。島嶼變得更好的同時，自己也將變得更好吧。入夜，寂靜籠罩，寒風颳起一道一道旋繞冰雪。依照簡圖，暗中判斷方向卻陷入困惑，試圖重新辨位，原地打轉幾圈後還是迷了路，索性打了通電話給戈爾瑪。無人接聽。我有些慌張，寒冬漫天大雪，無法久棲，如果真找不到就放棄吧，之後還是會有機會的。立於冬林，枝葉帶著未被參透的訊息瑟瑟發響，空氣和霜雪同樣冰冷，凝凍所有的影子。野風從河面颳來，細雪從地面旋繞而起，滲入殘餘、銀灰、無法辨別來路去路的微光。忽然，我清楚聽見鹿蹄踩踏冰雪之聲，堅定、果敢且不容質疑。我的眼神穿越稀薄迷霧，穿越深褐枯葉，穿越破碎腳印，穿越影子，最後穿越自身，並且感覺曼德拉確切存在，牠佇立，望向我，帶來穀黃稻穗的樸素光束。

曼德拉踩踏冰雪，站立叢叢冷杉底下，身軀無比壯碩，我在朦朧暗黑中看見牠兩顆發亮眼珠，炯炯有神的目光從深墨輪廓射出。曼德拉走向我，帶著清朗、明淨與不妥協的姿態，一步，又一步，直到離我半尺才悠然停下。我脫下手套，不知不覺伸出雙手，攤開了掌心。曼德拉沒有逃開，抬起強韌脖頸，以野性與熱情照看我慣常孤寂的心。曼德拉聳動雙耳，噴吐鼻息，伸長頸子輕巧嗅聞，接著伸出舌頭舔舐我早已失溫的冰冷掌心，一股溫暖、潮溼、帶著生命的強悍氣息剎那席捲了我。不知為何，我的眼眶突然溼潤了起來。曼德拉行過身旁，巨大身軀貼近我，以篤定的步伐緩慢行走。我邁開不知為何沉重無比的腳步，跟隨曼德拉，前前後後，左左右右，幽暗中，雪中，冷絕的空氣中，我和曼德拉踩踏必然承接所有重量的土地，行過陰影，歷經一片一片讓冰凍封鎖的高聳闃黑樹林，接著，曼德拉瞬間縱身跳躍，再次蹬向遠處霜雪。我停止步伐，站立在被大雪覆蓋的斷木殘枝之中。曼德拉轉身，凝視我，有情又似無情緩慢離去。曼德拉的眼光充滿溫柔，乃至於我無法感受自己曾經如此落魄，那股撫慰久久不散，彷彿只因牠曾經熱切注視過我。

站立原地不得動彈，許久，才恍然從爵士樂中甦醒過來。

戈爾瑪短暫打開房門，向外探看，像是聽見遠方傳來什麼重要的訊息。

體內忽然流淌一股熱流，我手提點心，踩踏冰雪，緩慢走向戈爾瑪租賃的房子。

屋內一定非常熱鬧，聚集撒朗、戈爾瑪、大姊和其弟妹。我想起戈爾瑪說的：「我的信念很簡單，掙一口飯吃，努力活下去。」如此表白，不須潤飾。走到門口，拍去飄落衣褲與靴子的殘雪。爵士樂優雅活躍，充滿火光熱情，我知道戈爾瑪一定正晃動大肚站立客廳中央，忘情聆聽音樂，搖頭，拍掌，扭起充滿動感的大屁股，像隻營養過甚的河馬慵懶卻又快活洗著泥巴浴。

光從門縫洩出，我深吸口氣，露出微笑，伸出食指按下門鈴。

大門緩慢打開。

——原載《印刻文學生活誌》二〇一七年九月號，第一六九期

睡美男——李昂

原名施淑端，彰化鹿港人，中國文化大學哲學系畢業，美國奧勒岡大學戲劇碩士，曾任教文化大學多年。曾獲聯合報中篇小說首獎、第十一屆賴和文學獎、法國文化部頒贈最高等級「藝術文學騎士勛章」、吳三連獎文學類小說獎、中興大學名譽文學博士學位。

作品在國際間受到好評，曾由美國《紐約時報》、日本《讀賣新聞》、法國《世界報》等等評介。小說《殺夫》已有美、英、法、德、日、荷蘭、瑞典、義大利、韓國等國版本；《迷園》亦已譯成英、法、日文出版；《自傳の小說》在日本出版；《暗夜》在法國出版；《看得見的鬼》在德國出版。另出版有《睡美男》、《花季》、《她們的眼淚》、《一封未寄的情書》、《漂流之旅》、《花間迷情》、《七世姻緣之臺灣／中國情人》、《北港香爐人人插》、《路邊甘蔗眾人啃》、《附身》等。

有一種情愛，從一開始，就是為了要遺忘。
這是一個關於遺忘的故事。
她說，她與他之間，從一開始起，就必須盡全心力地致力於「遺忘」。
還無須多說那詩人的名句：
愛太短而遺忘太長。
這反倒是一個關於遺忘的故事。
關於何以必須遺忘、遺忘什麼、如何遺忘、遺忘了之後……
（還只能是沒有孟婆湯的遺忘，也不會有忘川可過。）

一

早在暴發的七、八〇年代，減重美容、較大規模世界性品牌的健身房即被引進島嶼來。然對這新近暴發的島嶼，減重美容、健身房為的還不是健康，噢不！健康尚不是選項，才剛開始吃太多，仍尚未累積過多足以為害的膽固醇、脂肪。這時期要的是美麗，既要有曼妙的身材還得搭配上豐滿的胸部，對東方人相互衝突的這兩者，尤其想要靠減重美容來達成。

之後，暴發後停滯的島嶼經濟，美食多年又必然步入老化的社會，這時候減重、健身房才真正為著健康。

她參加並在此遇見他的，便並非坊間常見的健身房。

它是在連鎖的健身房內，但卻是特別的專區，有自己獨立的小空間，關起門來，外面都不易窺視。裡面是健身房都不常見，常被戲稱為「滿清十大酷刑」的各式器材。

這是個做皮拉提斯（Pilates）的房間，除了一般結合大量瑜伽的運動皮拉提斯，還有他擅長的具復健作用的皮拉提斯。

以善於在艱困地區旅行出名的殷殷夫人，為到抵深藏的祕境長時拉車、走路，如同舞者、運動選手一樣，到了一定的年齡，身上不帶積累下來的傷痛基本上不可能。

回臺長住不做那麼多旅行，她有了上健身房的習慣，一聽聞到它可能有的「療效」，便來加入他的皮拉提斯課程。

一開始她承認他引動她的好奇。

他叫Pan，潘，他的原住民血統。

到來了他的時代，做為家中最小的孩子出生在七〇年代末，成長過程中島嶼逐步民主化，原住民成了要政治正確的代名詞，歧視不能說沒有，至少不敢公然地叫「番仔」。

以才華揚名的歌星、運動員，更取得了人人稱羨的財富與名聲，在華人圈甚且是世界性的「臺灣之光」。

他因裝扮而留的辮子頭，雖然只在臉面周遭有幾條髮辮，為著方便於工作場域的打理，然也算是公然的一種表態？

他並不忌諱。

雖然他一身偏向蒼白的皮膚，那種已微帶白種人的白。不有著說法：原住民混到了前來島嶼的荷蘭人，五官立體而且膚白。他還不似原住民常會有的武壯和容易肥碩，是高、瘦，勻勻的長身。

她對他的第一眼印象，居然是個Band的樂手多過於健身房的教練。

真的是很久很久以前，殷殷曾在一場電影的試片裡，見到了一位像神祇一樣金光燦爛的原住民男孩。

而那年輕的男孩，十七歲，長身、高且白，雙眼皮大眼挺鼻薄唇。殷殷乍見，為那男孩輝煌真能集光聚焦照亮周遭的美所絕倒，多年以來一直保有印記，男孩像一位從奧林帕斯山下來的金光燦爛耀眼的神祇。

健身房封閉的空間裡第一次見到Pan，不知怎地來到殷殷心中那許多年前只緣一見的年輕的男孩。殷殷更不知為何想到，他就是當年所見的那美絕原住民男孩，只不過年長了後的模樣。可立刻為自己的念頭感到可笑，那男孩於今至少五十歲，而他明顯只有三十多歲。

而且，雖然同是瘦且白的Pan，絕對不是這樣金光燦爛的神祇。

他沒有那年輕的男孩美絕耀眼的無瑕美好，Pan就算臉面俊秀，也布上風霜。他是被揉皺的一張神像圖像，還不是主神，是站在一旁陪伴的小神，還好不是侍童。所有的皺褶都落在他身上。

要一些時間之後，殷殷對他有了更多的了解，會發現她對他有太多文學性的原住民苦處的想像。事實上他父親來到平地討生活，娶了平地女人，父母親給了他基本的生活所需和照顧，當然不富裕，也不曾送他進安親班栽培才藝，父母親本身沒受什麼教育，也就不曾強加他一定要讀書。

自小功課不好又愛玩，成了所謂的「放牛班」孩子，國中畢業體育專科，他學跆拳、易筋經，加入鄉里的「八家將」搬演，所幸帶領的人真是要回復民俗才藝，並非引入毒品幫派，搬演八家將中受到筋骨傷痛，他們多半還由此學習到了基礎的民間穴道筋絡療法。

來到都市尋求工作，運動在這亞洲的島嶼也逐漸開始，跑馬拉松、騎自行車、鐵人三項形成風潮。他發現健身，這是他能做的，考上教練職照，還因為民間穴道筋絡療法的基礎，他進入具有復健作用的皮拉提斯系統。

她看到他，打從心底地歡喜，那快樂使她說話大聲，整個人容光煥發的明亮。

在這少有事物能動心的時代，到了她的年歲，有多長時間她不曾有過這樣的快樂歡喜?!很久。

的確很久。久遠到那到臨的快樂深切達心，迷夢般地身陷其中想要繼續擁有。那巨大的、使得她整個人容光煥發明亮的歡喜快樂，不自覺中，再轉成思念。

寫生活雜文的殷殷夫人，不能不發現到這可能的愛。來自於見不到面時，魂飛夢縈的想念，驚心動魄地將與他在一起的任何片段時刻，於心中一再反覆地、無可抑遏地出現，並阻擋了與外在的相關聯，而至於一切聲響影像俱在，但是都蒙上了一層恍惚的薄膜，輕霧繚繞於心。

難怪都說蒙蔽了心智。愛，果真是可以蒙蔽了心智。除了與他相關聯的一切，既都在，又不真正地存在。

她怎麼知道自己魂不守舍呢？很簡單，打開冰箱要拿豆漿，拿出來的卻是牛奶，而且要等到牛奶倒入碗裡，才赫然發現液體的顏色全然不對。（還好，沒有將豆漿倒到咖啡裡面，不過，誰又能說咖啡加豆漿不是時髦的新口味?!）

曾做為外交官夫人的她，常得宴客，如果拿的是芝麻醬當做醬油來要烹煮，那麼，怎麼會不知道自己魂不守舍呢？

原本以為不必然像《威尼斯之死》那樣的痴心苦戀、那樣的跟蹤跟隨。夜裡於水岸的拱橋、疾病焚燒物件連紅色火花都顯陰重的暗巷轉角，無視於極可能上身的死亡，只為了不能不見到他。

就是為了愛。

（明知道追尋著的就是死亡。）

健身房的每次見面，都喚起新的愛意，回來之後久久不能自已。

（只不要再見到他。然可能嗎？）

本來以為她留他在身邊是一種平和的慰安，一種至少有著依靠，飄蕩的心至少有著落的定點，只要不想再有進一步，至少定點會在。

只要停留在這裡，便不至有傷痛。

果真有一個停損點，傷痛不會越界?!

她看著手機「下載」在前跑的線，不到終點不會罷休，那情愛，可會、可曾在中途停留，還是一逕地要往前，不到終點不會罷休？

每回與他再見面，很快地要立即知曉那愛情的不可能，是因著彼此的重大不同，最關鍵的當然是年齡的巨大差距，以及，兩人各有牽絆的感情？

讓這不可能的愛情，就由此淡化消逝，一切本該如此。可為什麼方離開，便要那樣魂思夢想地想念？

她，她們，還有她們前後世代生養在島嶼上的女人，來到了這樣的轉捩點：更年期。

一開始，她們女人有國外經驗的，都自詡較西方女人更能保顏值。因為沒有深邃的輪廓，魚尾紋、法令紋較不容易進入，不做那麼多戶外晒太陽運動，她們較不顯老。

可不論外表看來如何，更年期無疑是個臨界點。

基本上要到她們前後這世代，才可以開始訴說。即便所謂的女性作者專家，公開自己切身更年期經驗的討論仍不常見，大都是以複數的「她們」來發言。但，至少開始有了公開的談論。

最鮮活、最容易取樣的例子來自瑪丹娜，是的，那她們世代的「教主」，年輕時引領風潮，步入中年，中年後，維持好身材容貌體力，繼續世界性的巡迴演出事業。

更重要的，與年輕的二十幾歲健身教練公開談情說愛出入成雙。男人小她三十幾歲、近四十歲的年齡差距不是問題。

風尖浪頭，她仍然是Madonna。

（還是個看來較她們易老的西方白種女人呢！）

「她們」，生養在島嶼上的女人，沒有人公然追隨，也自認沒有能力、社會不會給予這樣的機會。果真，有年長女人養「小狼狗」，也博取到媒體版面，但由於這少數女人被認為學養、條件不足，只是成為笑柄。

另種說法則更盛行：

自古以來東方有一種面對老去的方式，是人生哲學也是美學：順其自然。男人除非真到了大齡，自願老去，否則青春對他們差別不那麼大，永遠有替代的錢與權（尤其有威而剛之後）。得要順其自然老去的，更是女人。這類人生哲學實在容易，不費勁也無須特別努力，不強求逆轉時間抓住青春，一切順勢而為不違逆，便能自由自在。活在當下自在自得，尋求智慧而非強留青春，但求優雅地老去。

殷殷自然是東方美學的追求者。

（她們這一代的女人基本上都如此。容易而且符合社會成規。）

她，她們不化妝打扮，顯現老化的肌膚、斑點，穿寬鬆的衣服裡面可以包容下垂的乳房、幾層肥油堆累的鬆垮小腹、象一般腫肥的大腿……

直到他成為她一對一的教練。

一開始是要修復拉傷的手臂，接下來她在他的訓練下，不再以常見的瑜伽腹式呼吸，而回復胸部呼吸，她尋回了本來就知曉自身原就豐滿的胸部。皮拉提斯專注於核心肌群，她的腰連帶逐漸有了曲線和線條。

身體的回復，就算不是回春，也一定引動了潛藏蟄伏下來躍動的心。

她先是感受到無比的快樂歡喜。

這快樂歡喜明顯地長驅直入擴展橫行，占據成為中心。寫感情雜文起家的殷殷，不能不驚覺：

萬一，這美好的感覺不能被控制，無盡地往下膨脹、發展，那時要來斬草除根，會不會大不易？

可能否放下、放棄這快樂？緊鄰深淵的，居然是快樂，站在萬丈深淵旁的，是微笑，噢，不只微笑，還真是滿臉的笑，暢快的、快樂的笑。

有這種面臨深淵的方式嗎？

那夜裡她上完教練課回到她在郊外的家，一進入屋內，她聞到若有似無的花香。茉莉花。

後陽臺的茉莉花，因著並非緊鄰著她的臥室，不那麼被注意到。另個殷殷都不願直接面對的理由：那陽臺專屬丈夫的臥房。

如同不少家中有足夠空間的夫婦，到了一定的年齡，選擇分床而睡，為了彼此有更多不被干擾的起居方式、改善已經不佳的睡眠品質。殷殷和丈夫不僅分床，而且有各自的臥房。

尤其是年紀大許多的丈夫，晚近身體明顯地頹敗下來。

在派駐的所謂落後地區的大使官邸，偌大、使用不盡的一個又一個房間，常年來經常性的在外旅行，出發與回來晨昏不確定的時間，殷殷習慣性地擁有自己的臥房。

倒不是那些女作家們強調女人要有「自己的房間」（A Room of One's Own）。

她一向有自己的房間，始自她中臺灣被稱道的家世。

這茉莉花不在自己的房間，在家中丈夫的臥房後陽臺的另一端。殷殷都還留意到茉莉花，在開花。

她聞到它的香味。

那種在陽臺花盆裡的茉莉花，已買來一段時間，並非花農新顧好的枝繁花茂。小小瘦弱的茉莉花，得開多少朵，才能夠引起注意，它的香息也方能夠傳遞出來?!

對小小的茉莉花，克服距離，就算只是每一尺一吋的距離，都是一次又一次嚴苛考驗，削減弱化的香味，更是一點一滴地抑滅。

而只有在愛的人，才會發現那小小的茉莉花開，甚至不需要開太多朵，只消是花開，只消有香味傳出來。

殷殷在仍是盛暑的九月底中聞到那素有「六月茉莉」的茉莉花香味。

二

丈夫臥房的陽臺上，種著的那株茉莉花，正在開花。

買來已一段時間，並非花農新顧好的枝繁花茂，丈夫也像多數男人不善花草。小小瘦弱的茉莉花，花期到來，依舊花開。

只丈夫不知是否注意到。

戒嚴解除後十餘年，島嶼方政黨輪替，本土政權上臺，外交要借助這些臺派人士。之後又再次政黨輪替，原執政數十年的國民黨重取回政權，丈夫最後從派駐的非洲小國下來，回到島嶼首善之都市郊這背山向海的房子，就此沒什麼機會，少問政事。

不似一些臺派人士友人，不再參與對再次又回來執政的國民黨的批判，丈夫繼續早年關懷的環境、汙染，以及晚近的食安問題，公開演講、參與籌組社團協會。也常與舊識相聚打高爾夫，打橋牌，抽雪茄，品紅酒、威士忌。

不能免俗地，年齡到一定程度後，開始讀起禪、佛書籍，下一步打坐修身，也不令人奇怪。

每回出門，丈夫打理整齊，三件式西裝儼然仍是長年習慣的外交官身樣，一同外出，仍是女士們欽羨的對象，她知道中年女人們私下叫他「老帥哥」。

從小良好的家教，即便在家分房而睡，他也每次都衣著完備，方推門出來。

然從這共同生活在一起的男人身上，她看到了年紀。

以及，不再潔淨。

丈夫較她年長不少，她是他的第二任妻子。第一任妻子一定要住在臺灣，不適遷移的外交官眷屬生活（尤其厭惡臺灣僅有的邦交國都在中美、非洲「落後地區」），兩人兩地相隔最終算是平和地分手。

她則是她那時代被封為的「新女性」，有所謂三高：高學歷、高社經地位、高齡，獨身也是必然選項。快四十歲遇到已離婚一陣子的他，兩人合適的身家背景、喜好，很快結婚。

只差沒有生育。

丈夫第一次婚姻育有一子，這方面也就較少缺憾。

那並非來自激情的門當戶對的婚姻，連適應都較少，很快地進入絕大多數婚姻的行禮如儀。一開始她努力地扮演一個外交官夫人該做的，她的出身、家教背景，都使她不難勝任。可她厭倦於那虛假的社交禮儀，言不由衷的談話。

難以面對的是，一直在外交界沉浮，更自認懷才不遇的丈夫，也有著十足外交官的習氣。他必得說著得體的美言，對前來訪問的總統、不斷來訪的國內官員、立法委員等民意代表（也就這麼幾個還留有的邦交國，他們也無其他太多地方可去），丈夫選擇性地巴結逢迎，但在背後，對著唯一能訴說的她，極盡刻薄地嘲諷。雖說也因為彼此統獨政治立場的不同，但也讓她無以認同如此地前後不一。

她因而找到了理由外出去旅行，到那些國人尚少到的所謂落後地區，去書寫沙伐旅。得到好評後，更有藉口和理由不需要每個場合都在場。

也因旅行不固定的出發回返時間，兩人分房而睡。

丈夫退休回臺後，她承認在先衰老的丈夫身上，她看到老，因而更怕老（她同樣也在老去）。

他事實上沒有那麼老，雖長她多歲，以男人而言，甚至可說仍在他的初老之年（他們總有較長的青春）。他仍是個吸引人的男人，原有的細緻五官在經歷練後，加上時間在他身上累積的見聞與知識，有著老化也無從奪去的氣勢。

如若不是他從工作職場退下來後，剎然之間兵敗如山倒的去勢，一如他到了年紀，發現自己雄風不再、無以為續。

那些叫他「老帥哥」的女人更不會看到，因著無法植牙，他每回刷牙的時候，得拿下滿口假牙，速地整張臉扁凹下去全變了形樣，尤其嘴頰處整個向內皺縮，像最老的老婦人，只有怪異前突的唇。

這時候有急事他得開口說話，不僅語詞不清連聲音都變了調。

她們也不會有機會從他身上聞到他的老化，長年的外交禮儀，他外出時會噴清淡的古龍水。可沒有二十四小時持香的古龍水，即便愛乾淨，他的身上會有一股淡淡的酸騷味。

年歲一定像一種酸澀的浸漬，整個地浸滲包圍了他。像被醃製的泡菜，不論是白菜、胡蘿蔔、白蘿蔔、辣椒，浸在加了五香八角香料的變酸的酸水裡，即便水漬著不至太過脫水，但總是菜葉皺老、菜身消蝕，明顯地可看出經過浸漬，並一定有著一股酸味。

是的，不再潔淨的酸味。

是這在他身上已然出現皺老的皮相與消蝕的神情，他坐著，尤其看電視，不自主地就開始打盹，加重了他的老去?!

還會因身體不舒服，一同外出時她得彎下身來幫他穿上鞋子繫上鞋帶。他們都知道，如無意外，接下來，或早些或晚些，她得連襪子都替他穿。

然即便她較他年輕，她也在變老，女人尤其較男人老得快，更不經老。

他們是一起在變老，還要一起老去，不管是身體的味道、鬆垮的肉、皮膚上的老人斑……可以彼此自在地、舒服地老去?!

三

以為一切都可以克制住，可怎麼又會如此一再強迫性地回返呢？

以寫生活雜文起家的殷殷夫人自問：

愛需要多少時間方能逐步淡去？

她有自己的生活和得處理的事，也不可能每天去上他的課，便不會每天見到他。在感到他對她亦有相類似的情愛後，她回到她小山上美麗的家，能忍受多久不再見到他呢？

便先要檢驗那愛在得到滿足，暫時的滿足，或者說每一次的滿足點之後，需要多少時間才會再回來？

會不會強調心靈與靈性的情愛，事實上與性愛、食物一樣，飽足感有其相似度。吃飽了，對於性和飲食有必然性，會不會愛亦復如此？

我們的飽足為時間約定俗成成了習慣，吃了早餐到午餐，大約四個小時，午餐到下午茶到晚餐，通常也都是四個小時左右。

然後因為睡眠的必需，我們自然地停止吃食。

那麼，吃飽了一回的情愛可以撐多久，下一輪愛的飢餓才會再度來臨呢？和食物一樣，是以時計算，還是以日來計算？過往情愛中人「一日不見如隔三秋」。如果一日不見等於三年，當中的每一小時，等同於一個半月的時間。

那一次最後一堂課至少到夜裡十點，他們方互道再見。隔天近午才看到他LINE來的新課程與問好，到是日下午，她即又開始期待、焦躁他的未有音訊，希望能再與他聯繫（當然自我抑遏住了），然後猛然會意，其間連二十四小時都未有。

確實地算算，不到二十小時。

甚至不需要有以往的經驗，現在，她知道要住手，卻發現並非斷然地就能切割。他在她的心中真正地生根盤踞，好似他就連結著她腦中的神經元，和她的思緒齊步，每分每秒都出現，強行霸占而至全心意都是他。

她只能空茫地在那，那形容中的「有體無魂」，讓他走馬燈、強迫性地一再又一再地於她的心緒中盤轉，他們在一起的時刻、他說過的、所做所為。無止無盡。

而真正的時間在過去。當中斷回過神，常常已然一長段時間後。

從來不曾經歷，那愛像一道又一道深重的傷口，濃重的黑血是暗黑的傷痛，滿滿浸泡包覆。何以如此暗黑，藕斷絲連的已不只是愛，牽扯不休的更只有痛。

就算是得不到，也不該有的那般強烈痛苦到來，何況一切仍在進展中。可那樣辛酸的心痛，胸真正痛到一陣陣酸楚的疼痛，還不只是心悸。心悸，還可輕易歸究更年期。她的紛亂與痛，更似整個身體都要求著要被安撫。

以為終能從心中的爭執中脫出，不再糾纏於那情愛是否可能，以及，明明要抑制住盤旋不能止息的與他相關的一切，不知何以思緒反倒糾纏，像磨損的唱盤，一再就地打轉無論如何轉不出那對他思念的沉溺陷落之處，逼得頭昏沉恍惚。

是強迫症？愛情裡也有強迫症，才會如此不能逃離。

寫生活雜文的殷殷夫人都不能不感到，應該是只有怨咒方會如此。

（可是那地獄裡專為女人設的血池?!至此她尚不曾真正地背叛丈夫，她無須如此罪惡深重地自責。之於他，就算曾經在過往某一生某一世如何地對不住他，也不至得承受如此懲罰：

強烈到無以擔負的愛，只消動心起念，即滿心滿懷最極致的痛。

這樣的愛，果真只有要遺忘，而遺忘，必得要遺忘到哪裡?!）

知曉無以用意識掌控，用意志克服。她求助於藥物。

一向對成癮的藥物心懷警戒的殷殷，不曾索取精神科的幫助，她知道那些安神的藥會降低這強迫症狀，但同時只會讓她遲頓緩慢呆笨。她問詢一直照顧她的友人醫生。

王醫師受完西醫完整醫學院訓練，再學中醫；能醫，而且善卜，醫、卜不棄，被尊稱為王老師。

先認識丈夫，是丈夫晚近著迷於密教、學易理圈子裡的「高人」。與丈夫算是學理上切磋，但成為殷殷無所不談的朋友。

歲數較殷殷小，且長著一張圓滾滾的娃娃臉，白皙的皮膚上架著金框近視眼鏡，不似醫生更像命相師，尤其他養著一隻如影隨行的臺灣犬。

中型犬「臺灣犬」，最近成功認證是一個犬種，純種的身價被炒至極高。王老師這黑色的臺灣犬，符合認證的標準除卻尾巴不曾有內鉤的「鐮刀尾」，被以便宜的價格出讓。

王老師對這被嫌棄的狗，有著憐惜的補償，狗仗恃著主人的疼愛，和多半成為「寵物」的犬隻一樣，索求地吃成一隻肥胖的狗。不再有那被認為「土狗」的臺灣犬，來自本土的適應力強、粗生粗養的形樣。

殷殷自知道Pan養狗後，對圓滾滾娃娃臉的主人王老師與肥胖的狗，「天生一對」，每次見面都有一種打從心裡的歡喜，也常找機會逗狗玩耍。

不過這回她要問的是：

能不能回復已停下來的荷爾蒙？

王老師詳加詢問她家族是否有癌症病史，是否定期做婦科檢查，同意荷爾蒙對適當的人有其功效。

殷殷知道並非心理安慰，那低劑量的荷爾蒙果真逐漸安穩下焦慮躁亂的身心，那迫切的無時無刻俱在思及他的尖酸心痛仍在，但減低中。

啊！如何能夠遺忘？

（可怎能說當中不也甜蜜?!）

有了愛之後的記憶，用這樣的方式來遺忘。

洗澡，渾身抹上肥皂，以水沖去，擦乾。

接下來會抹上乳液。就算不是那麼斤斤計較，得在肌膚尚留有沖澡的熱氣，毛孔仍張開的狀況下，抹乳液有深入肌膚的效果。到了這種年紀，乳液成了乾燥肌膚的必需。不像年輕時候自體產生潤澤，位處亞熱帶的島嶼溼熱彙集成天然的保溼，乳液可有可無。

洗完澡臉面上搽的是面霜，會下搽到脖頸處，甚且直到胸口，這個區塊最容易顯現出年齡。

於不能遏止地對Pan的魂思夢縈，洗澡是最危險的放縱時刻，有完全正當的理由獨自一個人，長時間浸泡在浴缸裡。就算起身，有幾回，居然不能確定，臉面搽上了面霜，無庸置疑，可下到脖頸處，是否同樣也搽上了面霜。

摸起來已有滑潤感，最初以為是已抹上面霜，不疑有它。可有一回突然懷疑：是嗎？

以手再次觸摸，會是沐浴乳？忘了沖洗掉的沐浴乳？

臉面用的一定是洗面乳，或者晚近又流行回肥皂，持留的細泡明確，不會忘了沖洗。脖頸處會用洗面乳，但也會用上沐浴乳，這段銜接頭臉與胴體之處，因為不論洗滌用品或保養品皆可混用的部位，便不能確定是未沖掉的沐浴乳，還是已然搽上的面霜、乳液？

會為是否已沖洗掉脖頸處的洗滌用品傷神？這不是最自然容易甚且不用想即可完成的！
（還是自己的身體。）
想要遺忘，可有記憶用這樣的方式來遺忘？
遺忘的本該是他，可遺忘的是忘卻在脖頸處該沖掉的沐浴乳？還是已搽上的面霜？
她的遺忘要遺忘到哪裡？

——原載二〇一七年十月一至二日《自由時報．副刊》

再見，萬年大樓

——阮慶岳

淡江大學建築系學士，美國賓夕法尼亞大學建築碩士。曾任職美國芝加哥、鳳凰城建築公司多年，並於臺北成立建築師事務所，現為元智大學藝術與設計系專任教授。曾獲臺灣文學獎散文首獎及短篇小說推薦獎、巫永福二〇〇三年度文學獎、《中央日報》短篇小說獎、臺北文學獎文學年金、《亞洲週刊》二〇〇四年中文十大好書及二〇一六年中文十大小說等。

文學著作含括小說《黃昏的故鄉》、《林秀子一家》、《凱旋高歌》、《蒼人奔鹿》、《愛是無名山》、《重見白橋》、《哭泣哭泣城》、《秀雲》，以及散文集《一人漂流》、《聲音》等；建築論述《弱建築》、《屋頂上的石斛蘭》；跨領域創作《惚恍》、《阮慶岳四色書》、《開門見山色》等。

傍晚的時候，忽然傳來一個不明的手機訊息，上面顯得簡短卻熟悉的字句，讓我整個心神立刻不安起來。

這是兩則分開的訊息，第一則寫著：「晚上有空見面嗎？老地方老時間？……想你。」我就想起來那個久遠的男人。會是他嗎？怎麼可能呢？都這樣古老以前了，早該彼此都忘記去的吧。可是，那男人在我耳畔說話的呼氣感覺，就立刻又回繞籠罩住我，讓我渾身忽然溼黏難受起來。

第二則訊息寫著：「不見不散喔！」

之前我們總是約在西門町深處的萬年大樓相會。通常我到抵的時候，會見到他戴著那一頂已經滲出毛邊的棒球帽、埋頭專注地玩著夾娃娃機。我就立在一旁看他以彷彿沒有察覺我已然到達的神色，繼續單手操弄著手中的把手，而我像是什麼不相干路人一樣的觀看著他。

他有時徒勞無功失敗無成，就會槌打晃動顯得脆弱的玻璃箱體，像是在發洩什麼怨怒情緒，然後轉身對我微微一笑，說：「啊，你已經到了喔。走吧，今天什麼都沒抓到，走吧。」大半的時候，他總能抵著得意驕傲的勝利者笑容，不說什麼遞過來一隻今夜的獵獲物，讓我滿足抱住這只毛茸茸的玩物，微微興奮對他道謝。

我通常會再一次問他為何不換頂新的棒球帽：「又不是沒給你買新的，這頂已經又舊又髒，而且還起毛邊了呢！」他就轉頭看向另一側，迴避我的目光，說：「這一頂是永遠不會換的，我是永遠絕對不會丟掉去這一頂帽子的。」我就說：「可是這一個職棒隊早就解散了，大家根本都嫌棄他們那時打假球賭博的騙局，現在也沒有誰還記得他們是誰的啊！」他就說：「別人到底要不要去忘記掉誰，根本是那些人他家自己的事情，懂嗎？而且，反正我是絕對不會去忘記這支球隊的，這樣就好了。」然後，顯得認真地對我說：「懂嗎，這樣子你懂了明白了嗎？」我就點點頭，不再說話。

我所以會這樣反覆問這個讓他不舒服的問題，現在想來只是根本想聽他必然固定的答話。這樣帶著霸氣的答語，總會讓我覺得心安，因此相信他是真正深情、不會輕易變心的那種男人。

我們通常就隨意穿走入萬年大樓的人群裡，有時走下去地下室吃一點東西，有時我也會買一些衣物用品。然後，再一起去到隔鄰那個巷子裡、我們固定會去的小旅館，痛快地做愛廝殺一場，再各自回去自己的人生。

今晚從捷運站走出來時，我忽然有些認不出來怎樣走過去萬年大樓。這條路我以前閉著眼睛也會走的，現在卻覺得既是陌生又有些膽怯起來，連那些在身邊穿流不停的各色人群，都顯得離奇的遙遠詭異。我立在街頭轉角處，告訴自己說畢竟我也已經許多年沒有進來過西門町，會忽然這樣覺得認不出來這一切，也是應該合理的吧。

剛才在捷運裡，我不斷回想著最初我為何會與這男人陷入這樣的戀情關係，更何況又知道他根本是已婚有家室的人了。我記得我從來並沒有真的愛上過他，甚且原本也沒有絲毫對於他的肢體，具有什麼特別感覺的欲望。這一切可以重新回去敘述到我們年輕的歲月生活，包括大學暑假那次和他去到南部海邊的事情，以及當時還最後弄到不歡而散，然後我決定獨自暗夜離去的記憶，也都還鮮明地留存在我的腦海裡。

但是，即令當時我並沒有對他有心動的感覺，現在想來，我的確一直相信他是愛著我的，這樣堅定的自我信念，不知為何一直牢牢固守在我的意念裡。譬如那夜離去海邊旅館後，我悄然搭乘上夜巴士，要去鄰近的城市轉換火車回臺北，沒想到在進入到那城市的火車站時，竟然見到他出現來。我詫異問說你怎麼會在這裡？他說一知道我單獨離開海邊的旅館，就擔心急忙搭計程車跟出來，怕這樣深夜我會出什麼差錯。然後，他遞過來一張買好的對號車票，以及一袋消夜零食，說：「上車先吃點東西，就好好睡一下吧！」

沒等我說什麼，自己轉身消逝入黑夜裡。

我並沒有因此改變我對他平靜無波的心意和感覺，日後也聽說他承繼了家族所擁有的那座海邊旅館，並且娶了長輩安排的家鄉女子，過起一如所有人預料的正當人生。後來會再遇見他，並發生這樣連串下來的事情，應該是我們倆都無法預料得到，也是沒有人希望的結果吧。

我問了幾個人，終於找到顯得斑剝滄桑的萬年大樓。走進依舊狹小的入口，完全沒有以前擁擠時必須相互擦身的熱鬧景況，當時置放在入口邊的夾娃娃機，也完全沒有蹤影。我看了一下手錶，已經過了我們通常相約的時間，而且我其實根本不認為他會出現來，這並不是他慣有的行事風格。

至於，手機今日為何會忽然出現這兩則訊息，我並不完全清楚，也沒有想要真的去弄明白究竟的意願。

現在一樓大半是販賣手機搭配物的小店，有一些打扮特別妖嬌的女人，偶爾快步地穿走過去。我沒有思考就跨上電扶梯，心裡其實完全不知道要去往哪裡，想起來最後一次見面的情形，是走出小旅館時，他忽然轉頭說：「我們可能暫時不要再見面了。」我有些詫異不明，就回問他說：「為什麼呢？」他說：「我正在治療復健身體，醫生說最好暫時不要再去做這樣的事情。」我問：「不要做什麼事情？……還有，你是在治療什麼，我怎麼沒有聽你說起來過？」他說：「是在治療性冷感，醫生說我有性冷感的問題。」我說：「什麼？」他說：「這也是我妻堅持要我去檢查並且治療的。」

他忽然對我這樣說起來的性冷感，日後確實困擾我很久，一直無法真正明白，他所要說的究竟是什麼。甚至逐漸懷疑起來，會不會其實是在暗示我過往所具有的什麼不足處，還是只是厭倦了兩人的這種關係。我們的私下互動戀情，確實有日漸冷卻淡去的情況，這完全並不是他在擔心妻子可能發覺什麼，更應該是兩人間肢體誘因的喪失，造成性致滑落的自然結果吧！

連續轉換著電扶梯的樓層時，我想起來這裡曾經有過的那座冰宮，但是已經想不起來究竟是在五樓還是六樓？就決定迅速跨離開岔走出去，隨意轉進迷宮的長廊裡。在這個樓層的走道兩側，都是隔成小間的店面，幾乎有一半是歇業狀態，幾盞走道的日光燈不停跳閃著，好像隨時就要黯滅去。

我看到一家西藥房，門口貼著「專治性冷感不舉」紅色貼紙，就走了進去。玻璃櫃檯後面是一個迷人的少婦，她微笑地看著我，好像等著我開口問她什麼，我有些遲疑不安，就跟她說我先隨便看看好嗎？她說當然沒有問題。她倒了一杯熱茶，說你坐下來慢慢看不用急，先喝幾口熱茶，這是我們家自己的茶不錯的。我說很早以前我常來這裡逛，怎麼不記得有你們這家西藥房？她說這是夫家開的，他們以前本來在這裡賣茶葉，不知道你有沒有印象，是後來做不下去了，才改成現在的西藥房。

我看著這個美麗的少婦，驚訝地想起來那個男人在分手後那夜，在旅館床上向我提到他幼時家鄉一個茶葉鋪美麗女子，突然拋棄夫家私奔遠去的記憶。聽到少婦的敘事，我彷彿覺得那男人即將出現來，重新開始對我講敘述起過往記憶，就意識到自己額頭冒著汗。我不知道為何會陷入到今夜這樣不可控制的狀態裡，甚至有著將被這個故事以及男人再次雙重附身的恐懼。

少婦依舊微笑望著我，好像完全預備好等著我即將啟口的說話。

我說：我想要稱呼你為神祕女子，可以嗎？因為從我第一眼看見你，就明白已經走進去我的某一段記憶，並且遇見其中那位神祕難測、有著離奇命運的女子。我不知道這是否是誰人的意圖安排，讓我不自覺一步步循著這樣的人生拼圖前進，我也不知道這樣做的最終原因與目的究竟為何。我有時覺得是某人選擇要依附著我的生命體，這是一切所以會這樣發生來的原因與源頭。所以，今晚從我第一眼看見到你，就覺得十分的詫異不安，因為你彷彿是位讓人無法判定究竟存在哪個時空的神祕女子，有如拒絕在此刻現實裡真正落足著地的女子。

神祕女子說：我不知道你究竟是誰，以及為何會忽然這樣出現在我的眼前？但是，我確實感覺到你像是預備好話語的使者，今夜要來對我說出我生命的故事，這讓我對你不免有些敬畏的感覺。你當然可以稱呼我神祕女子，因為對我而言，人人都是一個神祕女子。

我說：你說得沒有錯，所有世間的神祕女子，最後也許都只是同樣一人。

神祕女子說：所以，你已經知道我的過往有如散沙般的殘缺碎片，我的未來是沒有承諾的坎坷路途了嗎？

我說：你的模樣與姿態，確實讓我想起來一個有著剛烈性情，卻總是會讓人弄不明白來龍去脈的神祕女子。她的存在一直困擾著我。也許今天我所以會想要認識你，就是為了讓我終於能真正弄明白，那個神祕女子究竟想對世界吐露什麼話語來。

神祕女子說：我以為你只是單純來尋求什麼疾病的解藥而已。

我說：你能為我醫療治病嗎？

神祕女子說：這就是我日日的工作，也是我賴以營生的存活方式啊。

我說：我確實擔心我也許有著難於啟口的性冷感隱疾。

神祕女子說：許多上門來求醫的人，都是為了憂慮這個疾病而來的。

我說：我的前情人曾經以這個理由，來斷絕我們長期的關係。而且，我今夜所以會再次來到這棟大樓，就是因為他今天早先傳來的訊息，要求我再次如過往那樣在萬年大樓相約見面。

神祕女子說：聽起來像是一個陷阱。

我說：我有時會覺得萬年大樓像是一座永遠走不出去的迷宮。

神祕女子說：是的，萬年大樓就是一座迷宮。

我說：那麼，你今夜是否要和我一起離開這裡的一切呢？

神祕女子說：是的。我猜想你已經知曉我懷有身孕，並且懷抱即將離棄此刻這一切的決心。至於你說這皆是因為他者附體的指引，這是我並不能同意與明白的說法，因為我堅持掌握著我的意志去向，我依舊是我生命的唯一主宰者。

我說：你離開是為了尋找愛嗎？

神祕女子說：我確實是因為愛而離開，但並不是為了去尋找愛。我需要的是距離與空間，以及離開迷宮這樣的處境，讓我因此可以真正去愛人。

我說：我明白你的意思。但是，你知道你要去到哪裡嗎？

神祕女子說：我還不知道，我就依照我的內心感覺走下去就是了。

我說：你能這樣堅定也確信的說出這些事情，而且沒有絲毫的恐懼神色，是因為你心中對愛堅信與期待的關係嗎？

神祕女子說：也許吧。

我說：但是過多的愛，會使人產生出幻覺。

神祕女子說：我相信我內心的感覺以及指引。

我說：是嗎？

神祕女子說：是的。我們走吧！

我說：走吧。

我與神祕女子走出萬年大樓的時候，訝異地發現原本擁擠繁忙的街道巷弄，忽然空曠寂靜完全無人。那些店鋪依舊原樣擺設貨品在那裡，霓虹招牌以及街燈也仍然閃亮照明，彷彿都在等待著誰人端莊嚴肅的到臨。最是離奇的，月亮這時出現我們頭頂正上方，用那皎潔明皓的銀色光澤，為我們探照燈般指引著前行的道路。

我與神祕女子安靜走在空寂的西門町，一點不預期會遇見任何相識或不相識的路人，更是完全不擔心終點歸途在哪裡。這時，忽然從我的口袋裡掉出來一頁白紙，上面寫滿了鋼筆字的話語。我彎腰撿起來這張白紙，知道這是男人在那時與我分手後，忽然寄來的信紙。我與神祕女子互相對望一眼，就十足默契地齊聲朗讀起來這些話語文字。

我們兩人的聲音，是如此清脆和諧與充滿韻律，有如某首熟悉久遠的進行曲音樂，迴盪在兩旁高樓夾擠出來的細谷間。然後，兩人也有如軍士一樣，勇敢地邁步行走起來。

以下就是朗讀的話語：

請不要問我為何要寫這封信給你，也不要過度去猜想它所具有的旨意到底為何。它可能只是我衣櫃裡曾經珍愛的老衣服，然後今早窗外有個從太平洋襲來的颱風，不斷發出吹拂拍打門窗的駭人聲音，我就決定把這件曾經珍愛的老衣服，從黑暗的衣櫃掏出來，再次披覆到你此刻微寒的身體上。

我希望這是一種對風雨必然的抵抗方式，也可能是一種希望為你保溫的動作，讓你因此得到一些庇佑保護。我同時希望讀完這封信後，能讓你有著再次回返到美好花園的溫馨感受。

我一直希望能處在無任何目的、卻有堅定信仰的生命狀態裡。但有時，我會深深地覺得無能為力，彷彿自己正就是那個所謂的地獄淵藪，既無法脫逃也完全沒有出路，只能自棄地浸淫在惡的懷抱裡。或許，就是惡的必然埋藏在痛苦中，所以那些因為痛苦而生的各種悲劇，才能無所不在也如影隨形出現在世間角落。

或者也就是因此，悲劇才顯得所向披靡的巨大龐然。

然而，我也確知天堂的必然存有。

天堂必然先是由無數不完美的事物所構成雛形，並非生來即是完美無瑕的。因為我們都知道，必是先有罪才會出現墮落者，有墮落者才有救贖。而且墮落者從來只是罪的犧牲代用品，就如同那些飢餓的孩童，他們完全不醜惡，真正令人覺得醜惡與難忍的，只是飢餓這樣一件不公義的事情罷了。

關於這個世界的一切事物，我只能學習有如太陽一樣，以我的一生來堅守著每日固定的起落，就是凡事皆相信凡事皆盼望，耐心專注等待著百鳥再度齊鳴的時候到來，然後堅信著良人曾經對我允諾的花園，必會再度盛放如昨日。雖然，在這個世界上，惡的所以會一直出現來，正是人類自身存在與介入的結果，但是我確信大自然還會如解救者般，不斷適時適地回返來，與我們依舊僅存的想像力，認真完美的努力作結合，讓外表的象徵與內在的思想，以及所有必要之惡與終極救贖，終於可以無所分別的合而為一。

我知道這樣的事情，必然是會發生的。因為，良人所允諾的那座花園，依舊存在某處地等候著我們。

我與神祕女子繼續走著，然後她就牽起了我的手，以溫暖堅毅的眼神望向我。我注意到整個無人的西門町，瞬時益發光明燦爛起來，繽紛華麗的流光四處轉動，使我們幾乎難於辨識前行的方向。

但是，我與神祕女子都完全清楚，我們身上所具有的一切可貴的事物，都是來自於我們身外的他處，此外的我們毫無價值。這樣的意識與理解，使我們有如負債的人，覺得沉重而且暈眩衰弱。幸而，一直堅定隨行著我與神祕女子的月亮，有如一朵銀色船舶的雲朵，繼續打照前去的路途，讓我們清晰明朗地迎向未明的前方。

我與神祕女子是這樣地心安篤定，甚至完全忘記了她的婆家與我的前情人，他們是否究竟真的存在，以及他們此刻又到底身在哪裡的這些事情。

我開心地對神祕女子說：再見了，萬年大樓！

神祕女子說：再見，萬年大樓。再見了！

——原載二〇一七年十月十五至十六日《自由時報・副刊》

另一個男人的夢境重建工程

李奕樵

一九八七年生。臺北人。全人實驗中學肄業。「想像朋友」寫作會成員。書評電子刊物《祕密讀者》成員。以〈兩棲作戰太空鼠〉獲第九屆林榮三文學獎短篇小說二獎。著有小說集《遊戲自黑暗》。

翁偉昇／攝

她告訴我，東方先生死在好幾年前，而我全不知情。然後她以一個年輕遺孀的身分，在東方先生留下的神祕銅線遺產裡要求我，繼續完成東方先生未完成的夢境。

我答應了，並且要求取得東方先生生前使用的電鑽。

但現在我回過神來，發現自己雙手拿的不是電鑽跟鐵釘，而是菜刀跟小黃瓜，站在廚房的砧板前發楞。不是面對被挖得坑坑洞洞的牆壁，也沒有對底下血管般的銅線拉拉扯扯。她正蹲在我身後，雙手緊環我的大腿，堅挺的乳房隔著薄薄襯衫緊貼在我的大腿後方，而舌頭正非常溫柔地舔著我洗得很乾淨的屁股。對此我震驚非常，因為我們似乎曾說好，在廚房這種殺伐征戰之地絕不可貿然行事。事關人身安全，我有些生氣，可是現在的我照約定已經不能使用語言了，也就不能出言阻止。

我很疑惑自己怎麼能搞到這步田地，但也不太驚慌。這是典型的，在密集而抽象的遞迴任務執行中產生的堆疊溢位（stack overflow），因為超出了自己配置的大腦位元限制，所以整個進程崩毀了。過程中產生的重要資訊應該都還在我腦中，我只要一步一步找回每一層遞迴任務留下的有效訊息，我就有機會知道自己進展到什麼地方，在重新規劃記憶配置方式後就能完美地還原進程，繼續執行任務。

當然追溯記憶有著極度的時間壓力，必須非常放鬆，而且非常專注。不然那些遞迴任務留下的有效訊息很可能會因為在大腦中孤立無援，而被海馬體垃圾回收掉，那麼一切就要從頭開始，而任務總是沒有第二次機會的。所以我保持靜止，任她繼續她的行為，安撫自己的皮下神經。萬一它們接收效能全開，我的小雞雞跟心智很快就會因為她的溼軟活潑的舌頭進入下一階段，接著她就會繞到前面來。我很確信那樣我將無法思考，一切將不可收拾。

好的，我們有永無止境的決策要面臨，而且永遠只有有限的決策時間。假使這個資料回收的任務注定無法完成，那麼我們就該決定哪些資訊比較禁得起損失。遞迴分析的資料結構是樹狀結構，也就是說，越接近根部的資料就越重要。也就是說，我得按著時序來。

東方先生停止呼吸的瞬間，正是我設計的自我複製機專案第四十二周第七個工作天的禱告時間。我已經不太確定那天自己開始禱告的確實時刻了，但我的確想到了東方先生。那時大學尚未畢業，而且其實中學後根本就沒有接受物理訓練的我，就是滿心歡喜地被東方先生的物理實驗室剝削著。我想著東方先生臉部的直線線條、颯爽白髮加上他的銳利鷹眼營造出的嚴肅形象，然後重播那樣的臉因為我提出的外行人物理疑問（像是量子糾纏這種根本無視空間距離，根本是超自然的理論）興奮地丟出一堆量子公式時的表情，還會因為我組合各式各樣的單晶片板子與機械零件完成的實驗工具滿懷喜悅。上了年紀的教授還會對學生保有這樣的熱情，而不是聚焦專案補助金，以統計來說人格不健全的可能性顯然極高。

定義放寬一些的話，我跟東方先生總還算有一些友誼，或至少接近友誼的東西。有了友誼，很容易就會衡量自己與對方的處境，這真是人心小宇宙的暗物質。東方先生在我畢業的同年就退休了，領著優渥的教職員退休金。而我除了在最尷尬的年紀對一門陌生的艱澀學科燃起熊熊愛意以外，一無所獲。於是我偷偷詛咒了東方先生，希望他突然想起我這個天知道叫什麼名字的工讀生，並且感到一絲絲歉意，雖然我也不太確定他該為什麼感到抱歉。

在古典力學之後，要精準控制自己行為的後果永遠是困難的。所以我也搞不清楚自己該對哪些事負責任。

我只是想讓東方先生感到抱歉，結果同一時間東方先生就斷氣了。而且現在想起來很可能因為多餘的反作用力，在這天晚上之後，我與小鬍子雇主的專案才會像相態轉移瞬間的分子們，完全嘉年華式地喧騰失控。那時我跟小鬍子肩並肩盯著桌上那堆運行到一半自行解體的塑料噴頭機械臂，像凝視裝置藝術的一對高中生小情侶。

於是我以浪人身分一路接案賴活著。虔誠上繳網路費，誦念我不一定能讀懂的當期《Nature》、《Science》與《PNAS》，每夜定時禱告，希望我喜愛的領域能回過身來愛我。

見到她之前，生活景貌大抵如此。

●

她告訴我，東方先生在退休後出了車禍，那把年紀動了開顱手術還能活下來，後遺症還僅僅只是喪失語言能力，真是奇跡。車禍後的東方先生無法理解文字與語言，對於事物的邏輯卻還保留著，四肢靈便依舊，別說自己修修水電完全不成問題，他甚至還又造了幾隻雙足步行機器人出來。東方先生的客廳銀光閃耀，充滿規律而圓潤的齒輪組機械聲。

雖然不知道契機為何，但她就和傳說中的愛情本質一樣，毫無預警地突然存在，無可動搖。

我當然想摸清楚她的底細。「在遇到東方先生的時候，妳還是學生？」她翻白眼的速度堪比密碼輸入錯誤時的警示介面。

當下我的想法是：這女的腦袋八成也被車壓過，上頭也有洞。

後來我知道自己必須成為東方先生，才能完成東方先生的夢境時，就完全能夠原諒她的，呃，委婉拒絕。再後來，當我真的開始模擬成東方先生，提問的動機就完全消失了。

不必與雙足步行機器人相較，她也無比耀眼。僅靠互相凝視，這個年輕的女孩就這麼與無法言語的東方先生相戀。

我他媽真不敢想像這婚禮是如何舉行的，但是兩人的照片就在桌上，純白相框壘立在蕾絲裝飾的布質面紙盒旁。我忍不住將相片拿起來端詳，畫面裡東方先生的微笑讓我感到無比懷念，像是自己正在瞻仰溫馴而巨大的新生代巨獸化石。而相片中的她明亮開朗，幾乎是幸福概念的具體呈現。

反正不能使用語言，社交對車禍後的東方先生來說也沒啥意義。再說東方先生本來也就沒有幾個活著的朋友。於是東方先生的退休生活重心，就是對他們的家獨自進行目的不明的改造工程。也許工程太遠大，也許東方先生沒想過要結束，總之，直到身體狀況惡化到不能行動之前，東方先生沒有停止他對銲槍、剪線鉗、麵包板的使用。

東方先生連遺囑都不能簽，躺在床上的他能做的就只有在公證人見證下，用單手輕握著她的手，然後堅定且溫柔地凝視著她，直到緩緩且永遠地闔上雙眼。牧師大概認為有什麼自其中體現出來，就一邊念著臨終禱詞，一邊單手（另一手持經書）持著智慧型手機以困難的角度拍下整個過程的影片。

據說牧師的手非常穩，效果奇佳。當時看過影片的任何人都認同，如果說東方先生對她有任何一絲遺憾，也僅是這段關係不能再維持更長的時間而已。

她沒辦法很輕易地拿到遺產以外的部分，例如東方先生家族的認同。因為東方先生的血親們一致認為，一個去除言語的戀情，就是去除思想的戀情。也就是說，僅有肉體跟物質哪。也就是說！有一個年輕女孩像隻豺狼鎖定了已經不具完整人類功能的東方先生，以自己的肉體完成了與東方先生的交易。其居心跟價值觀難以忍受，對吧？

「他們還說，如果法律允許一隻狗擁有巨額財產，我這種人也會去跟那隻狗結婚。很過分對不對？」她抽衛生紙擤鼻涕。

其實以我的情況來看，我倒是樂於成為那種情境的主角。我完全認同東方先生在肉體方面的魅力。

東方先生在日常生活中的任何一個小動作，那移動肢體的速度、動作細節與架勢絕對都只有最外顯的指揮家能比擬，而那樂隊就是他自己衰老的肉體，以奇跡等級的火力規格強力放送著遠超過一個老人所可以擁有的睿智、譏誚、生命力與安全感。

光是跟他共處在同一個空間，那氛圍就會讓你下意識地懷疑自己正在參與歷史的重大事件（而不是被實驗室廉價剝削）。進一步說，在去除語言行為後還可以掩飾其人格的幼稚元素，堪稱完美。所以我相信這兩人至少在肉體層級是相戀的，而且財產跟社會地位本來就是描述現代人類的必備屬性，納入考量其實沒那麼糟糕。

「所以我能為妳做什麼？妳之前面談的那些人之中，單看資歷很多比我優秀。我不懂，為什麼現在妳選擇我。」

「你說你曾是他的學生。」她說。

我沒有說過我是他的學生，我只說我曾在他的實驗室當工讀生。

「但你喜歡他跟你分享的那些事，你甚至還幫他做了一具電子顯微鏡。不是嗎？」

更正，不是電子顯微鏡，而是原子力顯微鏡。是做了沒錯，媽的。

固定探針的賽璐珞片是我用美工刀削下的。雷射光源固定在結構的外框架。雷射打到賽璐珞片的背面，在反射的路徑上安置判定賽璐珞片彎曲程度的感光元件。然後用馬達跟齒輪組機械零件的移動掃描樣本的平臺。透過機器邏輯的單晶片程式的撰寫，讓平臺載著樣本，以極小極慢的速度，一個一個點移動樣本接近賽璐珞片下的那根探針。當樣本接近到離探針僅有數奈米的時候，賽璐珞片的震動就會被探針與樣本間的凡得瓦力干擾。像這樣把一個點採集到的高度數據回傳給外部的作業系統做紀錄，就能慢慢的把物件的微觀形狀給組合出來。

透過輕微到極致的觸碰來觀看。而且那甚至不真的是觸碰，保持僅僅只有數奈米的距離。我們只是捕捉針尖原子與樣本原子，從茫茫宇宙裡完全無關的存在，到靠近至極近距離時，突然互相吸引或互相排斥的那一瞬間。很美對吧？

用膠水和螺絲組裝這玩意兒，撰寫硬體平臺行為程序，軟體平臺的數據讀取與成像，加上後續調試，基本上都是我獨力完成的。

原子力顯微鏡當時市價大約一臺三百萬。叫一個學士工讀生用隨處可見的零件從無到有的組裝出來。這樣美好的經驗，讓我在接下來的人生都活得像在永無止境的敗部復活賽之中。那種，被神聖存在眷顧又被拋棄的，敗部。

「你是最後一個一起跟他待在實驗室的學生。你知道他的興趣，你知道他對自己工作的幽默感，或者他的才氣，或者工作時的性格，我永遠無法知道的另一面。我想只有你才能幫我。」

True。噢不，我應該說，好吧。可是我還是聽不懂我能幫妳什麼。

「這裡的一切，就是他留給我唯一的事物了。我其實也不在意房子，但是，我好想知道他在想什麼。我從來不懂他在屋子裡的那些敲敲打打是為了什麼，我想，可能只有跟他一起工作過的人能夠揣想他的想法。」

只是我們甚至不能判斷那樣的行為是在正常的精神狀況下進行的，很可能根本沒有意義。很可能……只是東方先生的夢境。

「那就幫我重建他的夢境吧。」她說，沒有猶豫。

跟東方先生過世時，我悲慘失敗的自我複製機做個比較，對於一個被過度干涉的任務，還有根本無從規劃起的任務，不知道哪個更糟些。

我知道自己根本沒有認真考慮就答應了。也還記得我聽到自己說：「鑽頭放在哪？」好像我真的很渴望執行一樣。這表示我根本就錯估了任務的複雜度。事實上，在接下來的日子裡，我甚至主動定期回報，且讓她參與決策，讓一個根本無從規劃起的任務同時成為了一個被過度干涉的任務。工程師與樂觀主義向來是密不可分，從這件事可以看得清清楚楚。

雖然說任務本身根本無從規劃，但角色的分工定位從來就不需要顧及實際需求。我來負責猜想東方先生的意圖，是否依此理解完成東方先生的殘局由她來決定。先不說我到底有沒有猜到東方先生想法的能力，或者有沒有執行工程的能力。她也沒有保證她有決定的能力。

初期回報的理論大多是根據東方先生所留下硬體設施，捕風捉影得來的猜想。舉例來說，我注意到了牆中埋藏了大量感測器，光學、溫溼度、距離、水平儀與陀螺儀等等，甚至重力Sensor，整棟房子內部的所有空間可以說被全方位地記錄掌控著。

那時我每周固定花費五天，使用各式水電工具來破壞東方先生故居的內部裝潢，戴著耳塞，雙手感覺令那些堅硬之物粉碎的震動回饋，老實說還挺紓壓。我坐在鐵梯上，將其中一個紅外線距離感測器拆下來。下探身子伸長手，傳給站在一片狼藉碎牆之中的她。紅外線距離感測器小小的，不過小指甲一半大小。那些小小的感測器都藏在一個小小的孔洞後方，而那些孔洞像是棋盤坐標點般密麻遍布了所有牆面。

「所以他可能想記錄我的一切？」她問。

有可能。但我聯想到了量子芝諾效應，當我們對某個微型物體的變化進行觀測，在最長最密集的觀測之下，將可以使被觀測物靜止下來，即便是光也不例外。

東方先生夢境猜想之其一：也許東方先生自知死期將近，想要凍結你們相處的時光。

她大笑。「那你盯著我不也是光學上的觀測，我的時間也就應該要停止囉？」

我仔細檢視一遍她的身體，試著認真評估東方先生真的這麼想的可能性。

她停止笑，然後爬上梯子，湊近我俯身下探的臉。鐵梯因為我們兩人的重量與動作，發出嘰嘎聲搖晃著。

「在這老梯子上好恐怖。」她仰著頭，離我很近。是因為妳也跟著上來才恐怖。我聞到她的香味。

「可是這樣有用嗎？」

什麼？

「光是看著彼此，就能讓這裡的時間停止。」

我不知道。

「可是你剛剛說了什麼效應的。你也說他可能就是這樣想的。」量子芝諾效應很少有在古典物理的環境發生的例子。至於東方先生的意圖嘛，就算他真的這麼想，也不保證這真的會發生。我說過我們不能確定他的行為是理智的了……嗯？她吻了我。我覺得自己快從梯子上跌下去了，因為她的兩隻手捧著我的兩頰。好險在重心傾倒的前一瞬間她放開了我，這個陽春的吊橋理論模型終於又復歸平衡。

「我相信他就是他，」她說：「他一定知道自己在做什麼。剛剛這算是觀測嗎？」

什麼？

「如果形式不限的話，這也算是用我的嘴唇觀測了你的嘴唇。你有感覺時間變慢了嗎？」她說。

等等——

「至少我感覺時間變慢了。」她說：「我相信他。」

這不科學。

「你答應過我，會幫我重建他的夢境吧？不是批評，是重建，繼續完成。」

對。噢，我發現問題在哪裡了！我畢竟不是他，夢境太私密，除非我成為東方先生，否則我絕對無法完成他的夢境。

「那就成為他。」她說。

哪方面？

「一切。」她說。

●

一個不能批評，不必科學的工程。事情就是這樣進入了第二階段。首先，工程任務變成多線進行，還有鬆散的相依性。為了繼續完成東方先生的夢境，我必須構築自己與東方先生的妻子的愛情。為了構築那段愛情，我也必須要將自己構築為東方先生。無論哪一項都是大工程。

除了上述的三個工程以外，雖然芝諾效應路線沒有被正式承認，但是因為實作上的門檻較低，她就建議我們索性實驗下去。也很有可能對核心的任務有幫助，像是與她的愛情這一部分。

我會努力。我說。

為了維持條件的一致性，我們總是在上午九點左右開始進行觀測實驗。實驗需要謹慎地控制變因，像是去除物質遮蔽——例如衣物——的觀測，就需要盡力確保除了衣物以外的一切因素不變，像是姿勢、我的觀測角度等等。

因為實驗時間較長，環境的舒適與否也就變得重要，所以我們選定在臥房進行實驗。她穿著寬鬆的睡衣躺在雙人床上，然後擺成要求（大多是我們共同制定的）姿勢。作為觀測者的我則用鉛筆將其體態精準地素描到方格紙上。其實也可以用相機，但因為相機的取景與雙眼是有差別的，要準確掌握立體感需要兩臺相機，在動作校正過程的回報也缺乏效率。等她按下，我就會去協助她將她身上的睡衣脫掉，進入赤裸的對照組。然後我需要坐回原位，根據方才畫下的素描來檢查姿勢是否走位。

「右手肘再往上邊移兩公分。」我指示。輕觸她的肢體，直接引導，她就像玩偶的骨架那樣被動，但靈敏且樂於合作。我輕輕扳彎她的手指，「從我的視角來看，右手無名指與拇指正好會在空間中形成一個橢圓。像這樣——」

指引用的觸碰必須非常地輕，甚至指尖的肉幾乎不能產生形變，只是接觸一個點，或是比一個點還要再多些的面積。因為這樣才能足夠精確，不讓她的肢體緊張，形成短時間內無法察覺，但也無法長時間維持的姿勢。捕捉內部肌肉維持姿勢的方法。

我只提供資訊而非力量，我的指尖在她手指的觸碰，等於我的指尖被她手指讀取。我的觸碰越輕微，她就越放鬆，且越專注。

每一次觸碰與指引都追求效率，持續時間以秒為單位。在心裡我想像人類筋肉與骨骼的牽引系統，與動作的相依性，像是前臂肌群與指掌動作的絕對聯動關係：要處理手指的姿勢就必須先處理手腕的角度。從核心肢幹到頭頸四肢末梢，我的手指在各部位間快速而有系統的跳躍，像海風梳理細軟白沙。

我的指尖被她的肉體那樣快速而密集的觀測，依東方先生的邏輯，時間大概是會變慢的。不過就算變慢了，那也只是我的指尖。

「咦？」她覆著稀疏陰毛的陰唇對著我，抱怨說：「我感覺我剛剛不是這樣擺的呀？」

有可能是我的人為誤差。不過也有可能是妳的印象被衣物包裹的感覺混淆了，人對於肢體精密動作的記憶是需要訓練的。

「喔，好吧。所以下個動作會是什麼？」

如果要照我們討論順序的話，應該是歌雅的瑪哈。

「嗯。我對橫躺的主題有點膩了，而且裸體瑪哈的胸部形狀我根本擺不出來，除非我們做一個小小的鐵絲架把我的右邊乳房定型。一個半球，朝向天空。」

她扭了扭身子，讓那對梨乳晃呀晃。

那有點可惜，瑪哈是少數有著衣版本跟不著衣版本對照的作品。而且裸女繪畫中，橫躺姿勢可是壓倒性的多，雖然沒有正式統計，但我個人猜測大概占了該主題作品九成五以上。

「那就不要繪畫。」

好的，讓我想想。丹尼爾．愛得華斯的布蘭妮．斯皮爾斯雕像如何？那個姿勢是雙膝雙肘著地，不是橫躺。乳房只需要自然下垂，完全不用跟地心引力對抗。

「那有點重口味。我又沒有懷孕，更別說是分娩中了。我也沒有一顆狼頭或一雙狼耳朵可以讓我抓。而且……噢天哪！」

怎麼了？

「我就覺得哪裡怪怪的，我現在才想起來。雕像沒有體毛。」

是沒錯。不過，那對實驗本身並不重要，妳只需要前後的姿勢一樣就好了。

「不行，問題不在這裡。你難道沒感覺嗎？」

呃。抱歉，什麼感覺？

「當我穿上衣服的時候，體毛的概念對你來說是不存在的。所以當我脫下衣服的時候，體毛也不應該存在。這樣才有對照的意義不是嗎?」

有點道理，讓我想想。

「而且體毛也阻礙我的某些部位被觀測了。」

這……應該要看妳是否將體毛視為妳自身的一部分?

「我覺得不算。在下一個動作前幫我處理。」

我會努力。

然後我拿著刮鬍刀，將刮鬍泡沫薄覆於我要處理的區域。

聽說刮鬍泡沫可以軟化要處理的毛髮，減少刀片對皮膚的傷害。我自己這輩子根本就沒用過這玩意兒，不過身為工程師，長年以來對自己的訓練已經完全內化了，讓我自然渴望在每一個步驟都謹慎且力求完美。

當然很多時候連我自己都不知道，自己當下對完美的定義是不是有意義。像現在我連刮鬍泡沫的使用是不是有其效果都不太確定。但在工程師的職業倫理中，全力以赴的基本就是要考慮每一個未曾考慮的可能性，而且連同成本與風險納入可能方案之中。如果有一顆好的數學腦，透過抽象化，這些評估會容易進行得多。

如果在此事的執行上不夠虔誠，之後一旦災禍發生，我就會對過去每個不夠虔誠執行的子任務產生懷疑。對過去的自己產生懷疑是永遠無法補救的，這樣不可逆轉的結果是，年復一年，我將會越來越鄙視自己。如果錯失了更加合理的解決方案，我就是個浪擲機會成本的罪人。更糟的是，如果安於重複自身，而錯失了犯錯的機會，我就是甘於無知的白痴。

我對眼前盈盈白沫中，那些如蛇鰻蜷曲、鱗光萬頃的毛髮如此專注，也許是因為某種未完成的奴性或愛，但那些未完成的奴性或愛，更可能是我根基於經驗主義的自私行為，而其中自私的終極方向又在於，渴望這個世界是完美滑順的。

我拿著鬆軟扎實的栗色毛巾，用右手邊紅色塑膠臉盆中的熱水沾溼，小心地清理她身上的刮鬍泡沫。下壓力道適中，太輕的話很難將滑膩的刮鬍泡沫拭淨，太重的話會無法在擦拭的同時感覺到毛根是否平整。毛巾對摺後三摺，單面只擦拭一次。所有面都用一次時，丟到熱水中洗淨泡沫。擰乾時對摺後扭轉兩圈半，力道不能讓掌面發痛，毛巾的含水量才會剛剛好。

她的皮膚是我的平方公里陣列計畫——我所面臨的，東方先生心智的宇宙初始電波探測器——我必得虔敬。

我用第二指節滑過她豐嫩的陰唇，親吻她的小腹。

●

可能的社交工程理論之一。人與人之間要建立聯繫的門檻為零。即便只是觸摸都可能留下印記。倒不如說，為了維護自我的意志能被貫徹，如何絕斷或者限縮與其他個體間的關聯發展，才是人類在群體間被自然磨練出來的獨特技能。

而會需要限縮聯繫建立的理由，根基於另外兩個社交工程公理。其一，兩兩個體之間的聯繫是作為事實存在的，因為是事實，所以於記憶完整的前提下，在時間軸上不可逆反。其二，在倫理學的廣義自我定義下，個體之間的聯繫等價於對於自我的擴展。換言之，隨著聯繫的增加，自我衝突的可能性就會指數成長。而解決衝突的成本，通常遠遠高於限縮聯繫的成本。

但透過適當的契約，我們就可以將所有的風險拋諸腦後。是的，這就是作業系統管理方案中經典的虛擬機概念。只要雙方同意接下來將發生的一切，都只存在於他們所建構的世界之中，就能避免被外在聯結的無窮穩定性影響。只要雙方有能力控制接下來將發生的一切，都只存在於虛擬的表層，例如兩個及時建立的人格與身分，那麼虛擬系統中發生的一切，都不會直接影響到宿主系統。

在屏除安全性失控的可能性之後，我們就能以超越任何正常社會關係所能抵達的最高速度，以各種各式各樣的部位或形式，建立數量超乎想像的繁密聯結。當然，如果設定的虛擬人格之間出現矛盾，系統就會崩毀或因為循環需求進入死結。但虛擬機的好處就是，一個系統搞爛了，立刻刪除重建一個乾淨的虛擬系統就行。一切的談話、互動模式與承諾的資料都回歸虛無，我們又重新成為初戀前的處子。而所有的操作流程跟系統配置檔案都安全地存放在外部的宿主系統，可供我們系統性的分析並重新調整關鍵的配置。甚至不需要從零建立，可以儲存特定時間點的系統狀態。但因為完整的系統映像會耗費大量的儲存空間，以A星演算法（A*-Path-Search）為基礎去探尋最佳路徑才是可行的做法。

雖然理論上我們兩人理想的起始配置方式，應該是我往東方先生的方向探尋，而她永遠只需要維持自己的基礎人格即可。但是對初次實踐的人來說，很難分辨得清楚與自己人格完全相同的基礎系統。基於安全因素，她需要先嘗試幾次完全迥異於她原生人格的設定。於是我們動員了邁爾斯—布里格斯性格分類指標的十六種人格分類，從與她完全逆反的屬性開始試圖扮演新的人格。舉例來說，如果原生人格設定是思想家型的ＩＮＦＰ，就會從管理者型的ＥＳＴＪ開始扮演。只要她宿主人格潛意識可以理解，在扮演上越多的投入會帶來越多的樂趣、自由度與安全性（對宿主系統來說），下一次虛擬系統的建立與啟用就會越流暢自然。而完全逆反的人格，通常可以帶來最多的樂趣，因為辨識虛擬系統範圍的演算法更容易實作，所以也最不容易傷害到宿主系統。

無論是什麼樣的人格，在拿掉限縮聯繫的煞車器後，都能進入建立聯結的高速正回饋循環。所以我們的關係發展得比兩個互相接近的漩渦還要快，互相吞噬的強度比強力子作用力還要緊密。當然，崩潰與幻滅也會以同等於我們擁抱的速度迎面撞來。

第一次虛擬系統崩毀是在運行時間第七天後。那是在傍晚的廚房，我正在她體內，正在扼住她的脖子，也正在射精。她的右腳正試圖鑽進我的腹部將我踢開，完全自由的左手正反握一柄水果刀。直到那時我們才喊了指令，重啟系統。我想我們其中一人正在準備晚餐，而這個過程中我們的人格、權力分配與價值觀的衝突經過了七天的累積才完全浮現上來。

根據事後檢討，表面的導火線是德國香腸的腸衣沒有她想像中的脆，但是我堅持享受當下的樂趣才能讓彼此幸福，所以拒絕接受有關德國香腸的失敗評價。其實早在前幾天就有同樣遠因的事件觸發機會。但我們太興奮，太捨不得離開那個情境，所以才過度袒護了彼此（此處的標準無關倫理，單純以實驗效率為唯一價值），這麼晚才讓衝突被觸發。直到最後一刻才喊下我們約定的暗語，系統的重啟指令。

我本來有點擔心，她會開始退縮。她在我懷裡大口喘氣，表情看起來還是十分驚恐。我想我的表情大概也就是那樣。

「我是我？」她沒頭沒腦地說。

不然呢？我問。

「傻瓜，不是那樣。」她大笑，將水果刀丟回桌上，撫摸我的臉頰：「不過我知道你回來了。」她說，在系統重啟那一瞬間，我的小雞雞軟得飛快，簡直就像是從她體內突然融化了一樣。藉此她知道虛擬系統的我真的就只是虛擬系統的我，而那個我也已經消失了。

雖然花費了過多的時間，但至少對宿主人格的安全性單元測試已經通過。我們也建立了盡量不在廚房觸發事件的基本共識。

循環復循環，每一個在臥房素描的新生早晨，我們都對相愛相恨的迴路越發熟練。雖然第一次我們就已拋下一切向前疾馳，但顯然經驗還是能潤飾流程，讓軌跡更加合理。虛擬環境中的我們掌握了彼此弱點的大量資訊，同時以這些弱點為基礎構築更出其不意的魅力，本來我們還需要以言語承諾溫柔、以行動展演溫柔，但後來我們的心智結構本身就是溫柔。

是的，可能的社交工程理論之二，兩個體的心智結構在穩定態的耦合程度，就會是兩個體耦合程度的穩定值。也就是說，在非穩定態（對自我的錯誤評估、激烈情感或特殊情境）下的言語、行為、承諾、利益等非穩定態的外顯行為都只是表面的接合劑，且因其非穩定態本質具有時效性，所以觀察的時間軸越長，單一外顯行為的影響就越顯輕微。但如果能確切地區分非穩定態的外顯行為與穩定態心智結構的本質，並且進行操作，即便操作時間很短，也能保有極高的模擬價值，其準確度將只取決於足夠實驗信度本身。即便只是一天，也能代表邏輯上的永恆。

換言之，只要（對穩定態心智結構的）操作技術足夠成熟，我們的愛就可以更快、更輕鬆、更安靜、更緊密、更持久，也更泛用。

嘗試邁爾斯—布里格斯人格分類的最後幾個選擇時，我們甚至在同一日的晨光與夕照之間就完成整個循環了。只需要一個上午的時間，我們就能最佳化彼此心智表層的形狀，本來像是世界地圖上劃開海陸的碎形海岸線，經過最佳化，就能在保有絕大部分資訊的前提下變得平整滑順。只需要用合適的角度靠近，就能互相嵌合。因為接合過程的平順，在夕陽西照，決定重啟時，我們也能平靜相視，迎接此次戀情的死亡，一如涅槃。

也許是這輩子第一次，在實驗過程我開始意識到自己的年輕。也許我們對自己的衰老與否的判斷方式，只決定於從傷害中復原的速度，與對傷害的畏懼程度。

也許這麼多年來，我就只能算是個尸居餘氣、精液稀薄的死C貨。也或許，經過這麼多年，在東方先生遺留的這個培養皿中，我終於活成了一個小屁孩，一個賤種。

最賤的地方莫過於，我居然還有餘力從那種完美和諧中清醒過來。

●

所謂的清醒與否，也僅是一種錯覺。當個體認知的資訊系統夠多，彼此衝突，不斷提出新的問題而且彼此毫不相干，超過他的心智（先不管是不是喝了太多酒）所能處理的時候，他將會在他自身構築的理論之海中，溺水。

事實上，任何一個認真去吸納資訊的個體，都可以輕易進入這個溺水的狀態。換言之，除非你的心智十分之單純，也只願意處理單純的任務，你是無法保持清醒的。

雖說如此，我們還是得逃離心智溺水的狀態。在溺水的狀態之中，思考的效率是極度低落的。如果習慣了溺水的狀態，很可能也會遺忘思考的節奏跟技巧。

探頭換氣的方法很單純：放棄掙扎本能，選擇一個系統，專心追索。

所以我必須為我自己描述一個問題，一個我此刻正隱隱意識到的疑問。

我看著她。

「幹麼一直盯著我？」她正裸體下腰。

首先，我搞不清楚，我是在觀測她，還是透過她的身體來觀測我自己？還是透過我的重現來重新觀測整個世界？還是某種更抽象微小的事物？

如果東方先生的思路曾走到這邊，他會想到什麼？讓我假設，東方先生的工程是有明確目的的，而且他死前必定服膺某種浪漫。在我看來，物理學就是人類對於宇宙浪漫情懷的終極聚合物，所以東方先生沒有理由不是個浪漫主義者。

東方先生處在一個封閉的宇宙，然後她出現了，帶來另一個封閉的宇宙。

東方先生夢境猜想之其二：這裡是封閉的宇宙，必須安置一個通道。好讓妳有機會離開這裡，或者讓像我這樣的人進來。

「我錯了，妳不該是我的觀測中心。東方先生既然觀測這個空間，就表示這裡就是宇宙。」我恍然大悟：「妳是宇宙的中心。」

「我喜歡你這樣想。但與其說我是中心，不如說我是宇宙的母親。這裡是因為我才存在的。」帶著一抹媚笑，她說。

「妳是這個宇宙的子宮。」我說：「但當宇宙的子宮也具備子宮。那麼，那裡頭會催生什麼？」

「不用介意。既然我是宇宙的起源，那麼我裡面，就是宇宙之外。」

「我如果要逃離這裡，就必得進入妳的體內。」

像克萊恩瓶（Klein bottle）一樣的子宮。曲折而黑暗、溫暖而溼濡，還有窄小。是的，自由一向如此。

「對，但即便你那麼做了，逃掉的也不會是你。」她笑說。

她說的合乎邏輯。於是我自由的曲折她直到極限，讓她呈現出我所理解的，不屬於語言的真理。

如果她喜歡那樣想，那麼那在我的任務中將會成為真實。如果我再也無法離開，那我面臨的已不僅僅是一個工程任務而已了。而是作為一個生命有限的個體，面對廣袤星空如何自處的問題。

假設我就是東方先生，我會用什麼手段讓她自由地離開這個宇宙？或者，讓另一個我進來這個宇宙？

也許我可以將所有感測器的訊息全部上傳到網路上，當作來自遙遠宇宙的訊息，供與東方先生有同樣靈魂的人追索至此。也或者，我可以提高與她做愛的頻率，像個齧齒類那樣持續灌注精液，直到她可以從自己的陰道抽出一個嬰孩，另一個新的宇宙。

但是不，不，失去語言的東方先生不可能會依賴只有語言的網路。他的健康狀況也不允許他變成打砲機器，況且，光是打砲根本用不到那些繁雜的器械與感測器。

我需要屏除那些派不上用場的雜念。我需要變成東方先生，我需要更加虔誠。

* * *

前置實驗的成功，與連帶的技術資源，讓我有足夠的餘裕投入下一個有重要相依性的工程任務——將自己構築為東方先生。因為密集的穩定態人格操作練習，現在的我對重現東方先生的人格是有把握的，畢竟除去記憶，可辨識的人格特徵只是極有限的離散元素。說是這麼說，不過我能掌握的依然只有表列出來的東方先生外顯特徵，以及當年在實驗室與東方先生相處的記憶。而她所想重現的東方先生，也只有她才知道。

除去人格配置的問題，構築東方先生的要點還是語言能力的閹割。要做到自我管理，完全不使用語言思考有點難度，而且其實我們也無法判定東方先生在自己的大腦裡能不能用語言思考，畢竟他只是不能與外在世界的語言與文字符號互動而已。

如果只是外圍的應用程式介面出了問題，我們就可以透過外在的工具來模擬出類似的效果。

「這不是廢話嗎？告訴我該怎麼做就好。」她說。

「閹割語言，也許我們可以先把這棟屋子裡的文字都抹除掉。」我說。

我們買了一堆封箱膠帶跟便利貼，然後試著用它們蓋掉有文字的任何器具。

東方先生的屋子現在看起來就像個鬧鬼凶宅。

「也許我們應該換個做法。」她說。

「呃，沒錯。這個做法沒有可攜性，無法到室外落實，而且也會影響生活空間的功能性，可以說是有著明確的副作用。」

「這不是廢話嗎？」她說。

她抱了兩疊列印出來的光學字型辨識圖形演算法論文，丟到我面前。

兩周後，我們就擁有一副可以扭曲視野中文字的眼鏡了。

這樣做法的好處，是讓我能保有最大限度的現實世界資訊量。甚至還能辨認出文字的存在，而我僅僅只是無法讀懂它們。

聽覺的部分也使用類似的做法。用特製的雙層耳道式耳機，用粉紅噪音搭配主動降噪技術模糊人聲的主要特徵，讓路人的話語都像海面底下的鯨豚鳴聲。

我全天戴上那些語言能力抹除裝置。反正，語言能力之於生活感，是幾乎沒有任何影響的。移除語言，對一個機械工程師來說，只是再也不用費神應和無趣鄰人的無趣對話。不用花費心力過濾垃圾訊息，或者痛苦分析不精準的表達。不用傷神構築深入淺出又不傷對方自尊的輸出訊息，或者再三修正這些被送出話語被刻意扭曲或錯誤詮釋的影響。

任何對語言的信仰，在東方先生的國度之中都會消弭於無形。一切都只是現象，而現象是不會允諾任何事物的。既然語言無法真正允諾什麼，那麼離開它們也不會損失太多。

在這充滿噪音卻沒有語言的世界生活，我感覺到了什麼，但一直未能辨別清楚。我本來以為是孤獨，但花了許多時間，我才發現那不是孤獨。

那是意義剝除後帶來的輕盈失重。

當我還需要跟任何人對話時，即便那只是應付性質的話語，我都還是得強迫自己運行猜想對方的價值觀，不然無法發話。但就在那過程之中，對方的價值觀乃至於世界觀就在我心中種下了。

好吧，可能的社交工程理論之三。當你與一個人建立聯繫的同時，那人背後的整個世界也就與你建立了聯繫。

雖說任何內部程式都可以藉由補丁將它們的影響無效化，不管是有條件的過濾它們，還是為它們標上信度標籤，但你都還是需要主動辨識它們。但討厭的是，其實你很難一一過濾那些藏在表象話語背後的東西。你甚至會為了讓自己在談話過程中好過一些，讓自己盡可能的與對方同化。以危險程度來作優先度分級的話，無論如何還是會以維持談話過程為優先吧。

各式各樣的價值觀蠕蟲會在我進行對話的同時，讓我覺得優越或者焦慮。雖然其中有一部分我以為是我有意識地揀選的。即便像我這樣自覺孤僻的工程師，也不知不覺開始依賴這些小東西，讓生命看起來更像一個設計良好的遊戲。

所以無可避免的，我的系統中爬滿了各式各樣的文化蠕蟲、價值觀蠕蟲、世界觀蠕蟲，而我毫不在意，也沒有理由去在意。反正我又沒有因為這些蠕蟲當機過。我甚至沒有察覺它們的存在。

但是在東方先生的世界之中待了這麼一陣子，它們失去了對話的掩護，逐漸暴露出自己的身形。剝除社交連結之後，它們看起來都一樣毫無道理可言。我感覺的輕盈失重，是我多年費力定義的人生遊戲被解構之後的，微妙的茫然。

我想這樣的經驗勢必因人而異，但我很訝異地發現，自己過去定義的遊戲似乎不那麼好玩。也許我就是沒有遊戲設計的天賦吧。所以在這個狀態中，才會在茫然之中感覺到了和諧。

而在東方先生的世界裡，我的欲望與死亡緊緊相鄰。不是渴望死亡，而是與死亡事實在去除其他影響之後以其該有的姿態存在著。不是以可能的年分為距離，而是以一種無神論者特有的，吞噬萬物意義的碎紙機黑洞形象，安穩可靠地坐落於客廳一角。它應當被使用。

啊，就像宇宙的垃圾回收機制。雖然連記憶體本身都銷毀是有些過分就是了。

在這前提下，一切遂成相對虛無的，可能性與可能性，意義與意義，兩兩交換用的閃亮代幣。而其中就存在更豐盈的高面額款式。

我與她的人格模擬實驗依然在進行，更精確的說，是我對東方先生的人格與愛情可能性的模擬實驗，她只是共同執行的判定者。

在意識到死亡的前提下，這個實驗反而越發有趣。因為我不能使用語言的事實已經被確定了，所以暗語的形式必須改變。最好是我們雙方都可以及時執行，而且強烈到足以讓對方清醒過來。最好還不要有傷害對方的危險。

事實上，我們忘記討論這件事。我已經戴上語言能力抹除裝置，而且也開始了模擬實驗，應該說是無語的戀情對我來說實在是太有趣了，光是建立連結的方式就得全部重新發展。我沒有清楚記憶花費的時間，但應該是很多天。因為失去語言之後，連發展衝突的方法也得再度摸索。

總之，我意識到的時候，已經到了必須重啟虛擬機的重要關卡。而我不該使用語言。

我看著她。

她看著我。

連這麼重要的需求都沒注意到，我覺得自己不如死了算了。

所以我就讓自己死了。直接失神癱軟在地板上。

我們很快就發現這遠比暗語來得合理好用（新技術的發現果真需要一些運氣）。

我們無語的愛情，遂開始變成以死相脅的愛情。

「如果我所愛的人一個都不存在了，那麼還有什麼活著的意思呢？」我彷彿聽到她這樣說，雖然我應該是要聽不懂的。

我們開始日復一日的死去，且死得越發真誠。

關掉記憶，關掉感官，關掉呼吸跟心跳。

但我忘記真誠是危險的。真誠就是授權系統的核心存取權限，危險指令的執行權限。一不小心，就會傷害到系統。

而因為那真誠，我的記憶終於溢位。我開始無法辨析此刻的我，是虛擬機中的我，還是作為宿主的我？

我乾脆在虛擬機中，又開啟了虛擬機。

迷惘與清醒總是同時存在的。乍看之下這很像故弄玄虛的陳述，不過套用我們先前的演水詮釋，一旦你認知足夠複雜的生命情境，是不太可能再度無知的。一旦你落入了理論之海，你的選擇就只剩下拚命划水維持清醒，或者讓它們灌滿你的大腦。

也就是說，迷惘才該是常態，清醒則是一種令人上癮的、有趣的、刻意構築的例外狀態。

所以巢狀虛擬機的定位問題該算是小意思，不要太驚慌就死不了人。反正這並不會真正影響你的邏輯能力。換言之，只要妥善將目標任務切割成夠小的項目，各個虛擬機生命周期的你，還是可以穩定地將目標項目向前推展，頂多是慢了一點。

換言之，各個虛擬機生命周期的我，可以穿越各自的經驗宇宙，一起來構築我們一致認定的聖杯。如果我們有的話。

除了機械實驗，我依然買菜。

買菜。做晚餐。漫遊。擺出奇怪的姿勢。讓她擺出奇怪的姿勢。跟她做愛。或者同時進行上述的複數項目。

無比焦慮，但安詳也總是觸手可及。

總之此刻她實在不應該在廚房舔我。

雖然我也不應該光著身體。我還沒想起來自己為什麼光著身體，所以不便發作。

我扭過身來，看著她的臉。看她會不會說一些我無法理解的話語。

她沒有理會我。只是持續進行。

我決定設計一個我們都會喜歡的東方先生夢境藍圖。

只要我說出來，她就會認同的。

於是我拔下我左耳的語言抹除耳機。

她知道我要說什麼了。

「不舒服嗎？」她問。

「呃，不是那個方向。我的意思是，我想到一些東西。」

東方先生夢境猜想之其三：包含她與東方先生本人在裡面，整棟屋子裡的一切就是雙縫實驗。

東方先生認為近代物理最美的雙縫實驗，量子物理的聖經。任何人只需要兩張不透光厚紙加上一把劃出細縫用的美工刀，就能觀察到光子的波粒二象性。它被托馬斯·楊設計出來時，是古典的一八〇一年。而直到二十一世紀，它背後的意義都還被激烈討論著。平易近人，你可以在你想要的任何時候去看它。僅僅是存在而已，就允許你為它思考一輩子。

她與東方先生在這實驗中會是一個形而上的雙縫，而我這樣的外來粒子，就是一個單獨擊發的物質波。我本來可以認為自己是物質，或者是波。但我卻同時經過了她與東方先生。而且經過了這兩個狹縫的我，對彼此產生了干涉。

但是單一一個粒子的落點，是觀察不出任何趨勢的。我們必須不斷重複擊出粒子，非均勻散布的圖像才會證實自我干涉的存在。

如果干涉存在，也就證明東方先生的存在。

東方先生留下的那堆裝置，就和我在客廳留下的自我複製機殘骸一樣，都是我們人格粒子的落點。

無數的赤裸著的我被射進這個世界，撞擊、死去與新生，這個夢境猜想便得以實現。

我心中的東方先生在最後的最後，依然記得實驗的浪漫。

畢竟實驗只需進行下去，得到結果。

不必允諾任何事物。

本文收錄於二〇一七年十二月《遊戲自黑暗》（寶瓶文化）

出生於臺北，臺大外文系畢業，美國威斯康辛大學戲劇學碩士。著有《旅人》、《機械時代》、《她》、《濫情者》、《辦公室》、《人間喜劇》、《我這一代人》、《城市的憂鬱》、《第三人》、《懸浮》、《無名者》等。

斷崖——時光的岩層——

胡晴舫

快到半夜。

「我已經好幾個小時沒看我的手機了。」我說。

「我還在想，這個人不一樣，他從下車到現在，都還沒有打卡。」

「我忘了。像一名癮君子，本來每天需要抽兩包菸，今天從傍晚到現在，我卻忘了抽菸。」

「有更重要的事情吸引了你的注意力。」

「從來沒什麼真正重要的事。科技讓太多不重要的事變得很重要。原本時空像一條柔軟的薄紗布，以悠緩的方式，輕輕過濾掉事物的雜質，令真正重要的本質顯露。突然沒有了時空系統性地打磨拋光，萬事萬物宛如乍然驟降的土石流，從四面八方崩塌墜落，一下子就將人整個埋了，動彈不得，呼吸不到空氣，而且完全切斷了現實感。再也分不清什麼重要、什麼不重要，只周圍一切都如同剛從山上滾落的石塊一般沉重，怎麼也無法掙脫出來。我仍記得，這個世界曾有一間屋子只有一具電話的日子，電話鈴響，一定有人起身，走到那具電話前，拿起話筒應答。因為線路固定，電話不會移動，每個人要講電話，就要走到那個特定的房間。還未與對方交談前，你不知道對方從哪裡打來，不會馬上知道他的身分，對方只是一個聲音，像唱盤放了一張唱片一樣朝耳膜傳遞，他並不會以切換模式突然就來到你的面前，硬生生轉換了你的時空，當你講電話時，你還是在你的時空裡，秋天就是秋天，清風就是清風，陽光就是陽光，周圍的光線並不會因為你們正在通話就改變了。有時候——甚至我會說，大部分時候——電話鈴響，旁邊若沒有人聽見，它只能獨自地吶喊之後獨自地無聲無息。在那個整間屋子只有一具電話的年代，不被聽見似乎天經地義，不立刻被找到也沒有人責怪你。時態被容許延緩，事物得以慢慢顯露它的本質。而今，人手一具電話，相當於全世界充滿電話鈴響，鈴鈴鈴，嗶嗶嗶，嘿，嘿，你在嗎，嘿，說話呀，你聽見我在對你說話嗎。我們現在活在一個到處都在鈴響、每具電話都同時吶喊的屋子裡。所以，並不是速度令人喘不過氣來，也不是時空互相干擾，使得人失去了判斷事物優先順序的能力，而是人們從渴望看見世界、傾聽世界、變成了渴望世界看見、世界傾聽。現在網路上充斥了喃喃自語，資訊失去了客觀性，只剩下自以為是的意見，企圖充當事實，在世上闖蕩，而人們就像漫不經心在逛大街的觀光客，誰給他們免費的傳單，他們就順手收下，以為自己正在認識這座城市。」

他微微點頭，沉默。

「你用臉書嗎？」我問。

「我不用任何社交軟體。」

「你這個年紀，很少見，」

「你看我的手機。」他翻出一支按鍵式手機，沒有觸控式螢幕，「我太小氣了，不肯花錢。」

「你不覺得你需要？」

「我習慣了。」

「不可思議。」

「我曾經在海上工作四年。」

「漁船？」

「不是，海上鑽油井。我學機械工程出身，本來想去大陸工作，因為大陸拚命在築高速公路，後來我有個日本同學要去墨西哥灣工作，問我要不要一起去，我還沒來得及細想，就聽見自己說好。關於海上鑽油井的生活，我之前一點想像都沒有，不知道那份工作是什麼概念。結果去那裡，比當兵還苦悶。三個月才輪班一次，九十天皆面對無盡大海，周圍只有風聲，以及早晚光線的變化，唯一樂趣是看見海豚群每隔幾天游過。罐頭肉，冷凍蔬菜，終年空調，沒有娛樂，就那幾張影碟，反反覆覆觀賞。臺詞都會背了。我那幾年倒是看了不少書，不是因為我喜歡看書，而是看書很慢，時間容易消磨。翻著一頁一頁紙張，好像人生很篤定，而不是漂浮在海上。當時跟外界接觸的唯一管道是上網。很多人打網路電話回家，找妻子、找女友，找上一次休假時在岸上睡過覺的女人，我沒人可找，只能逛網路，這件事一開始會沉迷，後來就很膩，很想吐。因為你的指尖越容易從螢幕上召喚出其他的時空、不同的臉孔，你越明白，所謂的世界離你有多遠，多麼不真實。她不但不屬於你，而且早已把你忘記，你的不在，她無動於衷，繼續向前奔跑，多采多姿地活著。你於是領悟這個世界並不愛你，久了，你也死了心，你也不再試圖聯繫她。」

「你又為什麼回到岸上？」

「不是我的選擇。我是兩年一聘，金融風暴那年，石油公司爆危機，大幅度裁員，我沒得到續聘，只好走了。」

「但你也沒有想要主動辭職？」

「我後來習慣了那種單調，甚至有點喜歡。覺得人生可以很單純。」

「公司不續聘你之後，你就來到這裡定居？」

「我先去晃了一圈。我在鑽油井工作時都沒怎麼花錢，因此存了不少。大概一年時間，我到處旅行，去了北非，住過突尼西亞，待過柏林、里斯本，還在胡志明市住了一陣子，才回到臺灣。」

「去了突尼西亞，為什麼？」

「油井上一起工作的同事。他回家，我跟著去。」

「那為什麼最後回到臺灣？」

「如果我說便宜，可能會得罪很多臺灣人。我不願一輩子想著賺錢，比起其他社會，在臺灣，一點點錢也能過日子。」

「我不太相信你的說法。」

「你想聽見我說我愛臺灣，思念臺灣，所以才回來？我不會說的。」

「你回來之後，習慣嗎？」

「沒什麼習慣不習慣。油井那四年訓練我活得像條狗，很簡單。我要的不多，住哪裡都可以。住在臺灣，總是比住在突尼西亞容易，至少語言不是問題。好笑的是，我每回出現在臺北，我的朋友都以為我剛從國外回來，因而露出羨慕的眼神。他們不明白我過去十年過什麼樣的生活，因為我不在社交軟體上暴露自己的三餐，抒發我的心情，當我說起海，說起山，他們想像我住在美麗的異國鄉下。我總是驚訝，人們對其他人的生活存在著多麼大的誤解。有時候我會企圖解釋，我錯過了進入社會的機緣，我的無拘無束來自於我沒有房子、沒有家庭、沒有車子，沒有你們擁有的中產生活。他們就會打斷我，喔，你不要再說了，再說就令人生氣了，你命那麼好，不像我們可憐兮兮，要付房貸、還要養孩子。所以我不愛回臺北，雖然我是臺北人。那種強烈的競爭意識，不斷互相比較的心態，讓我很痛苦。我完全不能忍受嫉妒。」

我的直覺突然跳了出來，我認識眼前這個人。前方大海只剩一片漆黑，看不見海浪，只聽見浪濤強力拍岸，夜風越吹越狂，吹得我耳朵發癢、身子發冷，卻也吹散了那一片沉沉壓在我心頭的霧霾，桌上散著啤酒瓶子、薯片和花生米，談話舒緩，不著邊際，句子接著一個句子，將隨著黑夜的疆界，飛到比遠方更遠的遠方。我以為我跟他兩人有股相見恨晚的熟悉感，不由得有點愛上了他，其實是因為我見過他。我碰見他和林莉蓮一起走在臺北街上。我覺得他面熟，並不是因為他是我什麼前世的情人，而是因為我當時驚訝於林莉蓮走在他身旁時的容光煥發，像個孩子般蹦蹦跳跳，好像她終於達到某種幸福的巔峰，不能再更快樂了，我記得自己在想，那應該就叫作愛情吧。

我知道他是誰了。雖然他是誰根本無所謂。在彼此不察覺身分的情形下，過去幾個小時相處多麼愉快。路上隨機認識的人，往往比朋友圈子介紹的人還真誠，因為雙方碰撞的場合缺乏了上下文，脫離了社會人脈的計算，你認識他不是因為他是誰的誰，你跟他聊天也不是為了得到什麼世俗的利益，你碰見了他，就像兩片無力控制自我命運的落葉，隨風飄蕩，輕輕碰上了，又因為彼此都那麼輕飄飄，誰也不能制約誰，下一次風起，只能各自上路。網路初期開始時，也是如此吧，人人匿名上網，躲在鍵盤後頭，隨意閒逛，每點開一個連接，又是另一全新的花花萬象，世界不是突然變得很大，而是突然變得很多，若一個世界是一朵花，網路就像春天的原野，啪啦啪啦，就在你眼前，繁花如星遍布，無窮無盡到天際。每個世界各自獨立，互相平行。你見識了無限。

也或許，正是這種無限，令人感到恐慌。有人提議，網路需要「門房」，幫你事先過濾你可能需要知道的資訊，替你先搜尋好你應該結交的朋友圈，種種看似貼心的動作很快就提醒了人們過去威權的陰影，菁英如何獨占知識的專業性，操弄資訊的散布，網路打破了智識的壟斷，讓溝通變成平行。照理網路有利於民主，因為階級無法生存，威權難以建立，但，沒有人在前方點燈引導，人們卻容易感到惶恐，自由彷彿一片看不到盡頭的黑暗，人們不曉得要怎麼在這個網路新世界求生，看似一個智識爆炸的科技新紀元，卻也同時是網路初期發展的洪荒世紀，放眼望去，仍是尚未開墾的蠻荒之地，害怕的人類於是伸出手，緊緊拉著旁邊的另一個人類，那個他稱之為朋友的人，左邊拉住右邊，右邊拉著左邊，一個拉一個，逐漸拉成一個舒適的圈子，人們待在裡頭感到安全。社交軟體讓人類拉手。網路原本讓陌生人碰撞，社交軟體讓熟人圍成圓圈，形成屯墾部落，人類於是又回到最古老的社會形式。你只信任同一部落的人，你信賴一個人只因為發自你腹腔深處的動物直覺，部落的集體意識成為你在世上生活的羅盤。大多數人又開始霸凌少數人，因為他們誤認人多勢眾就是民主，不願意服從大多數人的人於是又變成了異端，必須遭到社交放逐。

而我夠老，我依然記得上個世紀末的自由滋味。當時柏林圍牆剛倒，人類剛從集體社會釋放出來，被鼓勵到處遊走，手機才出現，人們只是欣喜地發現彼此，好奇對方，身體的感知能力仍是重要的，閱讀依然算是一回事。人們嚮往的是快樂，而不是娛樂。無聊從來不是一個問題，如何耐煩則是一份應當學習的能力。

住在臺灣東海岸的阿傑之所以特別，因為他依然耐煩。他的雙眼澄淨，看著你的方式非常安靜，看你看得清清楚楚，而且毫不閃躲。他似乎不介意你的沉悶，沒有百般探聽你的憂傷以表現自己的善解人意，沒有一刻試圖度量你的身價。我不覺得他想要變成我的好友，卻因此引起了我想要接近他的欲望。

然而，我猜到他的身分之後，我的腦子卻再也無法像幾個小時前那般清明乾淨。所有我想遺留在身後的牽絆、人生的包袱、無用的煩惱，通通又回到我身上。我開始懷疑，人真的有可能拋開一切，什麼都不再掛念？換個時空，我就真的變成另一個人，能夠重新開始另一套新的生活？天天遊走電腦螢幕，跳來跳去，我就不是原來的我？我身分證上是男是女，我就不是我？住在臺灣的人類，一會兒當清朝人，一會兒當日本人，一會兒當中國人，一會兒當臺灣人，不斷移民出去當美國人、當加拿大人，他們真的變成不一樣的人？

我突然想起阿傑剛剛描述的海上鑽油井。若網路是大海，而人人皆是一座島嶼，大海將我們連接，或者，這片大海也同時分開了我們。

我應該告別。但我捨不得友情剛剛萌生時分的甜蜜。我掙扎著，不曉得要不要與他互換聯絡方式，說一些話，像是來臺北記得找我、我再來看你、其實臺北到臺東很方便、說不定以後我也搬過來臺東之類的。

我先問，附近有沒有旅館。他爽朗回答，還需要開車十五分鐘，有間民宿，有點晚了，他先幫我打電話問問。他回去屋子，五分鐘後出來，那間民宿滿了，沒有房間，問我要不要留在他這裡過夜。上面有張沙發。我猶疑了兩秒，告訴我還是往回開，大城市裡，火車站旁，應該仍有旅館。他沒有留我。他面對我站著，周圍只有屋子裡透出來的光，打亮他的左半臉，我注意到他的左嘴角有道細微的疤痕。不是每個故事都需要暴露，有時候深埋在時光岩層裡，反倒熠熠像顆鑽石，閃爍動人的光輝。他與林莉蓮走在臺北街道，就像我現在深夜與他站在海邊，沒有被記錄在虛擬雲端，不表示沒發生過，就算記錄下來，也不表示真正發生過。

我離開了他。開始往北走。我沿著黑夜的邊緣疾馳，腦子裡翻滾著各種思緒。當車子經過東澳時，大海已經變成乳白色，天邊白雲反射鱗鱗銀光，我停下車子，去市場喝上一碗熱騰騰的魚粥。

再穿過一條黑暗的隧道，我立刻回到了原來的生活。我渾身上下每根骨頭、每條肌肉都明確感知，我這輩子再也不可能與他有關。縱使下次再見，此情此景難再。

——原載《印刻文學生活誌》二〇一七年十二月號，第一七二期

豪宅裝潢中

張英珉

有兩個孩子，是個市民跑者，靠著長跑維持身體狀態，最近因為偽坐骨神經痛不能跑步而煩惱。

臺藝大應媒所MFA，目前是臺灣藝術大學影音創作與數位媒體產業博士生。編劇、文學作者。

「妹妹……妳知道嗎……」

當這棟住宅大樓的老邁管理員，在電梯內手拎著一串鑰匙，抬頭看向我的時候，我看著他抬頭紋，深得像地震園區展覽的斷層，我的腳稍稍退了一步，試圖與管理員拉開一些距離，我試著親切笑了笑，反正女生就是有這樣的好處，只要微笑就能改變氛圍，我們社會稱之為「禮貌」。

「這個社會最有用的，就是女生的禮貌。」這是阿劭教我的影視美術職場入門第一課，在都是男生為主的職場，女生要記得「總是微笑」；小秋也說，拍片的時候若是遇到不開心的事反而要笑，笑會把職場鳥事變不見，特別是拍片現場鳥事一堆，妳不笑，根本做不下去。

雖然年紀都要三十了還被叫「妹妹」，有點隱藏不住的喜悅，但我還是假裝沒聞到管理員身上的汗味，我明白這味道融合各種苦度的汗酸，我在電視臺或片場的電梯中，常遇見這樣的氣息，那是熬夜翻班、連開十二小時的責罵會議，與各種現場疲勞交疊而成，複雜到難以言喻的氣味。

只是我沒想到，電梯門關上時，這位帶我看房，看來彷彿像枯葉一樣萎縮的年邁警衛，從一樓上升到十五樓的短短電梯時間內，竟然對我進行了業界所謂的「電梯Pitch」，在短短的時間內，就能把一個故事說完，引起聽眾強大的興趣。

「……妳要買的那個房子啊，之前齁，是買給那個年輕小三的房子啊，那個女生真水喔，我看過幾次，就好像有一個唱歌的女明星一樣——但是那天喔，妳知道嗎，小四和小五和小六一起來抗議，大家都說為什麼妳有房子我也要有，大家集體鬧自殺，一起打電話給那個老闆——齁，妳知道那個老闆吧，做電子的啊，沒辦法啊，如果我有錢，我也想多討幾個——驚死人喔，她們在中庭打架，頭髮抓得亂七八糟，還把小四的假髮抓掉，原來小四伊禿頭啦，摳憐啦壓力大會禿頭我也是這樣，後來那個小三的衣服還被扒掉，光溜溜在路上跑，整個馬路上的人都轉頭過來看差點撞車，管委會生氣也沒辦法，一直罵我們警衛，拜託，我們怎麼可能介入人家的家務事。她們在門口推來拉去，那個老闆的大老婆就開一臺賓士來了啊，她來了後，每一個小三小四小五小六都像小朋友放學排路隊，大老婆一個一個給巴掌，啪啪啪每一個都有份。後來那小三就搬走了，可是妳知道嗎，那個小三齁，之前有時候會回來，站在樓下一直抬頭看，嘴巴不知道在唸什麼……晚上也這樣……甘偌鬼咧……管委會看到又罵我們警衛，拜託……關我們屁事喔……又不是我叫她來的……」

短短時間內，我眼睛瞪大，耳朵豎起。這故事有裸體，有外遇，有抓假髮，有驚悚如鬼的盯視，還有八點檔婆媽劇最愛的「甩巴掌」，這是我當影視美術這麼多年，陪開電視臺編劇會議時最常聽到的建議：「收視率又跌了——今天輪到誰被打巴掌？」

電梯門開了，管理員嘰嘰咕咕說個不停，直到他從口袋內掏出一串鑰匙。「妹妹，到囉。」我仔細看，這只是一層四戶的普通公寓，鐵門也沒有什麼洛可可豪華裝飾，我好奇地屏起氣息，被管理員說得生動又激烈，這樣金屋藏嬌的屋子會是怎樣的屋子，裝潢多麼淫靡，多麼酒色財氣，畢竟我的工作電影美術，之前都是按照劇本去營造出「想像中的現場」，我也是第一次見識到「真正的現場」。

只見管理員轉開鑰匙打開門，我深呼吸，推開門走進去，沒想到這房內看來意外簡單，說是給小三住，卻也沒有什麼想像中的豪華裝潢，看起來乾乾淨淨，是極度簡單的日本都會風，比我們拍片常拍的「國宅」看起來乾淨一百倍，床是IKEA買的，因為拍片太常看見IKEA家具，我一眼就認出來型號與尺寸；書櫃一整片牆，裡面的書還沒處理掉，法律、歷史，文學，《地球四十六億年來的基因庫變化》，《二次大戰後的世界經濟》、《語言戰爭與社會進化》，感覺自己都讀不太懂，好像來到誠品的閱讀菁英展示區。

「妹妹……妳真的要買嗎，這間要買還要等人來整理喔，產權什麼的……妳清楚嗎……都是我們管委會啦，說什麼不給仲介帶看，累死我了……」

管理員打量屋內的許多角落，我能聽出他到底有多不耐，但我暫時不想理會他，他沒注意到我靠向那片落地窗，推開窗，一道海風撲向門內，我聞到海的氣味，和我老家感覺很像，只是吹過我老家的海風多了蓮霧的氣味。十五樓不算很高，我之前看多二十多層樓的房子，卻都沒有這一戶的視野好，能看見遠方的八五大樓，兀自在穿透雲的陽光下矗立，海上的渡輪劃出白色波浪，好愜意。

深呼吸，吸著夾帶海風的空氣，不知道為什麼，看房子這件事情，讓我覺得好愉悅。在這間屋子之前，我已經看了幾十間屋子，彷彿在各個角度觀賞這座城市，看著不同角度，高高低低的八五大樓，彷彿過去從小到大熟識的這座城市，因為我換個角度閱讀，而變成另外的樣子。

我拍下一些屋內照片，上傳阿劭馬上說「讚讚讚」，小秋馬上說「要了」。我想應該是定了，這麼好的房子怎麼會留給我，或許這就是某種時空的夾縫之中，剛好給我們這些年輕人給撞見吧。一這樣想，我突然放鬆索性坐在地板上，抬頭看向窗外的藍天白雲，好慵懶。看得這老管理員覺得好詫異，怎麼會坐下在別人的屋子內，他不知道我心中大石底定。

其實，這房子的氣質不錯，就算這間以前是給小三住的房子，如果是當自己家一定很不錯，只可惜，這是「過路屋」，但我不在乎，躺賴在這屋內，非常滿足。

●

我們的美術班的頭，阿劭總是說，影視美術這件事情他再也幹不下去。「來找些好賺的吧。」，小秋也說「轉行吧！」、「回家養蝦吧。」、「來炸雞排吧！」。這種轉行話題，每天都在影視圈內不斷流傳，畢竟我們總感覺這行要垮了，面對中國的資金攻勢，面對本土市場的萎縮，小秋每天都在臉書上抱怨她「要死了!!!」，喊得底下幾十個同業不斷點讚說好，不管是攝影組，美術組，製片組，場務組，大家不約而同全都說：「這不是人做的工作。」

的確，若精算時間和投入成本，影視的現場工時實在不是蓋的，換算時薪，比去便利商店上班還低。許多成功人士都說「青年啊，你們要踏出舒適圈」，但是有時候想，身在拍片地獄中，往左邊或往右邊，又有什麼差別？

但我想，我們是不是可以除了抱怨之外，找一些專長之內可以做的事，還好，有心之人總會遇到啟示。

「做電影美術的，算不算就是會做裝潢啊，我爸是木工師傅，美術做的事情和我爸做的事情好像喔。」

那天，高職實習生娟娟，在我們工作室脫口而出這句話時，阿劭看著我，想了想：「差不多啊，做裝潢——對啊，差不多啊！」

小秋也皺著眉頭看向娟娟再看向我，點點頭。「對啊，裝潢有什麼難，我們每天都——」

這一個問句問出口，彷彿讓我們這小公司內突然降下神諭，大家都想清楚些什麼。

在臺灣，影視因為分工規模小，一個人身兼多職什麼都會，製片組小到買便當，大到與政府交涉調來直升機在天上飛都行；在我們美術組，從身上的小紋路小刺青，到一座古老的宮殿，只要有錢，都能變得出來。

阿劭學歷很高，雖然我們都一樣是大學畢業，但我認為阿劭學歷就是比我高，因為他是法國巴黎第八大學讀電影，聽起來很屌，但他在片廠髒話沒停過，他說臺灣髒話是回來臺灣以後，因為工作需要用髒話溝通才練成順口溜，他在法國生氣時說「梅喝」。

當年其實他不是要學電影，他高中畢業就當兵，退伍後壯遊到歐洲，到了巴黎時覺得很美，塞納河左岸咖啡館，右岸狗大便，阿劭走在右岸連續踩到狗大便氣死了，根本去塞納河右岸玩踩地雷，「梅喝」merde就是狗屎，就連當地的路人也一直喊。

後來阿劭旅行中，遇到一間法國人開的餐館，他想學到「藍帶」廚師，但是藍帶師傅以為他是發瘋觀光客，就根本不想理他，他就去隔壁韓國人開的餐館作泡菜煎餅打黑工，下班就去韓國老闆開的跆拳道館練腿練腳練身體。說是練，其實是充當小朋友的假教練，因為就是要亞洲人面孔，才有很會打跆拳道的感覺。

阿劭實在任勞任怨，我想，我這代臺灣人就是亞洲限定的神奇寶貝「大蔥鴨」，要被做成烤鴨了還會自備蔥。韓國老闆替阿劭申請工作簽證，阿劭練著就練到黑帶，法國其實治安不太好，有一次他上班路上，在窄巷中遇到一起搶劫，他俐落幾腿就踢得搶匪流鼻血落荒而逃，那位被劫的路人，是第八大學的電影系老教授，他本來以為自己逃不過這一死劫，沒想到死之前竟然遇到臺灣李小龍，啊噠——幾腿，教授感動莫名，就請阿劭吃飯，看法國能看到的「最好的電影」，結果教授請阿劭在電影院裡看的是侯孝賢的《戀戀風塵》，好奇怪，在巴黎看侯孝賢特別好看，阿劭就下定決心，在法國讀電影，回來後也不想當導演，一心想當美術。

「在電影內實踐人生，法國人都這樣，生活在美感之中，美術才是電影最重要的事。」回臺灣後，阿劭經過歐洲美感的薰陶，很多廣告都找他作美術，因為這樣最有歐洲味，臺灣人很吃歐洲味，代表高級。

每次當阿劭重複說著這段過往時，我都是崇拜看著他，畢竟就算是唬爛，這故事也唬爛得太緊密，而且法國人就算說髒話「波爾蝶」，聽起來彷彿也有波爾多的葡萄酒香，阿劭總是對那些業主說著「波爾蝶」，聽來十分優美。

其實，要不是阿劭的那教師退休的爸爸，在阿劭大學畢業，暑假回鳳山時突然腦溢血死去，阿劭才發現，其實父母不在時才沒心情遠遊，孔子都亂講，父母健康才敢到處玩，阿劭後來就在臺灣待著了。

公司的另外一個前輩，小秋，她在美國舊金山藝術大學讀影視碩士，小秋學的原本是養魚，本來想接爸媽在路竹養草蝦的漁塭，八八水災那時候讓爸媽賠慘了，池水上漲蝦苗大逃亡，她陪爸媽拯救漁塭幾年後，看著水車每天轉，小秋終於受不了，自己一個女生都二十八歲了還沒追過夢想，於是辦貸款跑去舊金山去，讀完書那年三十歲，小秋想放逐自己，在美國流浪到很多地方去。

小秋總是和我在熬夜時，紅著眼睛等換景的空檔，說不膩這段奇妙的回憶。

當年她一個女生三十歲，流浪到美國的印第安人保護區，印第安人的男生大多都很帥，每天喝酒迷迷茫茫，小秋住印第安人的破民宿，她說流浪很久後，內心會產生一種奇特的唏噓寂寞，覺得自己很飄搖，腳踩不到地，被風一吹就像風箏一樣被吹起來。

有一天，小秋在很憂鬱時，在印第安人的民宿內打開電視，看到電視裡面非洲正在舉辦慶典，慶典中的圍觀黑人土著之中，有一個人穿著臺灣援助的衣服，腳上穿著一雙藍白拖。

小秋說，這是她人生之中最震驚的畫面，她絕對沒有看錯，雖然只有一轉眼，她還擦擦眼鏡，確定畫面中最邊緣角落的那個土著的確穿著藍白拖，就這樣，小秋那個晚上失眠，後來就回到臺灣來了，因為找幕後工作，和阿劭在一個案子合作後，就留在臺北。

我上臺北時，發現這兩個高雄人合開電影美術工作室，土不親人親，我就加入公司一起作影視美術。我後來也發現，影視圈內到處都是這樣的人，常常休息吃便當時，每個人都和我說起他們曲折離奇的生平，彷彿做電影的人，人生也像電影，只有像我這樣在臺灣念影視出身的人，人生聽起來好像沒有什麼波折，每次和他們聊天，我都只能當聽眾。

「……不如，我們來炒房吧。」當那天翻班，連續工時二十四小時的黑眼圈阿劭喝了三罐機能飲料後，對我們說出這句話，我沒太驚訝，彷彿終於等到這一刻。

「炒房……也要有錢炒啊……」小秋唸了阿劭幾句，阿劭趕緊解釋，我們來買下房子，透過我們電影美術等級的美化，高於市價百分之二十以上賣出去，有可能吧，這樣子最可行，反正當美術都是賣服務，賣給業主，和賣給下一個買房子的人又有什麼差別？

小秋聽了，好像靈光閃過似的，也點頭稱讚說：「是啊，反正都要死了，死在左邊和死在右邊，又有什麼差別。」

這些話實在有道理，我點頭深思，加上阿劭的計畫很簡單，如果要「變更結構」，那必須要送審，在不變動任何結構下，我們以影視美術的專長，讓屋子整體感覺變美。學影視美術的人都知道，人是感性的動物，美感就是錢，雖然臺灣的街景多麼醜，但是家裡絕對不能醜。只要設定好族群喜好的風格，不管是翻新做舊，找各種風格的道具與家具，只要付得出製作費，我們都辦得到。

但是要在臺北做這件事情，成本太高，隨便公寓都是千萬，我們的現金太少太難做到，我們打量後，決定回到我們三人的家鄉高雄，在這裡經營好後，說不定就可以永遠脫離電影圈。「立足高雄，放眼臺北。」阿劭手叉腰如是說。如果我們能在高雄創業成功，我們又何必到臺北來被虐待，我們決定一起用青創貸款的方式，成立一間專營電影美術，但是實際上是二手屋美術的工作室。

我們都明白，因為這件事情聽起來太奇怪，必須先建立好模式，有了第一個作品後，我們就能單純賣房子的設計服務，做出第二個、第三個……這實在比做電影美術有成就感。

我們三人合資，第一次成為「老闆」，貸款下來戶頭那天，我才理解到電影即人生，我們所做的這些，其實和拍電影沒有差別，即將開始我們這副業，這個案子一定要從頭就做對。以電影美感來說，有各種條件前提，首先VIEW一定要好，以往拍片勘景VIEW不好也沒關係，反正綠幕KEY上去也能解決。但是人住的屋子不能KEY，要是屋外風景爛，就只能拉下窗簾沒有風景，那「感覺」和「價錢」也一定跟著打折扣。

我找了許多屋子，透過許多訊息，也找了房仲，聽聞最近房價還在高檔，沒想到消息轉來轉去，突然發現有屋子市價六折賣，六折耶怎麼可能，我追問這消息來源，一位老邁的待退房仲，他手上的物件全是凶宅和法拍屋，這屋子該不會是凶宅？老房仲是我爸小時候一起種蓮霧的玩伴，爸過世那年，告訴他要好好照顧我，我總想他不會坑我們年輕人，我調查凶宅網後，確認沒有記載成為凶宅。

「這是問題屋，以前屋子有奇怪的問題，所以才會這樣，通常還要處理一些有的沒有的，才會這麼便宜喔，妹妹啊，要買要小心喔。」

老房仲語重心長，儘管「要買要小心」，但是「六折耶！」，我怎麼可能不去看房，我在高雄晒著太陽奔跑，回報公司後，阿劭在電話中大喊：「管他有什麼問題，六折，又不是法拍屋，不是凶宅就好啊，我知道凶宅銀行貸不到款啊！」

小秋在跑景的路程之中，傳訊息來。「還會有什麼問題，會比拍片的業主還難搞？」

那天後，我回到臺北，和阿劭和小秋一起開始發想設計，要如何加質感賺到百分之二十以上的屋價，要地中海還是美式，還是日本京都禪味十足，光是這些想像，我們就爭執不少，卻也高興不已，每個人都拋下手上那些改了N次的景圖，在公司討論到天亮。阿劭拿出了多年來他當電影美術蒐集的許多道具，檯燈，雕塑，整個看起來很老歐洲。小秋也列出自己有的各種電影道具的照片，我們打算把倉庫裡的多餘道具出掉，清倉又賺錢，一舉數得。

能創自己的業，內心無比滿足，當我高興辦理過戶的那天，原屋主的委託人是個律師，不是房仲，與我約在這棟大樓樓下的便利商店，他穿著西裝，翹著腳等待我到來，他滿頭白髮但是轉過頭來臉卻十足年輕，讓我看著他的臉感覺到有些詭異。少年白律師似乎被下了封口令，我問什麼都不答，只和我說，六折賣出，是因為希望快點解決，簽約。

我蓋下印章後，律師離開的三十秒間，我的電話開始急叩，因為我正在整理文件，漏了電話，一接起才發現有許多通，比業主還業主，讓我緊張接起電話，原來是管委會。

「妹妹，你是新屋主嗎？」電話中那聲音十分低沉。「是……啊。」我小心翼翼回答，卻聽到電話中那聲音在打嗝。

「妹妹，我佮你講喔……」

管委會那邊說，一直希望找到人能夠處理這間屋，因為自這間十五樓屋子之下的一到十四樓都會漏水，管委會之前不斷發訊息給屋主，問題這就是小三住的，管委會根本聯絡不到屋主，直到最後小三小四小五小六排路隊那天，一切才揭曉。

一想到屋子才剛買沒幾十秒，就遇到急叩的管委會，內心不免忐忑，但還是必須出現，等阿劭小秋下午匆忙搭高鐵來高雄後，我們三人趕緊去開會，白髮的主委斜著嘴出現，看起來臉好像特殊化妝的北野武，我和阿劭小秋三個人不約而同看著他不會動的左臉，想著要請哪一位特殊化妝才能做出這種效果。

主委不是請我們去主委室，他看著我們一眼，眉毛動了動，大拇指比著外面，我們三人吞了口口水，感覺很危險，沒想到他拐了個彎，帶我們去我簽約那間7-11喝啤酒，我坐回了早上和律師簽約的座位。

大白天的主委就買了幾罐臺啤放桌上，他喀喀喀每罐都開，好像預告每罐都要喝完，我和阿劭和小秋面面相覷，看主委喝了幾口後，深呼吸一口氣，彷彿要預備說出什麼讓人不安的消息。

「少年欸……之前無法處理，那老闆藏了很久啊……我們怎樣都聯絡不到……開玩笑，聯絡到的話那小三就破康了啦，我懂啦……如果是我也這樣啊……」

主委啤酒一口一口咕嚕後，他笑著看我們，好像龍貓的笑，笑得露出臼齒最後面那顆我都看出是金牙，他的POLO衫遮不住他的胸口露出的那一塊刺青圖樣，那是一隻龍，但是尾巴的部分沒有填色，讓我看了職業病好想拿筆塗滿。

「少年欸，修水管這件事情……就拜託啦。」主委笑著交代完畢，我點頭說好，主委想要握我的手，我趕緊把阿劭的手推向前去讓主委握，阿劭還笑得出來，等主委離開後，他和我說主委的手黏黏的，他手洗了三次，那黏感洗不掉，附著力很強。

主委的潛臺詞是，只要不是大老闆當屋主，這就好處理，要處理樓下的漏水，就要打我們這層樓，一名抓漏的師傅三十分鐘內就來了，迅速到讓我和阿劭小秋都怔住，拍片再精實，都沒這麼有效率。

我們在屋內，看師傅拿著像聽診器的設備，緩緩在牆面上移動，彷彿要監聽牆壁對面那戶人家，我們三人感覺到不對勁，抓漏師傅搖搖頭，拿著麥克筆在牆面上畫上一個圈，師傅請我戴上耳機，我戴上師傅的耳機，就像收音BOOM MAN都會戴一個耳罩式耳機，聽到咕嚕咕嚕滴答滴答的流水聲。

「你們怎麼這麼晚才修，聲音很大。」師傅捲起線，開始收工具。

「那個……我們才買這間屋子……」我面對收線的師傅說。「還不到一天吧。」

一天兩字說出口，師傅一聽，臉色一變。「是喔……喔喔，原來如此……我找主委領錢去。」

「難怪。」我和阿劭和小秋面面相覷，難怪這屋子只要六折，也沒有仲介想碰，除了漏水之外一定有別的事情，但是卻沒有人和我們說明，難道因為我們看起來是臺北人的關係，難道前屋主和主委之間，有什麼不可告人的事？

唉，我們也不過就是想賺一筆，工程期一長，我們就等於少賺，但這也沒辦法，或許我們真的把事情想得太簡單，這世界上，還有許多事情比拍片還難。

●

我和阿劭和小秋開會討論後，覺得現階段還是要好好面對，我們打算同時間作好美術，同時間也把這漏水的問題解決，只是漏水應該還好，只是那主委的臉讓人想到北野武，北野武總是演黑道，讓我有點懼怕。

其實原本的日本都會風格也不錯，但是太知性了，我們投票，決定把整體的色調下降，成為歐洲精品風，目標是針對小小貴婦女性的知性之家，主打海景與歐洲。

「想像一下，來到了羅浮宮，裡面全都是知性的展品，彷彿一瞬間帶你穿越時空……」

阿劭馬上開始畫景圖，好萊塢派到臺灣的工作，阿劭都沒這麼勤勞過，我們在網路上貼上了我們用３Ｄ製作的景圖，彷彿法國某個小小美術館，馬上就聽到同業好評，看樣子勢在必行。

至於漏水這問題，阿劭和小秋見多識廣無所謂，其實修水管走水電，對我們美術組來說根本不是問題，我們和管委會的主委說明，修水電一點都不難，主委那天就跟著我們進入屋內，看我們準備設計的圖面。

「干若猴咧，這你們會設計喔。」主委笑著，瞇著眼看著我們手上的3D設計圖，又看著一堆修理工具，準備要來止水。「你們要自己修嗎，怎麼可能？」

主委一說完，阿劭兩手一攤。「已經知道漏點了，把管換掉不就好了嗎？」

「幹，你是水電師喔，看無出來喔！」

的確，阿劭打扮看起來像嘻皮，就是不像水電工，阿劭熟練地去把這間房的總水管給關掉後，看著抓漏師傅標定的牆面位置，拿出破壞機開始打牆，馬上主委電話開始響起，只見主委電話打回警衛室訓斥後，大家都惦惦。我們看到這通電話後都想，只要和主委攀好關係，往後的事情都好辦。主委看我們逐漸將牆面管線孔清出後，主委也逐漸微笑。只是水管嘛，換水管有什麼難，做美術的人是水電加上木工加上泥水工——

沒想到，這片牆被破壞機噠噠噠打裂水泥後，破裂的水泥之中，冒出了一股冰涼寒氣，露出管道間的水管，阿劭又繼續打牆要清出良好的視野換管線，直到這碎裂的牆面之中，突然掉落出了一隻手。

人類的下手臂，手肘之下的……一隻手臂。

那一瞬間，彷彿慢動作，我們現場四人都止住呼吸，手掉伸出牆後，比出「八」的手勢卡在牆上，因為太過於突然，阿劭手中的破壞機停不下來，打到了那隻手的食指，食指被破壞機打斷，滾了幾圈掉到我腳邊。

畢竟是「手」，儘管我做過各種怪物，動物模型，還是會驚訝。

起初我一直以為主委是黑道，斷手斷腳應該看過不少，沒想到他面色青筍筍，一句話都說不出來。我心想，這隻手如果是真的，沒有臭味，不可能，人類的屍體很臭，這一定是惡作劇，我緩慢地靠近那隻手，戴上手套，撿起地上那隻斷掉的部分。

的確，是人類的手，我看見了皮膚毛孔，也看見骨頭，不可能有這麼精緻的模型，影視模型通常用各種方法躲鏡頭，這個「道具」絲毫不躲——「那就是真的」，我嚇得大哭出聲，把斷指一丟，拋給主委，主委怕得手揮舞，手指被他拍了幾下，落入了他的POLO衫胸口內，只見主委像蝦子跳啊跳的，把那手指頭從衣服中抖出來。

「嗚——」我嚇哭了，這是我第一次親眼看見屍體，近在眼前十公分處，儘管過去做過許多屍體模型，都不如真的屍體那一眼震撼。

阿劭抓著頭髮，快要把頭髮抓到禿頭。「怎麼會有手！」阿劭看著主委大喊，主委也不知道該怎麼辦，說不出話來。

「我查過啊，這大樓在建的時候沒有發生過這種事啊！」小秋拿著手機不斷蒐集各種資訊，手指迅速到彷彿有了殘影。

主委這才說起，「聽說」這棟大樓在灌漿的時候，「好像」有一個灌漿工人從很高的頂樓處被風吹下去，「據說」身體被鋼骨尖銳處切碎，打爛，「可能」散落在這棟大樓裡面灌漿處，但是這聽起來根本不可能，是附近房仲放出來打壓房價的鬼故事，從來沒人當真過……沒想到……

「還是有人放進去的？」小秋逼問主委，主委面色難看。「不知道……」

怎麼會有這種事情，我擦乾眼淚，情緒理智回復一些，腦中突然想著我們還為此開一間工作室，還辦了青創貸款，以後該怎麼辦，我再度鼓起勇氣靠近那隻手，手臂上似乎還有刺青的模樣，一隻萎縮的右手斷臂，正好從手肘關節那邊卡住，屍體的氣味看樣子是風乾被壓抑……

我們不知道該怎麼辦，做美術的人都或多或少做過屍體，屍體有各種型態，乾燥的最難說服觀眾，所以製作人通常都會說：「妳就給它做爛爛的，上面帶血的那種……觀眾才會喜歡啊……」我回神了，遇到這種怪事，正想要拍照，上傳到ＦＢ上，和大家說我們遇到了什麼，但隨即被主委給制止，主委一雙眼睛彷彿中邪一樣看著我們。

「這件事情不能讓別人知道……」主委深呼吸幾口氣，這事情這麼重大，主委回過神來，隨即把門給關上。「這大樓一堆人掛賣，如果你們屋子弄好，高價賣出，可以拉抬整體價錢，但是現在……」
斷人財路者皆殺之，我們都有看投名狀，我們三人不禁面面相覷，深吸口氣，
「說得也是，我們是六折買，到時候變凶宅，就要四折賣，甚至三折，變成凶宅還沒有貸款，我們負擔不起……」
阿劭和小秋仔細分析過利弊後，與我認真說起，小秋又拉我到一旁低聲說：「整棟大樓有二十層，每個賣的人都被搞掉二十趴的話，那個主委一說出去，我們要怎麼離開這裡……」
我深呼吸幾口氣，盯著那隻乾燥的人類手臂，被打掉食指後的手掌仰天，彷彿在和我比著中指。

●

「誰說買這會賺錢的！」誰知道會出這種狀況，阿劭和小秋和我，三人在屋內互相生彼此的氣，話說回來，要怎樣不會生氣，但是儘管氣，也只能氣自己，誰知道會出這種事情。
氣歸氣，事情還是要解決，在整夜吵架氣話說完後，我們三人決議，原本的施工繼續進行，油漆壁貼全部繼續，我們將燈具全部換過，燈具通常都是身分的象徵，放燈的地方旁邊放的木櫃子，通常都要有弧線造型，十八世紀老歐洲過度裝飾，連沙發背後靠牆看不見的地

方都會有花紋。

其實，所有的工作原本都想要發包出去，臺北的工作也賺，高雄的工作也賺，這下子出現這隻枯手後，只剩三個人能做，那隻手的事情不能給其他人知道。加上主委三不五時就出現在我們樓梯間，彷彿在監視我們，我知道他不斷搜尋著手機，看有沒有我們放出去的消息，但是我們怎麼可能會說出去，一說出去就是百萬元以上的跌價，我們沒有這筆錢可以損失。

我們工作一直迴避這隻手的位置，畢竟，沒有人想要先去解決「他」，直到我們將原本預定好的家具，電影二手道具，從臺北的倉庫請貨車運下來後，裝修工程最後的最後，我們才想要來解決這隻手。

阿劭，小秋，和我戴上口罩，拿著放大鏡仔細看著這隻人類的右手臂。我想過這隻手怎麼會出現在這裡，如果「他」沒有腐爛，以我做美術研究過屍體的知識，不是風乾就是皂化，目前看起來應該是風乾。

這隻手當初應該是掉下後，貼在管線間沒被發現，因為酷熱的水泥間，或是大樓間造成風口，造成的高溫和脫水效果把水分帶走，最後成為了木乃伊一樣的手，最後才意外封存在此處。

我們三人仔細研究著這隻手，就像研究著美術道具一樣仔細。

「等等，我們一直用屍體來想，會不會原本就是錯的，如果這隻手的主人沒有死的話，那這隻手就不算『屍體』了不是嗎？」

阿劭思索了許久，對我說出了這麼有哲理的話。

「可是……你能確定嗎？」小秋皺著眉頭。「這消息一出去，記者知道的話，到時候大家都來拍照，不管是不是屍體，這間房不用賣了……」

更何況，對我們從事影視的人來說，知道劇情之中的「冰山理論」，或許整棟大樓之中，還有其他散落的身體部分……

「如果我們將那隻手給敲碎……從馬桶沖走……」阿劭說得嘴唇顫抖。

「這樣的話，那主委會懷疑我們怎麼處理，該死……早知道就不要找主委來看了。」小秋打槍阿劭，提出建議。「不然將它給包垃圾袋丟了……」

阿劭打量那隻手，深呼口氣。「如果……被清潔隊發現的話怎麼辦……算是棄屍嗎？」

「可是你剛不是說不一定是屍體嗎？」小秋又問。

討論到這邊時，我們轉頭看著電腦中的景圖，牆壁中突然傳來聲音，我們三人倒吸口氣，暫時停止呼吸，屋內無比安靜，我們三人緩緩轉頭看，看到那隻手時，我們三人低下頭，不敢話語，那隻手隨即掉下一些，喀啦一聲，彷彿我們內心所想都是錯，我們三人嚇得彈起來，卻忍住喉嚨不敢大叫。

「沒事，沒事。」我們屏息，看那隻手垂下來了一些，只是磨擦力問題。

看著那隻手的中指，不知道為什麼，我總覺得這隻手知道我們心中在想什麼。

那風化後凹凸手臂該怎麼處理，看著主委每天都在屋外徘徊，我想不解決主委這件事情也不行。那日，我們請了主委進了房，小心翼翼地戴著手套，將那隻手給「請」了下來，放在報紙上。

小秋隨即把房間門關上，碰一聲。「你們要做什麼？」主委轉過身，看著被關上的門，彷彿要被圍毆又滅口，主委驚慌大叫。

阿劭拿著塑鋼土，開始替這隻手給抹上去一層。小秋也戰戰兢兢，接著替這隻手給抹上質感後，阿劭看著主委冷冷說起。

「現場的人都要抹，特別是你，主委，我知道你有三戶在掛賣，我們放消息出去你就馬上跌五百萬，怎樣。」

看阿劭威脅黑道北野武一樣的主委時，主委不會動的臉頰在流汗，我突然覺得阿劭比我想像中的帥，去過法國果真不一樣。

想逃的主委手收回來，看著我們三人的銳利眼神，他也無法退卻，為了房價，他只能硬著頭皮，把塑鋼土抹上去那隻手。我看著主委抹上去後，那緩緩鬆口氣將手伸回的神情，猜想他年輕時，大概也不是太大尾。

我撿起一旁的食指，將「食指」放回去他原本該有的位置，又比回了「八」，不是比中指後，我心底安穩了些，再用塑鋼土抹上去這乾燥的下手臂。阿劭逐漸用塑鋼土，將「他」給包覆起來，愈上愈厚，直到將「他」完整包覆住後，我們三人各自喃喃阿彌陀佛，耶穌，玉皇大帝保佑我，只有主委不發一語坐在沙發上等待，就像在片場的業主，坐在螢幕邊等著藝人來握手，還有人招呼茶水，有冷氣吹。

要符合金屬質感，還要做舊，稍微噴出銅綠，這是我們的專長，我們將這支風化的手，製作成了一隻銅手雕塑，再打造了一個檀木底座，這是在臺北買的臺灣深山盜採高檔貨，我們將手給「安裝」上檀木底座，阿劭和小秋不愧是見多識廣，在國外走闖過。我看出，這是生於瑞士的雕塑家，「賈柯梅蒂」的雕塑風格，世界最高價的「步行者」就是長這樣。

我腦中閃過，這是最高級的快乾塑鋼土，最高級的美術色料，最好的臺灣電影美術人員所做的質感，我心想，或許這隻手在活著的時候過得並不好，不然不會在大樓灌漿，還被切斷，但不知道為什麼，被我們認真打造成為藝術品時，我的內心，竟然生出一些寬慰，好奇怪。

●

阿劭解決了大樓漏水問題，把管線換過後，我們把牆面補起，整個裝潢解決後，看著那

「手雕塑」的我鬆口氣，或許只要不比中指，就沒有覺得這麼攻擊性。

因為我們頻繁去和管理員借水間鑰匙的緣故，我與管理員愈來愈熟，我後來才知道掛六折賣的理由，並非什麼需要處理，也不是什麼漏水問題。

「那個大老婆喔，就是要賤價賣掉這間屋子，讓那個小三氣死你們知道嗎……她也不讓房子賣回去給那個小三……所以才叫那個律師來處理……」

「是喔！」我聽著倒吸口氣，女人何苦為難女人。

「所以主委才這麼在乎，如果六折賣掉以後，旁邊的屋子就會剩六折啦，可是其他住戶也不想買這小三的房子啊，妳知道嗎，人家大老闆，大家怕麻煩啦，怕又惹出什麼不好的，所以主委才會和那個律師協調後，要找一戶投資客來裝潢以後賣掉……看你們要賣掉了我才說的喔……你不要和別人講喔。」

我深呼口氣，有些忐忑，其實好怕房子賣不掉，但我們的屋子消息才剛好，馬上就有人接頭問起，我的手機電話響起，

「我想看房子……」電話中那個男聲的聲音聽來中氣十足，但我不知道為什麼，經歷過這些後，接到電話變得會恐懼一下。

那日，我獨自面對這情景，阿劭和小秋坐在樓下7-11等待。車牌號碼都是八的賓士三百停下，一個穿西裝的中年男士，帶著一個穿著低胸禮服的年輕女生，兩人打扮好像要去參加

金馬獎走星光大道。

一看到她時，當初與我接頭的警衛深吸口氣，警衛和我動眉頭，輕聲說時，我這才知曉，那位小三「回來了」，與她和那位老闆搭同一個電梯時，警衛眼神不斷看向我，我知道警衛怕又挨罵。電梯門要關起時，主委手伸進來，把電梯門給叫開。

「歹勢啦，我主委啦，關心大家一下。」

「哇，這麼周到。」這位老闆高興地拿出名片，主委看到名片時倒吸口氣，又是某個大老闆，這小三怎麼這麼行。

短短電梯往上的時間之中，我看見警衛與主委的表情都不太對勁，我只能再深吸口氣。我小心翼翼打開門，裝潢變得彷彿美術館，警衛張目結舌，主委也點頭稱是。

「哇，有夠水！」主委稱讚起屋內的裝潢，喃喃轉頭間看到一旁的金屬手臂，我瞪著主委，他轉過頭去，額頭上都是汗。

屋子內很多複製畫，很多展品，小三看著這屋子，我仔細看她的臉，和我差不多年紀，一身名牌，鼻子看起來有去做雷射和打肉毒桿菌，藝人我看多了也多少會分。我突然想著，其實她很搭配這屋子，她用她的方法在這個世界活著，那不就是人類的裝潢。

「好美！」小三終於說話，看著屋內喊著好美，隨後她走向那片復古的金色窗簾，拉開窗簾，看著遠方的海景，八五大樓正好在太陽下，她和我第一次看房子的時候一樣，看著窗外風景喃喃自語。

「哈尼，我喜歡這裡。」小三轉頭微笑，逆著光影，我突然了解為什麼阿劭和小秋都說要笑，笑容就是有殺傷力的武器，這聲哈尼就等於下訂金，那老闆解下西裝，就要掛在那「手」上，我想到他們未來回家掛鑰匙的時候，就會掛在那隻手上，但我趕緊接下了西裝，彷彿僕人，替老闆掛在那隻手旁的牆面復古掛鉤上。

老闆在小三稱讚後，快速把屋子買回去，我們加價二十趴賣，加稅金，那老闆都買單。「這小意思，謝謝你們把屋子弄得這麼美。」

成交那天，主委使著眼色，要我們離開，我想我們也不會再回來。

過戶手續完畢，帳戶金額也確認，彷彿這幾十天疲勞，只是那個老闆戶頭中的零錢而已，只花不到一個月，我們戶頭的確多了一筆錢，但卻沒有任何開心的感覺，我突然感覺到小秋所說的，她覺得身體輕飄飄像風箏的感覺。

我們坐在計程車上，看著窗外的八五大樓遠遠變小，我突然想起，我終於和阿劭小秋一樣，從此多了一個奇怪的人生故事，或許可以和實習生吃便當時說起，然後看他們瞪大的雙眼，怎樣都不肯相信。

我們沿途默默無語。還沒到高鐵站前，計程車停在路邊等紅燈時，我們看見一個人賣玉蘭花，他敲敲窗，我們本不想理他，但是看見他轉過身，沒有左手臂。

雖然「那隻手」是右手，我們還是叫司機停下來，一人買了一串玉蘭花。「一千元不用找。」我和那賣玉蘭花的先生說，中老年的他，笑得比高雄的太陽還開朗。

我們不約而同，把玉蘭花放在鼻頭聞著香氣，我閉眼享受香氣，輕聲說了聲「波爾蝶」，敬我們這輩的青春人生，Fuck off。

——原載《聯合文學》二〇一七年十二月號，第三九八期

本文獲二〇一七年打狗鳳邑文學獎小說組首獎

附錄

一〇六年年度小說紀事

邱怡瑄

一月

・二日，《亞洲週刊》公布二〇一六十大華文小說入選作品，臺灣作家有劉梓潔的首部長篇小說《真的》、阮慶岳《黃昏的故鄉》和葉姿麟《雙城愛與死》。

・國立臺灣文學館委託財團法人臺灣文學發展基金會．《文訊》雜誌社編纂出版「臺灣現當代作家資料彙編」第六階段，出版了楊守愚、胡品清、陳之藩、林鍾隆、馬森、段彩華、李魁賢、鍾鐵民、三毛和李潼共十冊。

・紀大偉出版論著《同志文學史：臺灣的發明》，爬梳超過一甲子的臺灣公眾歷史，從冷戰的一九五〇年代，一路到「後冷戰」的二十一世紀初期，各類型臺灣同志文學作品，包括長、中、短篇小說，散文、詩、劇戲等，呈現有別於主觀歷史的同志文學記憶。

二月

・八至十三日，二〇一七臺北國際書展於世貿舉行，邀請導演侯孝賢擔任「閱讀大

三月

使」。書展規劃「讀享時光主題館」，包含由《文訊》總編輯封德屏策劃的「時代×閱讀」展覽，透過出版品呈現五〇年代以降臺灣社會變遷，以及近代閱讀史的演變。開幕典禮頒贈書展大獎，小說類得主蘇偉貞《旋轉門》、黃錦樹《雨》、馬家輝《龍頭鳳尾》。

．十五日，臺北市文化局主辦，《文訊》雜誌社執行的「二〇一七臺北文學季」舉行開跑記者會。文學季規劃推理小說、書評寫作、家族書寫、青少年奇幻文學四種類型文學創作工作坊，以及邀請駱以軍擔任策展人規劃「從前到以後」十七場系列講座等，更邀請日本推理作家今野敏來臺，與羅智成、廖玉蕙等多位作家參與。

．十五日，「Openbook閱讀誌」上線，除有深度書評、OB短評、專題報導、人物專訪，世界書房則包含東亞、英美、中國等地域，並策辦Openbook好書獎。

．十六日，小說家汪笨湖病逝，本名王瑞振，臺南人，一九五三年十二月六日生，享壽六十三歲。著有小說《落山風》、《吹笛人》、《嬲》、《三字驚》、《草地狀元》、《廈門新娘》等；其中〈落山風〉、〈陰間響馬〉、〈吹鼓吹，一吹到草堆〉、〈那根所有權〉曾改編為電影，《草地狀元》改編為電視連續劇。

．七日，小說家紀剛逝世。紀剛本名趙岳山，一九二〇年生，遼寧遼陽人。盛京醫科大學畢業。對日抗戰期間參與地下工作，組織「覺覺團」從事東北抗戰工作。來臺後曾任職陸軍醫院，退伍後開設兒童專科醫院。退休後旅居美國。紀剛將東北抗戰事跡寫成小說《滾滾遼河》，並獲中山文藝獎。更被拍攝為電視劇《遼河戀》。紀剛創作文類有散文、小說及劇本等。除《滾滾遼河》外，另有散文集《諸神退位》、《做一個完整的人：群我文化觀》；劇本《虹霓》；書信集《火舌集》等

四月

・十日，九歌出版社舉行「九歌一〇五年度文選新書發表會暨頒獎典禮」，由李瑞騰、莊宜文合編小說選；選出年度得主楊照〈一九八一光陰賊（節錄）〉。入選者尚有：謝凱特〈表面功夫〉、黃春明〈尋找鷹頭貓的小孩〉、鍾旻瑞〈練習〉、林育德〈阿嬤的綠寶石〉、黃錦樹〈樹頂〉、賴香吟〈時手紙〉、江文瑜〈和服肉身〉、蔡素芬〈紗層裡還有紗層〉、聶宏光〈黑雲〉、章緣〈善後〉、張台澤〈人們說石頭早上就在那裡〉、謝明憲〈喊暝〉、林新惠〈虛掩〉。

・二十日，第二屆臺灣歷史小說獎公布：陳耀昌《獅子花一八七五》、林素珍（筆名林剪雲）《叛之三部曲首部曲：忤》、黃汶瑄《盡日》獲得佳作，首獎從缺。

・二日，林佛兒因中風併發肺炎病逝，享壽七十七歲。林佛兒，一九四一年生於臺南佳里，父親是日治時期著名劇作家林清文。他身分多重，是詩人、小說家、編輯、出版人。曾參與龍族詩社，創辦林白出版社、《推理》雜誌、《鹽分地帶文學》雜誌，被譽為「臺灣推理小說第一人」。著有小說《島嶼謀殺案》、《美人捲珠

簾》、《北迴歸線》，詩集《芒果園》、《重雲》等。

・十二日，臺北市文化局主辦，《文訊》雜誌社執行的第十九屆臺北文學獎公布得獎名單，小說組首獎王天寬〈死亡證明〉、評審獎李牧耘〈青年有為〉、優等獎張耀仁〈淑惠〉、林欣蘋〈臉〉。

・十五日，小說家費啟宇病逝，享年五十七歲。費啟宇於一九六一年生於臺南，成功大學地科所肄業，擔任中學教師。創辦高雄港都文藝協會。著有短篇小說集《什麼！你拿了我的頭顱骨》、《通往天堂的路》、《天鵝湖》，長篇小說《竹田明雄的年代》等。

五月

・二十一日，以ＩＰ全版權開發為訴求的「鏡文學」開站，將代理其簽約作者之影視版權等衍生權利，並涉及實體出版與影視投資。

・二十七日，小說《房思琪的初戀樂園》作者林奕含自殺身故，小說疑似隱射其自身經歷，因而引發社會廣泛關切。

・二十六日，作家楊富閔短篇小說《花甲男孩》由王小棣導演監製的「植劇場」改編為《花甲男孩轉大人》開播，電影版《花甲大人轉男孩》於十月開始拍攝，二〇一八年二月九日上映。

・二十六日起至二〇一八年三月十八日止，國立臺灣文學館展出「推理文學在臺灣」特展，整理「推理文學」在臺灣百年來的歷程，同時展現本土推理文學的創作成績。

六月

- 九日，第四十一屆金鼎獎公布，文學圖書獎頒給李金蓮《浮水錄》、連明偉《青蚨子》、林蔚昀《我媽媽的寄生蟲》、黃錦樹《雨》。
- 二十日，臺灣出生的日本小說家溫又柔，以《中間的孩子們》（真ん中の子どもたち）入圍第一五七回芥川賞，最後由沼田真佑《影裏》獲獎。

七月

- 二十三日，臺積電文教基金會與《聯合報・副刊》共同主辦的二〇一七第十四屆臺積電青年學生文學獎公布得獎名單，短篇小說首獎林宜賢〈鬼〉、二獎林珮蓁〈初戀〉、三獎林芸萱〈養蜘蛛〉，優勝獎游晏賓〈女生廁所〉、何品萱〈最後十五分之一的人生〉、黃迎真〈祭蛙〉、葉庭瑄〈對鏡〉、張簡曉耘〈魚缸〉。
- 二十九日，臺灣推理作家協會舉行第十五屆徵文獎頒獎典禮，首獎：柳豫的〈華麗的拋物線〉，入選：張乃玓的〈見詭旅社〉、林詩七的〈起死回生的塞班之戀〉、宋杰〈赫爾辛基眼淚〉。四篇入圍作品集結成《華麗的拋物線》。

八月

- 四日，美籍臺裔作家楊小娜以描述二二八事件背景的小說《綠島》（*Green Island*），獲美國圖書獎。
- 二十三日，臺南文化局舉辦的「第七屆臺南文學獎」公布得獎名單，臺語短篇小說：首獎林美麗〈五爪——ê佮我〉，優等陳利成〈南女中的金龜樹〉，佳作陳金順〈天良〉、董耀鴻〈種厝〉、劉承賢〈愛你幸福〉。華語短篇小說首獎洪明道〈改札口〉，優等邱靖巧〈機車有蛇〉、佳作郭桂玲〈竊笑的憤怒鳥〉、陳婉茹〈問〉、姜天陸〈六月〉。

九月

・七日，新北市文化局公布第七屆新北市文學獎得獎名單，短篇小說類第一名賴翠玲〈志傑買了康乃馨〉，第二名莊志豪〈亞馬喇前地與黃昏〉，第三名宋建武〈作案〉，佳作陳苑珊〈鹹甜車〉、孔祥瑄〈火葬〉、朱柏壅〈被吃掉的男人〉。

・二十二日，小說家、翻譯家李永平病逝。李永平，一九四七年生於馬來西亞砂拉越。臺大外文系畢後赴美進修，取得聖路易斯華盛頓大學比較文學博士學位。返臺任教中山大學、東吳大學、東華大學等。曾獲國家文藝獎。著有《吉陵春秋》、「月河三部曲」等多部小說，遺作武俠小說〈新俠女圖〉。

・第十九屆彰化磺溪文學獎短篇小說得獎名單：首獎蔡宜勳〈紺色的哀怨〉，優勝余廸麟〈弒鬼〉、高肇政〈福澤〉、張英珉〈雙頭龍〉、黃家祥〈離家〉、賴祥蔚〈賴和小說考〉。並於九月至十月舉辦五場文學沙龍講座，由作家楊樹清、石德華、楊富閔、李昂、康原與本屆磺溪文學獎得獎者胡遠智、蔡宜勳、解昆樺、賴祥蔚、丁威仁進行交流與對話。

・自二〇一二年起，由臺北藝術大學美術系教授楊凱麟所策劃，駱以軍、陳雪、顏忠賢、童偉格、胡淑雯、黃崇凱、舞鶴、黃錦樹、張亦絢、成英姝、盧郁佳等多位作家成立文學社群「字母會」。以字首從A到Z的二十六個單字為主題，各自寫下小說。過去曾在《短篇小說雙月刊》連載，九月起由衛城出版社集結出版，從字母A到Z編輯成套書。

十月

‧十四日，臺北市文化局委託臺灣文學發展基金會策劃「以進大同：臺北同志文化地景特展」，呈現新公園、紅樓、女書店、凱道等臺北重要的同志地景書寫，且整理臺灣同志文學年表，收錄《以進大同：臺北同志生活誌》。

‧十九日，由高雄文學館主辦的「高雄青年文學獎」，文青組短篇小說類由蔡易澄〈癰疽者〉獲首獎。

‧二十一日，第三屆銅鐘經典講座作家畢飛宇來臺講學、開講，並於東華大學擔任駐校作家。十月二十一日由吳明益導讀，十一月四、十八日由畢飛宇主講，十一月十九日由張大春、畢飛宇、吳明益對談。

‧二十四日起至十一月十二日，《文訊》雜誌策劃於紀州庵文學森林展出「旗袍一族：五〇年代女作家影像故事特展」，展出華嚴、郭良蕙、聶華苓、林海音、潘人木、琦君、羅蘭、邱七七等三十一位五〇年代女作家照片、旗袍飾品、作品手稿。

‧由小說家何敬堯發起，邀請楊双子、陳又津、瀟湘神、盛浩偉以小說接龍的形式進行創作作品《華麗島軼聞：鍵》，在十月由九歌出版社出版。

十一月

・四日，作家鄭清文辭世，享壽八十五歲。鄭清文，一九三二年生於桃園，臺灣大學商學系畢業。任職華南銀行四十餘年。一九九九年以英譯作品《三腳馬》獲得美國桐山環太平洋書卷獎小說獎，曾獲國家文藝獎、吳三連獎等。著有童話故事《採桃記》、短篇小說《最後的紳士》、《三腳馬》等二十餘部，〈清明時節〉由導演吳念真改編為同名舞臺劇。

・四日，第十三屆林榮三文學獎頒獎：短篇小說獎首獎陳東海〈刣雞蔡仔〉、二獎游玫琦〈淡淡的，三月天〉、三獎解昆樺〈拳縫糾結的玫瑰〉，佳作葉琮〈第二次青春〉、羅曉盈〈手煞車〉。

・十一日，二〇一七鍾肇政文學獎舉行頒獎典禮，短篇小說類正獎葉公誠〈送別之歌〉、副獎班與唐〈養魚四步〉、游善鈞〈浮出水面〉。

・十五日，二〇一七臺灣文學金典獎「圖書類長篇小說」由連明偉《青蚨子》獲得，「臺語短篇小說創作金典獎」由陳正雄〈命〉獲得，「客語短篇小說創作金典獎」由曾俊鑾〈頭家娘个選擇〉獲得，「原住民漢語短篇小說創作金典獎」由阿美族作家林泠以〈一個剪檳榔場的風雨之夜〉獲得。

十二月

・一至五日，國藝會「小說引力：華文互聯平臺」赴日交流，臺灣小說家巴代、吳明益、蔡素芬連袂至日本東京，與日本作家江國香織、譯者魚住悅子、天野健太郎對話，針對創作與出版環境等議題進行國際交流。

・二日，二〇一七「Openbook好書獎」公布。共分中文書、翻譯書、美好生活書、童書四類。獲獎小說有黃崇凱《文藝春秋》、林奕含《房思琪的初戀樂園》、連明偉《青蚨子》、巴代《浪濤》。

・十日，第七屆全球華文文學星雲獎舉行頒獎典禮，貢獻獎由作家、評論家尉天驄獲獎，歷史小說三獎為朱和之《斷章》、屠佳《淡水長流》。

・十三日，國藝會公布二〇一七「長篇小說創作發表專案」補助，尤巴斯・瓦旦、林素珍（林剪雲）、涂妙沂、簡李永松（多馬斯）四位創作者獲得補助。「馬華長篇小說創作發表專案」由龔萬輝以長篇小說《少女神》獲選。

・十七日，高雄文化局舉辦的「二〇一七打狗鳳邑文學獎」頒獎，小說首獎張英珉（張龘雪）〈豪宅裝潢中〉，評審獎沈信宏〈今天天氣真好〉，優選獎夏靖媛〈濃紅色玫瑰〉。

・二十二日，翻譯家殷張蘭熙辭世，享耆壽九十七歲。一九二〇年生，湖北人。華西協和大學文系畢業、哈佛研究。曾任職東吳大學外文系、中華民國筆會會長。一九七二年創刊筆會英文季刊，殷張蘭熙擔任主編達二十年，致力於推動臺灣文學與國際之交流。譯作有《綠藻與鹹蛋》（*Green Seaweed and Salted Eggs*）、《象牙球與其地》（*Ivory Balls and Other Stories*）、《智慧的燈》（*Lamp of Wisdom*）、《城南舊事》（林海音原著，張蘭熙、齊邦媛翻譯）等。

九歌文庫 1278

九歌106年小說選

Collected Short Stories 2017

主編　伊格言
執行編輯　蔡佩錦
創辦人　蔡文甫
發行人　蔡澤玉
出版發行　九歌出版社有限公司
臺北市105八德路3段12巷57弄40號
電話／02-25776564・傳真／02-25789205
郵政劃撥／0112295-1
九歌文學網　www.chiuko.com.tw
印刷　晨捷印製股份有限公司
法律顧問　龍躍天律師・蕭雄淋律師・董安丹律師
初版　2018年3月
定價　380元

書號　F1278
ISBN　978-986-450-177-9

（缺頁、破損或裝訂錯誤，請寄回本公司更換）

本書榮獲 台北市文化局 Department of Cultural Affairs Taipei City Government 贊助

版權所有・翻印必究　Printed in Taiwan

國家圖書館出版品預行編目資料

九歌106年小說選/ 伊格言 主編.
-- 初版.-- 臺北市：九歌, 2018.3
352面 ；14.8×21公分. --
（九歌文庫；1278）

ISBN 978-986-450-177-9（平裝）

857.61　　　　107001974